秘密 上

ranger's apprentice

アラルエン戦記 9

ジョン・フラナガン 作
入江真佐子 訳

岩崎書店

秘《ひ》密《みつ》　上

アラルエン戦記⑨

"RANGER'S APPRENTICE" series
Vol.8 THE KINGS OF CLONMEL

First published by Random House Australia Pty Limited, Sidney, Australia.
This edition published by arrangement with Random House Australia.

Japanese translation rights arranged with Random House Australia
through Motovun Co., Ltd.,Tokyo.

目次

主な登場人物

☙ **ウィル**　すばしこく好奇心旺盛《こうきしんおうせい》な青年。生後まもなく孤児院《こじいん》にあずけられた。レンジャーに弟子《でし》入りし修行。

☙ **ホラス**　大柄《おおがら》でたくましい青年。ウィルの孤児院仲間でけんかばかりしていたが親友になる。戦闘学校《せんとうがっこう》で学ぶ。

☙ **アリス**　背が高く、おだやかで落ちついた少女。ウィルの孤児院仲間。外交官として修行。

☙ **エヴァンリン**　かつてウィルたちに助けられた。じつはアラルエン王国の王女カサンドラ。

☙ **ホールト**　アラルエン王国の上級レンジャー。レドモント領《りょう》が任地《にんち》。ウィルの師匠《ししょう》。

☙ **ギラン**　アラルエン王国のレンジャー。ホールトの元弟子。

☙ **ダンカン王**　アラルエン王国の国王。

☙ **アラルド公**　アラルエン王国レドモント領の領主。

☙ **レディ・ポーリーン**　アラルエン王国の外交官。アリスの師匠。

アラルエン王国の世界

N
ピクタ
ノルゲート城《じょう》
キャラウェイ城
ヒベルニア
わたらずの川
アラルエン城
アラルエン王国
ハッカム荒野《ヒース》
ゴルラン城
（廃墟《はいきょ》）
レドモント城
タルバス川
いばらの森
銀鮭《サーモン》川
西部林地
ウサル平原
沼地
孤独《こどく》が原
モルガラスの
支配する台地
三歩隘路《さんぽあいろ》
亀裂《きれつ》
西の険崖
ケルティカ
夜雨山脈《よさめさんみゃく》
南の険崖《けんがん》
ケルティカ半島

装画　服部幸平
装丁　中嶋香織

第一部　新参者《しんざんもの》たち

もう一頭の馬と乗《の》り手の存在《そんざい》に最初《さいしょ》に気づいたのは、もちろんタグだった。

タグの耳がピクンと伸《の》び、ウィルはこの小柄《こがら》な馬の樽《たる》のような体じゅうに低《ひく》く響《ひび》くようなおののきが走ったのを、聞いたというよりはむしろ身体で感じた。警告《けいこく》のサインではなかったので、タグが気づいたのがだれであるにせよ、知っている人間だということがウィルにはわかっていた。彼《かれ》は前かがみになって長いたてがみを軽くたたいた。

「いい子だ。彼らはどこにいるんだ？」とやさしくいった。

ウィルにはそれがだれであるか、すでにだいたいわかっていた。しかもこうしゃべっているあいだに、その推測《すいそく》は確認《かくにん》された。数百メートル先にある木立《こだち》から鹿毛《かげ》の馬と背《せ》の高い乗り手が出てきて、そこの十字路で待っているのが見えたのだ。タグは頭をふり上げてふたたび鼻を鳴らした。

「わかった。ぼくにも見えたよ」

ウィルがかかとでタグに軽く触《ふ》れると、タグは即座《そくざ》にそれに応《こた》えて、ゆる駆《が》けで走りだし、待っている馬と乗《の》り手との距離《きょり》を詰《つ》めていった。鹿毛《かげ》の馬がいないないて挨拶《あいさつ》し、それにタグも応えた。

「ギラン！」声が聞こえるところまで来ると、ウィルが明るい声で叫《さけ》んだ。背《せ》の高いレンジャーはにやっと笑《わら》いながら、それに応えて手をあげた。ウィルとタグは彼《かれ》の横で止まった。

「会えてうれしいよ」とギランがいった。

「ぼくもだよ。ギランだと思っていたんだ。少し前にタグが仲間《なかま》が近くにいるって知らせてくれていたから」

「きみのこの毛足の長い小さな馬はたいていのことを見逃《みのが》さないもんな。そのおかげでウィルはここ何年か生きつづけることができてきたんじゃないか？」とギランが気楽そうにいった。

「小さい？」とウィルがいい返した。「ギランのブレイズが軍馬《ぐんば》だとは気がつかなかったよ」

実際《じっさい》、ブレイズは平均的《へいきんてき》なレンジャー馬より脚《あし》が少し長く、体型《たいけい》も少しほっそりしていた。それでもすべてのレンジャー馬がそうであるように、ギランの鹿毛《かげ》の馬も王国の騎士《きし》たちを戦場《せんじょう》へと運んでいく巨大《きょだい》な軍馬《ぐんば》に比《くら》べれば、かなり小さかった。

ふたりの若《わか》いレンジャーがからかいあっているあいだ、馬たちも鼻を鳴らしたり頭をふり上げたりしながら、やはりおたがい悪気のない悪口を交えて同《おな》じようなおしゃべりをしていた。レンジャー馬はどう見てもたがいに意思の疎通《そつう》ができているようで、ギランは二頭を興味深《きょうみぶか》げに眺《なが》めた。

「いったいなにをいい合っているんだろう？」と考えこむようにいった。

「ギランのような足が長くて骨《ほね》ばった荷物を運ばなきゃいけないなんて、ブレイズもつらいだろう、とタグがいったんだと思うよ」とウィルがいった。いい返そうとギランが口をあけたまさにその瞬間《しゅんかん》に、タグが何度も頭を大《おお》きくふってうなずき、二頭の馬が両方ともギランのほうを向いて彼《かれ》の顔をしげしげと見た。偶然《ぐうぜん》だ、とギランは自分にいい聞かせた。それにしても二頭がまさにその瞬間をねらってそうしたのは不思議《ふしぎ》だった。

「ほんとにそのとおりなのかもしれない、ってへんな感じがするよ」とギランがいった。

ウィルは自分がやってきた道をふり返り、それから反対側《はんたいがわ》のギランがあらわれた十字路のほうを見た。

「ホールトは?」

ギランは首をふった。「丸二時間《じかん》も待っているんだけど、まだ姿《すがた》が見えない。おかしいな、ホールトがいちばん近いところから来るはずなのに」

年に一度のレンジャー総会《そうかい》の時期で、三人は総会の場所まで数キロのこの十字路で待ち合わせて残《のこ》りの道を一緒《いっしょ》に行くのを習慣《しゅうかん》にしていた。ウィルがホールトの弟子《でし》だったころから、ギランとはここで会うことに慣《な》れていた。ギランが自分の昔の師《し》を待ちぶせしようとして、ウィルがそれを見破《みやぶ》ったのは、ウィルが初《はじ》めての総会に参加《さんか》した後のことだった。ウィルがシークリフ領《りょう》を引き継《つ》ぎ、ギランがノルゲート領に配属《はいぞく》されてからも、彼《かれ》らは可能《かのう》な限《かぎ》りホールトを待ちぶせすることを続《つづ》けていた。

「待つ?」とウィルがいった。

ギランは肩《かた》をすくめた。「ここにまだ来ていないということは、なにか起こったにちがいない。ぼくたちは先に行ってキャンプを設営《せつえい》したほうがいいだろう」ギランはかかとでそっとうながして馬を前に進めた。ウィルも同《おな》じことをして、ふたりは並《なら》んで進んでいった。

＊

しばらくしてふたりは総会《そうかい》の場所に着いた。そこは森の中の下草《したくさ》がきれいに刈《か》りとられた比較的開《ひかくてきひら》けた場所だった。レンジャーたちがそれぞれひとり用の低《ひく》いテントを張《は》ることができるように高い木々《きぎ》は残《のこ》してあった。

ふたりは通りすがりに出会うレンジャーたちと挨拶《あいさつ》をしながら、いつもの地点へと馬を進めていった。レンジャー隊《たい》は結束《けっそく》の強い団体《だんたい》で、ほとんどのレンジャーはおたがい名前を知っていた。自分たちの場所に着くと、ふたりは馬から降《お》りて鞍《くら》をはずし、長旅を終えた馬にブラシをかけてやった。ウィルが折《お》り畳《たた》み式の革製《かわせい》のバケツをふたつ手にして、総会地《そうかいち》のあいだを流れている小川から水を汲《く》んでいるあいだに、ギランはブレイズとタグのためにオオムギを量《はか》っていた。これから数日間、馬たちは足下《あしもと》に生えている青々とした草を食べることができるのだが、きつい仕事を終えたいまはオオムギをふるまってもらう資格《しかく》があった。

それにレンジャーたちは、決して愛馬《あいば》にごちそうをふるまうのをいやがらなかった。彼《かれ》らはテントを張《は》り、まわりに落ちている小枝《こえだ》や葉っぱを掃《は》いてきれいにした。おそらくこのあたりをうろついている動物のしわざだろうが、たき火用の石組みが乱《みだ》されていたので、ウィルが組みなおした。

「ホールトはどこにいるんだろう」かたむいてきている日の光が木々《きぎ》の幹《みき》ごしに差《さ》しこんでいる西のほうをちらりと見ながらギランがいった。「いやにゆっくりだな」

「来ないつもりなのかも」とウィル。

ギランが唇《くちびる》をつぼめた。「ホールトが総会《そうかい》を欠席する？」信《しん》じられないという声でいった。「ホールトは毎年《まいとし》総会に来るのを楽しみにしているんだよ。それに、きみに会える機会《きかい》を逃《のが》すはずないよ」

ウィルと同《おな》じくギランもホールトの元弟子《もとでし》だった。だが、あの髭面《ひげづら》の上級レンジャーと自分の若《わか》い友達《ともだち》とのあいだには、自分とホールトとのあいだにあった師弟関係《していかんけい》をはるかに超《こ》えたひじょうに特別《とくべつ》な絆《きずな》があることをギランは知っていた。ホールトにとってウィルは息子のような存在《そんざい》だったのだ。

「いや、ホールトがここに来ない理由なんかなにもないと思う」とギランは続《つづ》けていった。

「それが、どうやらあるようなんだな」と背後《はいご》から聞きなれた声がした。

ウィルとギランがすばやく振《ふ》り返ると、彼《かれ》らの後ろにクロウリーが立っていた。このレンジャー隊《たい》の司令官《しれいかん》は音もなく動く達人《たつじん》だったのだ。

「クロウリー！　いったいどこからわいて出たんです？　どうしてあなたがやってくる物音がまったく聞こえなかったんだろう？」

クロウリーはにやっと笑《わら》った。これは彼自慢《じまん》の技《わざ》だったのだ。

「ああ、人の背後に忍《しの》びよることができると、アラルエン城《じょう》の政界《せいかい》では有利《ゆうり》なのだよ。みんないつも秘密談義《ひみつだんぎ》をしておる。わたしがそこにいると彼らが気づく前にどれほどの情報《じょうほう》をわたしが収集《しゅうしゅう》しているかを知ったら、きみたちもおどろくぞ」

ふたりの若《わか》いレンジャーは立ちあがって司令官と握手《あくしゅ》を交わした。ギランがポットでコーヒーを淹《い》れているあいだに、ウィルはクロウリーが突然姿《とつぜんすがた》をあらわして以来《いらい》ずっと頭にあった疑問《ぎもん》を口に出してみた。

「ホールトが総会《そうかい》に来ないって、なにがあったんですか？　来ないって、たしかなんですか？」

クロウリーは肩《かた》をすくめた。「一昨日《おととい》彼からの連絡《れんらく》を受けとったのだよ。ホールトは西海岸に行っている。なにか新しい宗教《しゅうきょう》カルトが突然《とつぜん》あらわれたといううわさを追ってね。それで、ここにまにあうように戻《もど》ってくる時間《じかん》がないというんだ」

「宗教カルト？　どんな種類《しゅるい》の宗教カルトなんですか？」とウィル。

クロウリーの口角《こうかく》が不愉快《ふゆかい》そうに下がった。「よくあるやつだ」そういって、たしかめるようにギランのほうに目をやった。「どういう類《たぐい》のものかわかるだろ、ギル？」

ギランはうなずいた。「わかりすぎるくらいわかってますよ。『我々《われわれ》の新しい宗教に参加《さんか》しなさい』」と彼《かれ》はまねていった。「『我《われ》らの神こそ唯一《ゆいいつ》の真《しん》の神であり、まもなくこの世にやってくる運命からあなたがたを守ってくださる。我々と一緒《いっしょ》にいればあなたは安全で安心できる。ああ……そうだ、ところで安全でいられるという特権《とっけん》を得《え》られるのだから、あなたの大事にしているものをすべて我々によこしてくれるかな？』という類のものですか？」ときいた。

クロウリーは重いため息をついた。「かいつまんでいえば、まあそういうことだ。やつらは厄災《やくさい》が迫《せま》ってきていると人々《ひとびと》に警告《けいこく》する。しかしいつも、その厄災が起こるように計画するのはやつらなんだ」

ギランは湯気《ゆげ》の立つコーヒーを三つのカップに注ぎ、それぞれに配った。

クロウリーはふたりの若《わか》いレンジャーがコーヒーにスプーンではちみつをたっぷり入れるのを見て、首をふった。「コーヒーにはちみつを入れるなんて絶対《ぜったい》に慣《な》れないよ。若いころ、ホールトとわたしとでそのことについてよく議論《ぎろん》したものだ」

ウィルはにやっと笑《わら》った。「もしあなたがホールトの弟子《でし》だったら、弟子に選択《せんたく》の余《よ》地《ち》などないんですよ。弓《ゆみ》を射《い》ること、ナイフを投げること、音もなく動くこと、そしてコーヒーにははちみつを入れることを習うんです」

「いい先生でしたよ」とギランはいい、おいしそうにコーヒーに口をつけた。「で、その新しいカルトは自分たちのことを何て呼《よ》んでるか、ホールトはいってましたか？　あいうやつらはふつうもったいぶった名前を考えだすでしょう？」とウィルの話からははずれるが、つけ足していった。

「いわなかった」とクロウリーはいったが、その次に思っていることをいおうかどうしようかためらっているようだった。が、やがていうことに決めた。「彼《かれ》はこれがアウトサイダーズの新たな大流行になるかもしれない、と心配している」

その名前を聞いてもウィルにはぴんとこなかったが、ギランがはっと顔をあげたのが見えた。

「アウトサイダーズ？　おぼえてますよ。あれはぼくが弟子《でし》になって二年目だったはずです。あなたとホールトは一緒《いっしょ》に彼《かれ》らの様子を見にいったんですよね？」

クロウリーはうなずいた。「ベリガンやそのほか数人のレンジャーも一緒にな」

「それは相当なカルトにちがいないですね」とウィルがおどろいた声でいった。昔からのアラルエンのいい伝《つた》えに「ひとつの暴動《ぼうどう》にひとりのレンジャー」というのがあった。つまり、どんな大《おお》きな問題でも解決《かいけつ》するのにたいていはレンジャーひとりで事足りる、ということだ。

「たしかに」とクロウリーは認《みと》めた。「やつらはたいへん不愉快《ふゆかい》な一団だった。そしてやつらの毒《どく》はあの地方の中心深くにまでしみわたっていた。やつらを負かすのにはずいぶん時間《じかん》がかかった。だからこそ、この新しいグループについてもっと調べようとホールトはこれほど熱心《ねっしん》になっているのだ。もしやつらがアウトサイダーズの再来《さいらい》だったら、我々《われわれ》としても迅速《じんそく》に行動を起こさなければならない」

クロウリーはコーヒーのかすを火の中に投げ入れてから、カップを下に置《お》いた。

「だが、話がたしかになるまであれこれ心配するのはやめておこう。とりあえずは、総《そう》会《かい》を運営《うんえい》しなければならない。ギル、最終学年の訓練生《くんれんせい》ふたりに人から見られずに動くことについて、あともう少し教えてやってもらえないだろうか」

「もちろんいいですよ」とギランは答えた。クロウリーがだれにも聞かれずに動く達人《たつじん》だとすれば、ギランはレンジャー隊《たい》でだれからも見られずに動く達人だった。彼《かれ》の技術《ぎじゅつ》の大部分は生まれながらの素質《そしつ》によるものだったが、ほかの者に伝授《でんじゅ》できる実際的《じっさいてき》な秘《ひ》訣《けつ》といったものもあった。

「それからきみだが、ウィル」とクロウリーはいった。「今《こん》シーズンは三人の一年生がいる。彼らがどの程度《ていど》進《すす》んでいるかを見てもらえるかな？」

この言葉でウィルがはっと我《われ》に返ったのがクロウリーにはわかった。ウィルはまだ自分の元《もと》師匠《ししょう》が総会《そうかい》に来ないことにがっかりして考えこんでいたのだ。だから、彼にもなにか頭を切り替《か》えるものを与《あた》えたほうがいいだろうとクロウリーは思ったのだ。

「ああ、すみません、クロウリー！　なんておっしゃいました？」とウィルは申しわけなさそうにいった。

「一年生三人を査定《さてい》するのを手伝《てつだ》ってもらえるかな？」とクロウリーがくり返したので、ウィルはあわててうなずいた。

「はい、もちろんです！　さっきは失礼《しつれい》しました。ホールトのことを考えていたのです。

ホールトに会えることを楽しみにしていたので」と説明《せつめい》した。

「わたしたちみんながそうだよ。彼《かれ》の不愛想《ぶあいそう》な顔が我々《われわれ》みんなを明るく照《て》らしてくれるものな。だが、その時間《じかん》はあとでたっぷりある」そこまでいって、クロウリーはちょっと躊躇《ちゅうちょ》した。「じつをいえば……、いや、いい。気にしないでくれ。そのことはまたあとにしよう」

「またあとでって何ですか？」ウィルが好奇心《こうきしん》をむき出しにしてきたので、クロウリーは思わずほほえんだ。好奇心は優秀《ゆうしゅう》なレンジャーの証拠《しょうこ》だ。だが自制心《じせいしん》もそうだった。

「気にするな。時機《じき》が来たら話すよ。いまのところは一年生たちに弓《ゆみ》の指導《しどう》をして、彼らが演習《えんしゅう》するのを監督《かんとく》してやってもらいたい」

「喜《よろこ》んでそうさせてもらいますよ」ウィルはしばらく考えてからつけ加《くわ》えていった。

「ぼくのほうで演習を用意する必要《ひつよう》がありますか？」

クロウリーは首をふった。「いや、それは我々のほうで準備《じゅんび》してある。ただ彼らがそれを解決《かいけつ》するのを見ていてくれればいいんだ。きっとおもしろいぞ」と謎《なぞ》めいたひと言《こと》をつけ加えた。それから立ちあがるとズボンについた土をふり払《はら》った。「コーヒーをごちそうさま。それでは今夜の宴会《えんかい》で会おう」

2

「よし、じゃあきみたちが弓《ゆみ》を射《い》るのを見てみよう。それぞれあそこの的《まと》に十本ずつだ」とウィルは三人の少年にいった。

彼《かれ》は七十五メートル先に置《お》かれた三つの大《おお》きな的を指ししめした。三人は射線《しゃせん》まで進み出た。そこより少し先ではふたりの上級レンジャーが、百五十メートル先に立てられた食事用の大皿ほどの大きさしかない的を目がけて練習していた。ほとんどここから見えないそれらの的に、ふたりが次々《つぎつぎ》と矢を命中させていくのを、三人はしばらくのあいだ畏怖《いふ》のまなざしで見つめていた。

「日没前《にちぼつまえ》ならいつ始めてもいいぞ」とウィルは一語一語ゆっくりといった。自分が最初《さいしょ》にレンジャーの技術《ぎじゅつ》を習ったときに、ホールトが自分に向かっていったつまらなそうな、くたびれたような口調を自分がまねていることにウィルはまったく気づいていなかった。

「かしこまりました。申しわけございません」と三人の中でいちばん近くにいた少年がいった。三人全員が大《おお》きく目を見開《ひら》いてウィルを見ていた。ウィルはため息をついた。

「スチュアート？」彼《かれ》は自分に話しかけた少年に向かっていった。

「はい、何でしょうか？」

「ぼくに向かってそんな敬語《けいご》を使わなくていいよ。ぼくたちはどちらもレンジャーなんだから」

「でも……」とほかのひとりがいいかけた。彼はがっちりした体格《たいかく》で、もじゃもじゃの赤毛が額《ひたい》に垂《た》れかかっていた。ウィルはこの少年の名前を思い出そうとしていた。そうだ、ライアムだった。

「なんだ、ライアム？」

少年はきまり悪そうにもぞもぞした。「でもわたしたちは訓練生《くんれんせい》ですが、あなたは……」そこまでいって彼は口ごもった。自分がなにをいうつもりなのかわからなくなったのだ。おそらく「でもわたしたちは訓練生ですが、あなたはあのあなたなのですから」というようなとんでもないことをいい出しそうだった。

ウィルは知らなかったが、彼はこの少年たちの畏怖《いふ》の的《まと》だったのだ。彼は伝説《でんせつ》のウィル・トリーティ、モルガラス率《ひき》いるウォーガルの軍隊《ぐんたい》から王女を救出《きゅうしゅつ》し、その後彼《ごかれ》らがスカンディアの海賊《かいぞく》に誘拐《ゆうかい》されたときに王女を守ったあのレンジャーなのだ。それからテムジャイとの戦《たたか》いのときには、射手隊《しゃしゅたい》を訓練《くんれん》し、彼らを率いた。そしてつい前年も、王国の北の国境《こっきょう》に侵略《しんりゃく》してこようとしたスコッティを撃退《げきたい》したのだった。

この三人の訓練生《くんれんせい》は一人前のレンジャーならだれでも尊敬《そんけい》していた。だがウィル・トリーティは彼らよりほんの何歳か年上なだけなのに、最高《さいこう》の英雄《えいゆう》として崇拝《すうはい》の的《まと》になっていたのだ。だから、実際《じっさい》の彼を見たとき、彼らはおどろいた。彼らは等身大以上《いじょう》の人物、いわゆる英雄を期待していたのだが、紹介《しょうかい》されたのはさわやかな顔をした若々《わかわか》しい青年で、にこやかな笑《え》みを浮《う》かべ、ほっそりした体つきで平均《へいきん》に少し足りない身長の人物だったからだ。ウィル自身そのことに気づいていたかもしれないが、気まずい思いをするというよりはそのことをおもしろがっているようだった。その反応《はんのう》は人々《ひとびと》が初《はじ》めてホールトを見たときの反応とまったく同《おな》じだった。ウィルは知らなかったが、彼自身《じしん》の評判《ひょうばん》が自分の恩師《おんし》のそれに匹敵《ひってき》し始めていたのだった。

ウィルはこの少年たちが自分に対して抱《いだ》いている英雄を崇拝するような気持ちを理解《りかい》することはできなかったにしても、彼らがレンジャーと訓練生とのあいだには溝《みぞ》があると感じていることはよくわかった。自分も同《おな》じように感じていたのを思い出したのだ。

「きみたちはレンジャーの訓練生《くんれんせい》だ。そしてここで大事な言葉は『レンジャー』ということだよ」そういって、ウィルは首からぶらさがっている銀のオークの葉の護符《ごふ》にふれた。「銀のオークの葉を身に着けている者として、ぼくにはレンジャー隊《たい》への服従《ふくじゅう》が義務《ぎむ》づけられているだろうし、きみたちとはちがったレベルを求《もと》められているかもしれない。だけど、だからといってきみたちに敬語《けいご》を使ってもらおうとは思わない。ぼくの名前はウィルだし、きみたちにもそう呼《よ》んでもらいたい。きみたちはぼくの友人のギランのこともギランと呼べばいいし、ぼくの元師匠《もとししょう》であるホールトのことも、もし彼《かれ》がここにいればホールトと呼べばいい。それがレンジャーのやり方なんだ」

これは小さなことだが、大切なことだとウィルにはわかっていた。レンジャーは特殊な集団《しゅうだん》で、ときには名目上は自分たちよりはるかに身分が上の人たちに対して権威《けんい》を主《しゅ》張《ちょう》しなければならないこともある。だから、この少年たちもいつの日か国王がレンジャーに与《あた》えた権力《けんりょく》と信用《しんよう》を、持ち出さなければならないことがあるかもしれない、ということを知っておくことが重要《じゅうよう》なのだった。訓練生も一人前のレンジャーも全員が、まずはレンジャー隊の仲間《なかま》はみな平等だというだ。そういうふるまいに必要《ひつよう》な自信《じしん》は、意識《いしき》から育《はぐく》まれるのだった。

三人の訓練生《くんれんせい》たちはウィルがいったことを取り込《こ》みながら、おたがい顔を見合わせた。彼《かれ》らが少し胸《むね》を張《は》り、あごがわずかに上を向いたのがウィルにもわかった。

「はい……ウィル」とライアムがいった。彼はその言葉をなんとか押《お》しだし、それから自分の耳に聞こえたその言葉を気にいった様子で、ひとりうなずいた。残《のこ》りのふたりもそれぞれうなずいて、同《おな》じ気持ちになっているようだ。ウィルは彼らに自信《じしん》を持たせる時間《じかん》をあたえてから、太陽に目をやった。

「日の入りがどんどんせまってきているな」とウィルはひとり言《ごと》をいった。三本の矢がそれぞれの矢筒《やづつ》からとりだされたので、彼は笑《え》みをかみ殺《ころ》した。間《ま》もなく三つの弓《ゆみ》がはじかれ、矢が的《まと》を目がけて飛《と》んでいく聞きなれたビュッという音が聞こえた。

「十本射《じっぽんい》るように。それから出来ばえを見てみよう」とウィルはいった。

彼は近くの木までゆっくり歩いていくとその下に座《すわ》り、木の幹《みき》に背中《せなか》をもたせかけた。フードを引きあげると顔が影《かげ》に隠《かく》れ、まるで居眠《いねむ》りをしているように見えた。

しかし、じつのところは三人の少年の弓の扱《あつか》い方のあらゆる面を見るため、ウィルの目はなにひとつ見逃《みのが》さないように絶《た》え間なく動きつづけていたのだ。

続《つづ》く二日間、ウィルは彼《かれ》らの弓《ゆみ》の技術《ぎじゅつ》を査定《さてい》し、そのあいだにも彼らの技術上《ぎじゅつじょう》の小さな欠点《けってん》を正してやった。ライアムは弓を引き絞《しぼ》るときに、右手の親指が口の端《はし》に触《ふ》れるところまで引くという習慣《しゅうかん》を作りあげてしまっていた。

「人差《ひとさ》し指が口の端に触れるところまで引いてごらん、親指ではなく」とウィルは彼にいった。「親指を使っていると、手が右側《みぎがわ》にひねりぎみになる。そうすると矢を放ったときに矢が少しそれてしまう」

ライアムはうなずいてわずかな調整を行った。するとただちに正確《せいかく》さが増《ま》した――特《とく》にわずかな角度の差《さ》が大《おお》きく影響《えいきょう》する長距離《ちょうきょり》に矢を放ったときに。

三人の中でいちばんおとなしいニックは、弓を強く握《にぎ》りすぎていた。彼はなにごとにも熱心《ねっしん》な少年で、うまくなりたくてたまらなかった。万力のように強く握るのもこのような性格《せいかく》から来ているのだろう、とウィルは感じていた。弓を握るときには力を抜《ぬ》く必《ひつ》要《よう》があるのに、ニックのうまくなってみせるという決意が、悪い影響を与《あた》えてしまっていたのだ。強く握ると矢を離《はな》した瞬間《しゅんかん》に弓が左にふれてしまうことが多く、その結果《けっか》矢の飛《と》び方が乱暴《らんぼう》で不正確《ふせいかく》になってしまう。ここでもウィルがその欠点を正して、ニックにもう一度やってみるよううながした。

スチュアートの技術《ぎじゅつ》は健全で、この段階《だんかい》ではとりたてていうほどの欠点《けってん》もなかった。だが、ほかのふたりと同様、彼《かれ》の技術も時間《じかん》をかけて練習すればレンジャーとして求《もと》められるレベルにぎりぎり達《たっ》するという程度《ていど》のものだった。

「一にも二にも練習だ」とウィルは彼らにいった。「昔からこういわれているのを知ってるだろ? 『ふつうの射手《しゃしゅ》は、正しく射《い》られるようになるまで練習する。レンジャーは……?』」ウィルは最後《さいご》までいわず、彼らが最後までいってくれるのを待った。

「決して失敗《しっぱい》しなくなるまで練習する」と彼らは声をそろえていった。ウィルは笑《え》みを浮《う》かべてうなずいた。

「それをおぼえておくように」

しかし、三日目になって弓《ゆみ》の練習は数時間中断《すうじかんちゅうだん》されることになった。その前夜に少年たちは彼らのために準備《じゅんび》された演習《えんしゅう》の概要を書いた文書を受けとったのだ。彼らは夕食から消灯までの時間に問題を考え、その解決《かいけつ》にあたって彼らなりの考えをかためた。

＊

同時にウィルも彼《かれ》らに出された課題《かだい》の詳細《しょうさい》を受けとっていた。その概要を読んで彼は首をふった。

「クロウリーのユーモアのセンスにもまいったな」といいながら、少しむっとしてファイルを閉《と》じた。マントのほころびをつくろっていたギランが顔をあげた。その日の午後、ギランは人から見られずに動く見本を見せるのに茨《いばら》のしげみを選《えら》んだために、服にかぎざきができてしまったのだ。

「クロウリーがなにをしたんだ?」とギランがきいた。

ウィルは手の甲《こう》でファイルをぴしゃりとたたいた。「この演習《えんしゅう》の課題だよ。こんなことやってぼくがおもしろがると思っているのかな? 訓練生《くんれんせい》たちは侵略者《しんりゃくしゃ》たちが駐屯《ちゅうとん》する城《しろ》を包囲《ほうい》して占拠《せんきょ》する方法《ほうほう》を考え出さなければならない。しかも設定《せってい》は北の領地《りょうち》だ。彼らはふさわしい攻撃隊《こうげきたい》を雇《やと》い、城を手に入れなければならないんだ。聞いたような話だろ?」

ギランはにやっと笑《わら》い「だれかさんも同《おな》じような問題を抱《かか》えていたな」といった。それは前年の冬にウィルがマシンドー城《じょう》で直面した状況《じょうきょう》とほぼ同じだったのだ。

「ぼくの人生がそのまま演習にされちゃったみたいな気分だよ」とウィルは文句《もんく》をいっ

た。

それは彼《かれ》が気づいている以上《いじょう》にほんとうのことだった。クロウリーは例《れい》のマシンドー城《じょう》包《ほう》囲《い》の詳細《しょうさい》をレンジャー隊《たい》全体にいきわたらせていたのだ。ウィルの同僚《どうりょう》のレンジャーたちは彼のとった策略《さくりゃく》を研究し、おおいに感銘《かんめい》を受けていた。訓練生《くんれんせい》を抱《かか》えるレンジャーたちは、この包囲を通常《つうじょう》の戦略上《せんりゃくじょう》の常識《じょうしき》よりずっと少ない戦力《せんりょく》しかない場合には戦略と想像力《そうぞうりょく》がものをいうという例として使い始めていたのだった。

ギランはこのことを知っていたが、それをウィルにはいわないほうがいいだろうと思った。自分がそんなに評判《ひょうばん》になっているとわかると、ウィルが気まずい思いをするかもしれないと思ったのだ。当然《とうぜん》のことながら、クロウリーからその戦略の詳細をきいていないレンジャーはレンジャー隊の中でウィルひとりだけだった。

「彼らはどんな人員を使えるんだ？」とギランがきいた。

ウィルは顔をしかめてもう一度ファイルを広げ、『人材』のリストを見た。問題を設《せっ》定《てい》するときに、少年たちには解決策《かいけつさく》を見出す際《さい》に助けとして使えるいくつかの人材が与《あた》えられているのだ。

「旅芸人《たびげいにん》」とウィルは読みあげた。マシンドー城に近づく際に彼自身《じしん》が扮装《ふんそう》したものだった。「笑《わら》っちゃうよね。旅芸人《たびげいにん》はあまり役に立たないだろうな。馬に乗《の》った騎士《きし》——うわ、ホラスの登場だ。城《しろ》の元駐屯兵《もとちゅうとんへい》——国中に散《ち》らばった四十人だよね、もちろん。曲芸師《きょくげいし》と音楽師《おんがくし》の一団……フーム、これは役に立つかも。それから地元の村人」「難破《なんぱ》したスカンディア人とか改心した魔法使《まほうつか》いはいないのか？」とギランがウィルをからかっていった。

ウィルは鼻で笑った。「いや。少なくともそれはぼくにとっておいてくれたのかも」

やがて声が消え入り、ウィルは爪《つめ》を噛《か》みながら問題をじっくり検討《けんとう》しはじめた。曲芸師か。城壁《じょうへき》のてっぺんまで行くのに彼《かれ》らは役に立つかもしれない。彼はページを繰《く》って城の略図《りゃくず》をみつけた。城壁の高さは三メートルから四メートル。ふつうの人間には手ごわい障壁《しょうへき》となる高さだ。だが訓練《くんれん》を積《つ》んだ曲芸師なら……。

ウィルはこの考えをふり払《はら》って、もう一度パタンとファイルを閉《と》じた。これは彼に与《あた》えられた課題《かだい》ではない。三人の少年が解決策《かいけつさく》をみつけださなければならないのだ。ウィルは彼らの解決策が実際使《じっさいつか》えるかどうかを査定《さてい》するだけでいいのだ。

「おもしろそうだな」とギランがつぶやいた。

ウィルは首をふった。「彼らがどんな解決策を思いつくか、待ちきれない思いだよ」

ranger's apprentice 3

　ホールトはセルジー村の上手《かみて》にあるハリエニシダの茂《しげ》みに伏《ふ》せてじっとしていた。マントのおかげで彼《かれ》の姿《すがた》はほかからは見えない。眼下《がんか》の風景《ふうけい》を眺《なが》めながら彼の目は絶《た》え間《ま》なく動いていた。ホールトはここ数日間、村の住民にも、海岸にある家々《いえいえ》を乗《の》っとっている新参者《しんざんもの》たちにも見られることなくずっとこの村を観察《かんさつ》していた。

　セルジーは小さくて一見何の魅力《みりょく》もないような漁村だった。十軒ちょっとの小屋が浜《はま》の北の端《はし》、険《けわ》しい丘《おか》のふもとにかたまって建《た》っていた。浜そのものはせまく、幅百《はばひゃく》メートルあるかないかだった。その浜は、岩だらけの海岸線におおざっぱな三角形に浸食された遠浅の入江に面していた。

　三方にある丘陵《きゅうりょう》は海と狭《せま》い浜に向かって急斜面《きゅうしゃめん》になっていた。この丘陵はじゅうぶんな高さがあったので、このあたりの海岸線に吹《ふ》き荒《あ》れる風《かぜ》や嵐《あらし》から村と湾《わん》を守ってくれていた。四つ目の側《がわ》は海だったが、この海側《うみがわ》でさえ、ホールトのきびしい目は、入江になってすぐのところの障壁《しょうへき》となる渦《うず》に気づいていた。水面下に乱雑《らんざつ》に積《つ》み重なった岩々が、西風《にしかぜ》に乗《の》ってやってくる大波を砕《くだ》いているのだ。

入江の南側《みなみがわ》に、せまい区域《くいき》だが岩の障壁がそこだけ切れていて海が深くなっているために、海水が静《しず》かで波立っていない部分があることにホールトは気づいた。浜《はま》に引き上げられている少数の漁船《ぎょせん》が外海へと出て行くときは、この場所を通っていくのだろう。ホールトは家々《いえいえ》の状況《じょうきょう》をよく見た。小さいがまったく荒《あ》れていない。きちんと建《た》てられていて、最近《さいきん》ペンキを塗《ぬ》りなおしたばかりで見た目も感じがよかった。

船も同《おな》じような状態《じょうたい》だった。マストやブームは潮風《しおかぜ》や海水で傷《いた》まないように最近ニスが塗られたばかりだった。帆《ほ》はブームにきちんと巻《ま》かれている。索具《さくぐ》はきつく巻いてきちんと保管《ほかん》されているし、船体もすべていい状態で、比較的最近《ひかくてきさいきん》に塗装《とそう》もやり直されていた。

つまり、この村はちょっと見ただけでは小さくてとるに足りないところのように見えるが、じっくりと調べるとじつはそうではないのだった。ここは秩序正《ちつじょただ》しい地域《ちいき》だったのだ。そして、沿岸《えんがん》にはここのような避難場所《ひなんばしょ》がほとんどないので、漁師《りょうし》たちは近郊《きんこう》の村々《むらむら》に自分たちの捕《と》った魚を売ることができた。つまり、この村は繁栄《はんえい》しており、おそらくそういう状態《じょうたい》が何年も続《つづ》いているのだろう。

だからこそ、ここにアウトサイダーズが出現《しゅつげん》したのも説明《せつめい》できる。そう思ったとき、ホールトの目がせばめられた。今年はレンジャーの総会《そうかい》に出席《しゅっせき》せずに、アラルエンの西海岸から出てきたはっきりしないうわさの源《みなもと》をたどってきて正解《せいかい》だった。

うわさがはっきりしなかったのは、海岸線の荒《あ》れたこのあたりは、国内でもめずらしい、五十ある領地《りょうち》のどこの管轄《かんかつ》でもない場所のひとつだったからだ。ずっと昔に領地の境界線《きょうかいせん》が定められたときに、その狭間《はざま》に漏《も》れてしまった小さな地域《ちいき》だったのだ。この地域の所有権《しょゆうけん》をめぐって、国を追われてきたヒベルニア人たちの集団《しゅうだん》とのあいだでいい争《あらそ》いがあった。当時のアラルエン国王は岩だらけで荒涼《こうりょう》としたこの海岸地域《かいがんちいき》をざっと見て、ここをヒベルニア人の好《す》きにさせておいた。国王は五十人の口論《こうろん》ばかりしている扱《あつか》いにくい領主《りょうしゅ》たちを束《たば》ねて、ひとつの国としてまとまった統治機構《とうちきこう》にしようとしていたので、彼《かれ》の頭の中はこのことより大《おお》きな問題でいっぱいだったのだ。

そんなわけで海岸線にあるこの二十キロほどの地域はほうっておかれたのだった。もちろん、もし国王が百キロほどの中で最高《さいこう》の自然港《しぜんこう》のひとつであるここの支配権《しはいけん》を譲《ゆず》っていることに気づいていたら、ちがった行動に出ていたはずだった。だが、この小さな入江の存在《そんざい》は、固《かた》く守られた秘密《ひみつ》だったのだ。それでこの小さな漁村は、だれの恩義《おんぎ》を受けることもなく、また国王に報告《ほうこく》する義務《ぎむ》を負うこともないままに、長年静《しず》かに繁栄《はんえい》を続《つづ》けてきたのだった。

それでもここはレドモント領《りょう》のいちばん西の端《はし》に近いので、ホールトはここ数年地元住民に気づかれないようにしながら、ときどきこの地域《ちいき》を監視《かんし》してきていた。

ここ何ヵ月かのあいだ、ある宗教《しゅうきょう》カルトがいかにもありそうな動きをしているというわさが耳に入ってきていた。村や集落に友好という単純《たんじゅん》なメッセージを持って新参者《しんざんもの》がやってきたと人々《ひとびと》が話していたのだ。彼《かれ》らは子どもたちへのおもちゃや、共同体の指導者《しどうしゃ》へのちょっとした贈《おく》り物などを持ってやってくる。

その見返りとして、彼らはなにもいらないがただ彼らの慈愛《じあい》に満《み》ちた神、黄金《おうごん》神アルセイアスに祈《いの》りをささげる場所を提供《ていきょう》してほしいといった。地元の人に彼らの宗教を布《ふ》教《きょう》するつもりはないという。アルセイアスはほかの神々《かみがみ》がそれぞれの信奉者を引きつけ保持《ほじ》する権利《けんり》を尊重《そんちょう》する寛大《かんだい》な神だから、と。

そんなふうにしてアルセイアスの信者たちを意味するアウトサイダーズは、数週間のあいだ地元の人々《ひとびと》と調和して暮《く》らす。

だが、やがていろいろおかしなことが起こりはじめる。牛たちがわけもわからない死に方をする。羊《ひつじ》や家で飼《か》っている動物たちの脚《あし》が不自由になる。穀物《こくもつ》や家が焼《や》かれる。井戸《いど》や小川に毒《どく》が入れられる。その地域《ちいき》に武装《ぶそう》したおいはぎや盗賊《とうぞく》が現《あら》われ、旅人や遠くの農家に住む農民《のうみん》たちが襲《おそ》われて身ぐるみはがれる。日を追うごとに、彼《かれ》らの攻撃《こうげき》はより大胆《だいたん》に、悪質《あくしつ》になっていく。村は次にいつ襲撃《しゅうげき》されるかだれにもわからないままに、悪党《あくとう》に包囲《ほうい》されてしまう。

そんなときアウトサイダーズがある解決策《かいけつさく》をしめして前に出てくる。村を包囲している悪党どもは邪神《じゃしん》バルセンニス——アルセイアスとこの神を支持《しじ》するものすべてを憎《にく》んでいる闇《やみ》の神——の信者なのだ。アウトサイダーズは同《おな》じことを以前《いぜん》にも見たことがある、と主張《しゅちょう》する。嫉妬《しっと》したバルセンニスがアルセイアスとその信者が幸せを見出す共同体を破滅《はめつ》させようとしているのだ、と。だがアルセイアスのほうが強いので、この神は彼らを助けることができる、という。アルセイアスはこの闇の神の信者を追放し、村をもう一度安全な場所にすることができる、と。

だが、そのためにはもちろん代償《だいしょう》を払《はら》う必要《ひつよう》がある。バルセンニスを追放するためには、特別《とくべつ》な祈《いの》りをささげる必要《ひつよう》がある。アウトサイダーズにはそれができるが、追放の儀式《ぎしき》を行うための特別な神殿《しんでん》と祭壇《さいだん》を造《つく》らなければならない。その神殿と祭壇を造るには純粋《じゅんすい》の建材《けんざい》が必要だ——白大理石、節やねじれのない完全な形をした杉材……それから黄金《おうごん》が。

アルセイアスは黄金神だ。この神はこの貴重《きちょう》な金属《きんぞく》から力を引き出す。黄金がアルセイアスにバルセンニスとの戦《たたか》いで勝つのに必要な力を与《あた》えるのだ。

遅《おそ》かれ早かれ村人たちはこの申し出に同意する。激《はげ》しさを増《ま》してくる攻撃《こうげき》や災難《さいなん》に直面して、村人たちは蓄《たくわ》えや隠《かく》し資産《しさん》がないかどうか徹底的《てっていてき》に調べはじめ、必要とされている黄金を提供《ていきょう》する。長くためらっていればいるほど、攻撃はどんどんひどくなる。最初《さいしょ》は動物が殺《ころ》されていたのが、次には人間が標的《ひょうてき》となってくる。村の指導者《しどうしゃ》がベッドで殺されているのが発見される。そういうことが起こると、村人たちは自分たちの宝物《たからもの》を手渡《てわた》すようになる。神殿が建《た》てられる。アウトサイダーズは祈り、呪文《じゅもん》を唱《とな》え、断食《だんじき》をする。

すると攻撃がへりはじめる。『事故《じこ》』が起こることも少なくなってくる。悪党《あくとう》が姿《すがた》を見せることもどんどん少なくなっていき、人々《ひとびと》の生活は正常《せいじょう》にもどり始める。

そしてある日、村人の身ぐるみをはぎ、これ以上《いじょう》取るものがなにもなくなると、アウトサイダーズは姿《すがた》を消す。村人たちは朝目覚めるとアウトサイダーズが行ってしまったことに気づくのだ——長年かけて蓄《たくわ》えてきた黄金《おうごん》と宝物《たからもの》を持ち去って。アウトサイダーズはまた別《べつ》の村、別の共同体へと移動《いどう》していく。そしてまた同《おな》じことがはじまるのだ。

ホールトはこのサイクルの後半のところでここにやってきたのだった。つまり、アウトサイダーズが村をバルセンニスの激《はげ》しい攻撃《こうげき》から守ろうと必死《ひっし》になって祈《いの》っているところへ。ホールトは彼《かれ》らが呪文《じゅもん》を唱《とな》え、偽《にせ》の断食《だんじき》をしているところを見ていた。アウトサイダーズがかくし持っていた食べ物が内緒《ないしょ》であたえられるところも見ていた。『断食』も彼らの宗教《しゅうきょう》と同じく偽物《にせもの》なのだ、と彼は苦々《にがにが》しく思った。

ホールトは村の周辺《しゅうへん》を偵察《ていさつ》し、アウトサイダーズの共犯者《きょうはんしゃ》たちがキャンプしている基地《きち》も発見していた。彼らが納屋《なや》を燃《も》やす、動物を殺《ころ》す、地元の役人を誘拐《ゆうかい》したり殺したりする、などのよごれ仕事をやっているのだ。このカルトは彼らなしにはやっていけないのだが、彼らは村人からは見られないように気をつけていた。

たいへんうまく組織化《そしきか》されていた。ホールトはまったく同じものを何年も前に見たことがあった。それがいままたもどってきたのだ。

教徒たちの本部となっている大規模《だいきぼ》なテントから人影《ひとかげ》が姿《すがた》をあらわしたので、ホールトは顔をしかめた。この大テントは浜《はま》の端《はし》、漁船《ぎょせん》が潮《しお》につからないように引き上げられている場所の近くに張《は》られていた。

その人物は背《せ》が高くがっちりとした体つきだった。長い白髪《はくはつ》を中央で分けて、顔の両《りょう》側《がわ》に垂《た》らしている。この距離《きょり》からだと顔つきまではわからなかったが、ホールトは以前《いぜん》の観察《かんさつ》から彼《かれ》がひどいあばた面《づら》だということを知っていた。どうやらアルセイアス神はこの問題から彼を守ってはくれなかったようだ、とホールトは思った。

男は自分がグループの指導者《しどうしゃ》であることをしめすものを持っていた。それはありふれた木の枝《えだ》のてっぺんにアウトサイダーズのシンボルを描《えが》いた石版《せきばん》をつけたものだった。そのシンボルとは、ルーン文字（訳注《やくちゅう》：ゲルマン民族《みんぞく》が紀元2、3世紀頃から使用していた文字）を書いた輪《わ》の中心に球体が型押《かたお》しされており、その球体と輪の外にあるより小さい半球が細い石の軸《じく》でつながれたものだ。ホールトが見ていると、その年配の男は村の家々《いえいえ》の中の最《もっと》も大《おお》きい家に向かってつかつかと歩いていった。

「さらに黄金《おうごん》を出させようと出てきたってわけか？　何とかしないとな」とホールトは

つぶやいた。

　アウトサイダーズの指導者《しどうしゃ》は村人たちのグループ――あきらかにこの村の上層部《じょうそうぶ》の連《れん》中《ちゅう》だった――と会い、みんなでさかんに話しはじめた。ホールトはこういう光景《こうけい》を前にも見たことがあった。アウトサイダーズの指導者はしぶしぶという感じで、彼《かれ》らにもっと貴重品《きちょうひん》が必要《ひつよう》になったことを伝《つた》える。アルセイアスは宿敵《しゅくてき》を倒《たお》すためにさらなる強さを必要としている。そしてそのためには、彼にあとほんの少し黄金《おうごん》や宝石《ほうせき》をあたえなければならないのだ、と。ずるがしこい策略《さくりゃく》だ、とホールトは思った。さらなる黄金を要《よう》求《きゅう》するのを不本意《ふほんい》と見せかけ、村がそれを拒否《きょひ》したときにはどうしてもとはいわないことで、アウトサイダーズは彼らが自分たちのために黄金を求《もと》めているのだという嫌疑《けんぎ》をそらしていたのだ。

　ホールトはこの指導者が芝居《しばい》がかって肩《かた》をすくめるのを見た。もうわたすべき財産《ざいさん》はないといわれたようだ。彼は友好と理解《りかい》の仕草《しぐさ》として両手を広げて見せ、悲しそうに村人たちの代表に背《せ》を向けた。もし彼が確立《かくりつ》したアウトサイダーズのやり方どおりにしたのであれば、これからも自分と教団《きょうだん》の信者は、村とその住民を守るために私利私欲《しりしよく》を捨《す》てて断食《だんじき》し、祈《いの》り、引き続《つづ》き彼らを助けるために最大限《さいだいげん》の努力《どりょく》をする、と約束《やくそく》したはずだ。

「そして今夜、あの家の中の一軒から炎《ほのお》が上がるはずだ」とホールトはひとりつぶやいた。

4

三人の訓練生《くんれんせい》は静《しず》かな林間の空《あ》き地に座《すわ》り、ひざに課題《かだい》のファイルとノートを広げて、期待をこめた目でウィルを見つめていた。

「よろしい」とウィルは始めた。三人の視線《しせん》がじっと自分に注がれているので、なんだか落ち着かない。少年たちはおそらく自分たちに出された問題の完璧《かんぺき》な解決策《かいけつさく》をウィルがすでに考え出しているのだろう、と思っていることに彼《かれ》は気づいた。だが、そんなことは彼の役割《やくわり》ではなかった。

「課題は全部読んだかい？」

三つの頭がうなずいた。

「しっかりと理解《りかい》した？」

ふたたび三つの頭がうなずいた。

「じゃあ、だれが最初《さいしょ》に話してくれるのかな？」

一瞬《いっしゅん》ためらいがあってから、ニックの手が挙《あ》がった。ウィルもここでうなずいた。ニックが最初《さいしょ》に意見をいうだろうとわかっていたからだ。

「よろしい、ニック。きみの考えを聞こう」そういって、若《わか》い訓練生《くんれんせい》に進めるようしめした。

ニックは何回も咳払《せきばら》いをした。ノートのページを繰《く》り、それから頭を下げてものすごい速さで読み始めた。

「わかりましたわれわれがちょくめんしているもんだいはわれわれにはひょうじゅんてきなほういさくせんをこうかてきにしかけるためにじゅうにつかえるじゅうぶんなじんいんがないことですそこでわれわれがしなければならないのは――」

「ちょっと、ちょっと！」とウィルが中断《ちゅうだん》したので、ニックは緊張《きんちょう》して顔を上げた。なにかまちがったことをやらかしたのか、と思ったのだ。

「もっとゆっくり！」とウィルはいった。「もっとゆっくりしゃべるようにしてくれ。いいか？」

ニックのしょんぼりとした顔を見て、ウィルは彼《かれ》が減点《げんてん》されたと心配していることに気づいた。ニックはがんばり屋だ、とウィルは思った。彼の早口も弓《ゆみ》を万力のように強く握《にぎ》りしめていたのと同《おな》じ熱心《ねっしん》さからきているのだ。

「力を抜《ぬ》いて、ニック」ともっとはげますような口調でいった。「きみがダンカン王の前でこのような計画を提示《ていじ》するために呼《よ》ばれたとしよう……」ウィルは言葉を切り、ことの重大さにニックが目を大《おお》きく見張《みは》るのを見た。ウィルはやさしくつけ足していった。「そんなことだって、起こらないとはかぎらないんだよ。じっさい、レンジャーはそういうことをときどきやっているんだからね。だけど、きみにしたってアラルエン城《じょう》の謁《えっ》見室《けんしつ》にかけこんで、こんなふうに早口でまくしたてたくないだろ。『こんにちはダンカンおうここでこくおうにわたしのかんがえをにさんごひろうしますからそのことについてどのようにおかんがえかおしらせくださいますかよろしいですか?』って」ウィルがニックの息もつかずに早口でまくしたてる様子をかなり上手にまねてしゃべったので、ほかのふたりの少年が笑《わら》いだした。一瞬《いっしゅん》おくれてニックまでもが一緒《いっしょ》に笑った。

「いや、そんなことはしないだろう」とウィルは質問《しつもん》に自分で答えていった。「計画の概要を説明《せつめい》するときには、はっきりと正確《せいかく》にしゃべらなければならない。しゃべっている相手が全貌《ぜんぼう》を思い描《えが》けるようにね。しっかりと自分の考えを組み立てて、論理的《ろんりてき》につながるように相手に説明しなければならないんだ。さあ、大きく息を吸《す》って……」

ニックはそのとおりにした。

「で、もう一度始めてくれ。ゆっくりと」

「わかりました」とニック。「我々《われわれ》が直面している問題は、我々には標準的《ひょうじゅんてき》な包囲《ほうい》作戦を効果的《こうかてき》にしかけるために自由に使えるじゅうぶんな人員がいないことです。そこで、我々は以下《いか》のことをする方法《ほうほう》をみつけださなければなりません。(a)兵士《へいし》を雇《やと》って、(b)守備隊《しゅびたい》に比《くら》べて数で劣《おと》っているところを埋《う》め合わせる、というわけです」

ニックは期待するように顔を上げた。ウィルはうなずいた。

「いまのところはかなりいいよ。で、きみの解決策《かいけつさく》は?」

「わたしが提案《ていあん》するのは、三十五人のスカンディアの海狼《シーウルフ》たちを雇って攻撃隊《こうげきたい》として働《はたら》いてもらうことです。指揮官《しきかん》はすでにわたしが自由に使える騎士《きし》です。スカンディア人の戦場《せんじょう》での有能《ゆうのう》さは——」

だがここでふたたびウィルは両手を上げて言葉の洪水《こうずい》を押《お》しとどめようとした。

「ちょっと、ちょっと待った!」と叫《さけ》んだ。「話をすこしもどしてくれないか。スカンディア人だって? そのスカンディア人たちはいったいどこからやってきたんだ?」

ニックはその質問《しつもん》にすこし困惑《こんわく》したような顔をしてウィルを見た。

「あのう……それはおそらくスカンディアからだと」とニックは答えた。ほかのふたりの少年も同意してうなずき、ウィルが話を中断《ちゅうだん》したことにわずかに顔をしかめていることにウィルは気づいた。

「ちがう、ちがう、そういうことじゃなくて」といいかけたが、そのときあることが頭に浮《う》かび、残《のこ》りのふたりの少年を見ながら顔をしかめた。

「きみたち全員がスカンディア軍《ぐん》を雇《やと》うって決めたのか?」そうきくと、ライアムとスチュアートは黙《だま》ってうなずいた。

「じゃあ、どうしてそういうことができるって思ったんだ?」と彼《かれ》はきいた。少年たちはお互《たが》い顔を見合わせていたが、やがてライアムが答えた。

「あなたがそうしたからです」いうまでもないことだろうという口調だった。

ウィルはどうしようもないというふうに両手を広げていった。

「だけどぼくはあのスカンディア人たちを知っていたんだよ。彼らは友達《ともだち》だった」

ライアムが肩《かた》をすくめた。「ええ、まあ。でもぼくだって彼らと知り合いになれたかもしれません。ぼくはとても人なつっこい性格《せいかく》だっていわれているんです。だからぼくだってきっと彼らと友達になれますよ」

スチュアートとニックもうなずいて彼《かれ》を支持《しじ》した。ウィルは『人材』のリストを指さした。

「だけどここにはスカンディア人なんて載《の》ってないじゃないか！　彼らはいないんだよ！　それなのにどうしていきなり彼らが出てくるんだ？」

ふたたび少年たちは目配せをした。今度口をひらいたのはスチュアートだった。

「この演習《えんしゅう》では自分たちの独創性《どくそうせい》と想像力《そうぞうりょく》を使えといわれているので……」

ウィルは話をつづけろという身ぶりをした。

「だから、我々《われわれ》は独創性を使って、あの地域《ちいき》にはスカンディア人がいると想像したのです」

「それと、我々は彼らの友人だと」とライアムが口をはさんだ。

ウィルは突然《とつぜん》立ちあがった。自分が弟子《でし》になった初年度にホールトが感じたかもしれない気持ちに初《はじ》めて気づいたのだ。少年たちにしてみれば、自分たちがやっていることはじつに理《り》にかなっていると思っているのだ。

「だけど、それはやっちゃいけないんだよ！」とウィルは叫《さけ》んだ。それから少年たちの心配そうな顔を見て多少気持ちを落ちつけ、ゆっくりと説明《せつめい》しようとした。「人材のリストにはきみたちが使うことのできるものがしめされている。自分たちの目的《もくてき》に合うように、勝手にそれ以外《いがい》のものを作り出してはいけないんだ」

彼《かれ》は自分を半円形に取り囲《かこ》んでいる少年たちのしょんぼりした顔を見た。

「ぼくがいいたいのは、もしそんなことができるのだったら、どうしてずんずん進んでいって城壁《じょうへき》を打ちこわしてくれる巨人《きょじん》の軍団《ぐんだん》を想像《そうぞう》しなかったのか、ってことだよ」

ニック、ライアム、スチュアートがみんな律儀《りちぎ》にうなずいたので、彼らがこれを真《ま》に受けたと思い、ウィルは一瞬《いっしゅん》ぞっとした。

「冗談《じょうだん》だよ」というと、彼らはまたうなずいた。ウィルはため息をついて腰《こし》をおろした。少年たちが最初《さいしょ》からやりなおさなければならないと知ってがっかりしているのがウィルにもわかった。それで、彼らのために課題《かだい》を解《と》いてやるつもりはなかったが、正しい方向をしめしてやるくらいはいいだろう、と思った。

「よし。まずきみたちにあたえられているものを見てみよう。人材のところを読んでみてくれるかな」

「曲芸師《きょくげいし》の一団がいます」とライアム。

ウィルはすばやくライアムを見た。「曲芸師たちを使ってなにかできると思うかい？」

ライアムは唇《くちびる》をすぼめた。

「兵士《へいし》たちを楽しませて、士気《しき》を高めることができます」とニック。

「ぼくたちに兵士がいれば、だけどね」とスチュアートが口をはさんだ。

「兵士がいる場合の話だよ！」スチュアートの知ったような口調に腹《はら》を立ててライアムがいった。

彼《かれ》らがけんかを始める前に割《わ》って入ったほうがいいだろう、とウィルは思った。それで、大《おお》きなヒントを投げかけた。

「何が障害《しょうがい》になって城《しろ》に入れないのかな？　城の基本的《きほんてき》な防衛線《ぼうえいせん》は何だろう？」とウィルはきいた。少年たちはこの質問《しつもん》を考えていたが、やがてスチュアートが答えはあきらかだという口調で答えた。

「もちろん城壁《じょうへき》ですよ」

「そのとおり。高い城壁だ。四メートルある」ウィルは言葉を切って、少年たちの顔を順《じゅん》に眺《なが》めた。「高い城壁と曲芸師《きょくげいし》たちとのあいだになにかつながりはないかな？」

突然《とつぜん》三人の顔にわかったという表情《ひょうじょう》が浮《う》かんだ。中でもニックが一瞬《いっしゅん》速かった。

「彼らは城壁をよじ登れます」

ウィルはニックを指でさししめした。「そのとおり。だが、まだ兵士《へいし》たちが必要《ひつよう》だよね。もともといた駐屯兵《ちゅうとんへい》たちはどこにいったんだ？」

「領地《りょうち》じゅうに散《ち》らばって、もともとの農地や村に帰ってしまいました」今度はライアムがいった。彼《かれ》は顔をしかめ、一歩進めて考えた。「彼らを再雇用《さいこよう》するためにあちこち動きまわる人間が必要です」

「だけど、それを敵《てき》には気づかれたくない」とだれかがこの意味するところをくみとってくれればいいが、と思いながらウィルが口をはさんだ。

「旅芸人《たびげいにん》だ！」スチュアートが勝ちほこったように叫《さけ》んだ。「旅芸人だったら国のあちこちを動きまわっても、だれも気に留《と》めませんよ！」

ウィルはくつろいで座《すわ》り、彼らにほほえみかけた。「ようやく考えるってことを始めたようだな。さあ、この件《けん》を三人で考えて午後にきみたちの考えたものを聞かせてくれ」

三人の少年はうれしそうに顔を見合わせた。いままでは計画を次の段階《だんかい》に進めたくてたまらないのだ。ウィルが行っていいという合図をすると、彼らは立ちあがった。が、ウィルはあることを思い出して彼らを止めた。

「もうひとつあった。村だ。住人は何人だ？」

ニックがノートも見ずにただちに答えた。

「二百人です」ウィルはなにをいいだすつもりだろう、と思いながらニックはいった。

「でもその中には兵士《へいし》はほんの少ししかいません。ほとんどは農夫《のうふ》です」

「わかっている。だけど、人口百人以上《いじょう》の村について法律《ほうりつ》でなにが決まっているか考えてくれ」

人口百人以上の村には若者《わかもの》を弓《ゆみ》の射手《しゃしゅ》として使えるよう訓練《くんれん》をする責任《せきにん》がある、と法律で決まっていたのだ。これがあるおかげでアラルエン国は訓練された射手を大勢《おおぜい》有していて、必要《ひつよう》なときにはすぐに軍隊《ぐんたい》に召集《しょうしゅう》することができるのだった。少年たちはこれまでのところそのことがぴんときていないようだった。だが、ウィルは今日一日分としてはもうじゅうぶんな手助けをしてやったと思った。

「そのことを考えてみてくれ」といって、彼《かれ》らに行っていいという仕草《しぐさ》をした。ウィルは彼らが興奮《こうふん》した声でしゃべりながら遠ざかっていくのに耳を傾《かたむ》け、大《おお》きな木の幹《みき》に背中《せなか》をあずけた。気がつくとへとへとに疲《つか》れていた。

「いい指導《しどう》だった」ウィルの数メートル背後《はいご》からクロウリーがいった。ウィルはぎょっとして腰《こし》を浮《う》かした。

「やめてくださいよ、クロウリー！　心臓《しんぞう》が止まるかと思いましたよ！」

クロウリーはくすくす笑《わら》いながら斜面地《しゃめんち》に入ってきて、ウィルのとなりの大《おお》きな丸太に腰かけた。

「きみはなかなかよくやっている。教えるというのはかんたんなことじゃない。きみは彼《かれ》らを正しい方向に突《つ》っつくやり方も、彼ら自身で考えさせるようにどのあたりで手を引くかもよくわかっているじゃないか。きみ自身が弟子《でし》を持つときには、いい教師《きょうし》になれるぞ」

ウィルはそのことを考えるとすこし恐《おそ》ろしくなってクロウリーを見た。弟子を持つということには責任《せきにん》が伴《ともな》う。さらにいうまでもないことだが、若《わか》い人間にいつもくっついていられるとこちらの気がそがれる。質問《しつもん》をされたり、やっていることを中断《ちゅうだん》させられたり、問題をよく考える前に脱線《だっせん》したりされて……。

ここまで考えたとき、ウィルは自分が弟子のときの行動を並《なら》べ立てていることに気づいた。そしてふたたび、突然《とつぜん》ホールトへの同情《どうじょう》がこみあげてきた。

「しばらくのあいだは、もうこんなことしないでくださいよ」とウィルがいうとクロウリーは笑《え》みを浮《う》かべた。

「しないよ。しばらくのあいだはな。じつはきみにやってもらいたい別《べつ》の計画があるのだ」

だが、ウィルがくわしいことをきこうとうながしても、クロウリーはただ笑みを浮かべるばかりだった。「時機《じき》がきたら知らせるよ」

いまのところ、クロウリーから引き出せるのはこの言葉しかなかった。

夜中過《よなかす》ぎのこと。住民はみな眠《ねむ》りにつき、セルジーは暗く静《しず》かだった。夜警《やけい》はいなかった。こんな人里離《はな》れた、名もない村で夜警が必要《ひつよう》だったことなど一度もなかったからだ。

だが今夜は夜警が必要だった。まさにホールトが予想していたとおりだった。

彼《かれ》は最高《さいこう》水位線より上の砂浜《すなはま》の上に引きあげられた一艘《そう》の漁船《ぎょせん》の後ろにかがみこんでいた。最初《さいしょ》、アウトサイダーズは家の一軒に火をつけるだろうと思った。が、やがてそれよりもずっといい標的《ひょうてき》があることに気づいたのだ。漁船だ。村の富《とみ》の源《みなもと》だ。もし家が焼《や》けても、住人は建《た》て直すあいだテントで暮《く》らすことができる。あまり住み心地がいいとはいえないが、それでも暮らしを続《つづ》けていくことはできる。

だが船を壊《こわ》されれば、新しい船を造《つく》っているあいだは漁《りょう》に出ることができず、収入《しゅうにゅう》もない。

　船を攻撃《こうげき》するほうがアウトサイダーズの非情《ひじょう》さにぴったりくる、とホールトは思ったのだった。そしていま、彼《かれ》の説《せつ》が正しいことが証明《しょうめい》されようとしていた。六人の人影《ひとかげ》が浜《はま》を縁《ふち》どる木々《きぎ》の中からこっそり姿《すがた》をあらわし、砂浜《すなはま》を横切って漁船《ぎょせん》のほうにそっと移《い》動《どう》していった。彼らを見張《みは》りながら、どうして彼らは出てきたときに反射的《はんしゃてき》に身を低《ひく》かがめたのだろうか、とホールトはぼんやりと思った。そんなことをしても姿をかくすことにはならないし、かえってあやしく見えるだけなのに。それでもこのような状況《じょうきょう》になるとたいていの人は同《おな》じことをする。

　男たちのうち四人が十メートルほど先にある漁網や機材が積《つ》んである場所のそばで立ち止まった。残《のこ》りのふたりは進みつづけ、ホールトがその後ろにかがみこんでいる漁船のすぐ隣《となり》にある船に向かってきた。彼は男たちがほんの数メートル先の砂浜に身を低くしているのを、船尾《せんび》の陰《かげ》からのぞき見た。彼らが小声でしゃべっているのがじゅうぶん聞こえる距離《きょり》だった。

「何艘《なんそう》やるんだ？」とひとりがきいた。

「ファレルはやつらに思い知らせるためには二艘《そう》でじゅうぶんだろうといっている」

ファレルとはホールトがその日に見たあの白髪《はくはつ》の男、アウトサイダーズのこの支部《しぶ》の指《し》導者《どうしゃ》だ。

「おれはこの船にする。おまえは後ろの船をやってくれ」話している男は、ホールトがかくれている船のほうを頭でさした。相棒《あいぼう》の男はうなずくと、四つん這《ば》いになって後ろの船の舳先《へさき》のほうに近づきはじめた。

ホールトはすばやく身をかくすと船尾《せんび》からはなれ、並《なら》んでいる三番目の船のほうに移《い》動《どう》した。そうすればこの男が自分の仕事に集中しているときに男の後ろ側《がわ》にいることができる。浜《はま》には風《かぜ》や波《なみ》に打ちあげられた大《おお》きな海藻《かいそう》や流木《りゅうぼく》が散《ち》らばっていた。男が船首のほうにまわりこんでくる音が聞こえたので、ホールトはマントにくるまったままじっと砂《すな》の上にふせた。もし男がなにかに気づいたとしても、じっとしているレンジャーのことを浜に打ち上げられたなにかの残骸《ざんがい》だと思ったことだろう。昔からのレンジャーの格言《かくげん》にあるように、「人はだれかを見ると予想していなければ、たいてい見ない」ものなのだ。

火打石を打ち金《がね》に打ちつける音が聞こえたので、ホールトはわずかに視線《しせん》を上げた。男は背中《せなか》をホールトのほうに向けて、船の後ろにうずくまっていた。ホールトが見ていると、また火打石を打ちつける音が聞こえ、青い火花が散《ち》ったのが見えた。

両肘《りょうひじ》と両ひざをついて、ホールトは巨大《きょだい》なヘビのように黙《だま》ってずるずる這《は》い進んでいった。そして、人がいることなど思ってもいない男のそばまで近づくと、身体を起こしてしゃがむ姿勢《しせい》をとった。

だれかいることに男が気づいたときには、腕《うで》が男ののどもとを鉄《てつ》の棒《ぼう》のように締《し》めつけていた。同時に手が男の頭を強く前にかたむけて、のど輪攻めを強化した。おどろきの小さな叫《さけ》びを発《はっ》したと同時に空気は入ってこなくなった。

「どうしたんだ?」もう一艘《そう》の船のほうからささやくような声がきいてきた。急速に弱ってきている男にのど輪攻めをかけたまま、ホールトは同《おな》じようなささやき声で答えた。

「なんでもない。火打石を落としたんだ」

もう一艘の船から火打石を打つ火花が見えたかと思うと、怒《おこ》ったようなささやき声が返ってきた。

「じゃあ、黙って仕事をしろ」

のど輪攻めが功《こう》を奏《そう》し、ホールトがおどろかせた男は意識《いしき》を失《うしな》ってぐったりした。

ホールトは男を砂《すな》の上に寝《ね》かせた。向こうの船からはもう火打石の音は聞こえてこなかった。ということは、あっちの男が火をつけることに成功《せいこう》したということだ。これ以《い》上時間《じょうじかん》を無駄《むだ》にするわけにはいかない。ニスとペンキを塗《ぬ》り、日に灼《や》けて乾燥《かんそう》した船の木材《もくざい》、それと厚《あつ》くタールを塗った索具《さくぐ》はすぐに燃《も》えるだろう。もっとも早く男のところに行くにはあいだにある船を乗《の》り越《こ》えていくことだった。ホールトは船側板をよじ登り、船の中を向こう側《がわ》まで横切ると砂の上にとびおりた。

ホールトが立ちあがると、男が手にしていた火口《ほくち》（訳注《やくちゅう》：火打石で打ちだした火を移《うつ》しとるもの）の中で小さな炎《ほのお》があがっているのが見えた。炎を見ていた男が後ろのほうでかすかな物音を聞きつけた。男は目をあげたが、炎を見ていたせいでよく見えず、数メートル先に暗い人影《ひとかげ》が見えただけだった。当然《とうぜん》、男は自分の仲間《なかま》だと思った。

「なにをやってるんだ？　もう終わったのか？」

かくれるのは終わりだ、とホールトは思った。それで自分のふつうの声で答えた。

「完全にはまだだ」

声の主《あるじ》が見知らぬ人間だと男が気づいたときには手遅《ておく》れだった。男はしゃがんでいた姿勢《しせい》から立ちあがった。が、同時に、ホールトが男の手にあった火口の燃えさしを払《はら》いのけ、砂《すな》の上に落とした。それからもう一方の左手の手首を直角に曲げ、ねじった身体全体の勢《いきお》いを乗《の》せて男を殴打《おうだ》した。

ホールトの手のひらのつけ根が男のあごを直撃した。男は頭をのけぞらせ、苦痛《くつう》の悲鳴をあげて船の中へ吹っ飛《ふと》んでいった。男がもうろうとしながら砂のほうににじり寄《よ》っていくあいだに、ホールトは大声で叫《さけ》んだ。

「火事だ！　船が燃《も》えている！　火事だ！」

残《のこ》りの四人の襲撃者《しゅうげきしゃ》たちからおどろきの叫び声が聞こえてきた。いったいなにが起こったのかさぐろうとしている。いったん火をつけたら、火事だと叫ぶような計画はしていなかった。しかし、彼《かれ》らが知るかぎり、船のほうには仲間《なかま》のふたり以外《いがい》だれもいないはずだった。

「火事だ！」ホールトがまた叫んだ。「船を見にいけ！　火事だ！」

平和な夜の中で彼の声はおどろくほど大《おお》きかった。すでに村の家々《いえいえ》で灯《あか》りがつきはじめた。四人の男たちは本気でまずいことになったことに気づき、立ちあがると船のほうに走りだした。

ホールトはとびだして、彼らからはなれるように浜《はま》に走りでた。本能的《ほんのうてき》に、男たちは向きを変《か》えてホールトを追いかけた。ホールトのねらいどおりだ。男たちに船に火をつける仕事をやりとげさせたくなかったのだ。

「つかまえろ!」とだれかが叫《さけ》んでいるのが聞こえ、足が砂《すな》を踏《ふ》むやわらかな音がすぐ後ろで聞こえた。

だが今度は遠くで叫ぶほかの声も聞こえてきた。村人たちが目を覚《さ》まし、警鐘《けいしょう》を鳴らしたのだ。すぐ後ろで走っていた足音がためらっているのがわかった。

「やつはいい! モリスとスカーを連《つ》れにいって、ここから逃《に》げるんだ!」先ほどと同《おな》じ声が叫んでいるのが聞こえた。モリスとスカーとは船に火をつけようとしたふたりのことだろう。襲撃者《しゅうげきしゃ》たちは彼《かれ》らを置《お》き去りにして、彼らが村人たちから尋問《じんもん》されては困《こま》ると思ったのだ。後ろを走っていた足は向きを変え、船のほうにもどっていった。ホールトが危険《きけん》を冒《おか》して肩越《かたご》しにふり返ると、仲間《なかま》を引きずっていくために現場《げんば》までもどっていく四人の姿《すがた》が見えた。数百メートルはなれた浜辺《はまべ》では、ランタンの灯《あか》りがあることから村人たちが船のほうへ向かっているのがわかった。もっとも船のところに火が見えないので彼らに最初《さいしょ》あった緊迫感《きんぱくかん》は消えていた。

襲撃者たちが逃げる時間《じかん》はあるな、とホールトは思った。だが、それについていま彼にできることはほとんどなかった。アウトサイダーズがキャンプをしている大テントにもゆっくりと動きが出てきた。自分たちの計画が実行できたかどうかを見守って、彼《かれ》らがずっと起きていたのはまちがいない。もちろんいまとなっては、騒《さわ》ぎのあいだじゅうずっと眠《ねむ》っていたふりをするのは無理《むり》だった。

ホールトは浜《はま》の端《はし》の木立《こだち》に着くと、走っていたペースをゆっくりした駆《か》け足へとゆるめた。そして木々《きぎ》が投げかける影《かげ》に入って立ち止まると、何度か深く息を吸《す》いこんだ。すべてのレンジャーがそうであるように、ホールトも体調は万全だった。それでも、身体じゅうをアドレナリンが駆けめぐり、息づかいが早くなり心臓《しんぞう》がふだんより速く打っているのを感じるときには、機会《きかい》があれば休んでおくにこしたことはない。

落ちつけ、と彼はドキドキしている自分の心臓に向かっていった。すると、鼓動《こどう》がふだんの速さへと落ちつきはじめるのを感じた。

全体として今夜はうまくいったな、とホールトは思った。襲撃者《しゅうげきしゃ》がひとりかふたり残《のこ》っていて、村人が尋問《じんもん》できたほうがもっとよかったが、少なくとも船に火をつけるという彼らの計画を妨害《ぼうがい》することはできたのだから。

そして、彼らがどうして自分たちの計画がうまくいかなかったのか、だれが邪魔《じゃま》をしたのかを考えるときに、彼《かれ》らの頭に大《おお》きな疑問《ぎもん》を投げかけることはできるだろう。

ホールトはひとり冷《ひや》やかな笑《え》みを浮《う》かべた。アウトサイダーズに心配の種《たね》ができたのが気に入ったのだ。おそらく彼が本来持っている警戒心《けいかいしん》がにぶったのはこのちょっとした満足《まんぞく》のせいだったかもしれない。アベラールを置《お》いてきた場所のほうへ進んでいこうとしたとき、彼はうっかり木の後ろから出てきた男と鉢合《はちあ》わせになってしまった。

「おまえはいったいだれだ？」と男は問いただした。男は先のとがった金属《きんぞく》をつけたこん棒《ぼう》を手にしており、それをこの不審者《ふしんしゃ》の頭に打ちつけようとしてふりかざした。

いきなり攻撃《こうげき》をしかけてくる態度《たいど》から、男がアウトサイダーズの一味だとわかった。ホールトはショックからすばやく立ち直ると、男の左のひざの内側《うちがわ》に蹴《け》りを入れた。がくんと足が折《お》れ、男は悲鳴をあげて倒《たお》れると、傷《きず》ついたひざを抱《かか》えて叫《さけ》んだ。

「助けてくれ！　助けてくれ！　こっちだ！」

それに答える声と、木々《きぎ》や茂《しげ》みを抜《ぬ》けて何人かが走ってくる物音が聞こえた。幽霊《ゆうれい》のような動きでホールトはとびだした。やってくる者たちに捕《つか》まる前にアベラールのところまで行かなくてはならなかった。

第二部

追跡《ついせき》

6

総会《そうかい》は終わろうとしていた。

最終学年の訓練生《くんれんせい》ふたりを一人前のレンジャーへと認《みと》める通過儀礼《つうかぎれい》が行なわれている最中《さいちゅう》だった。それを見ていたウィルは、ギランに肘《ひじ》で脇腹《わきばら》をつっつかれて苦笑《にがわら》いを浮《う》かべた。それほど遠くない過去《かこ》に彼《かれ》も同《おな》じ立場にいて、クロウリーがわけのわからない早口で書類をどんどん繰《く》っていき、全体のプロセスをはしょっているのを見て、あ然としたのを思い出した。

ウィルはふたりの新人レンジャーが、当時の自分とまったく同じ困惑《こんわく》を感じているのを見ていた。五年間のきびしい修行《しゅぎょう》と誠実《せいじつ》な努力《どりょく》を終え、卒業を迎《むか》えた訓練生は何らかの儀式《ぎしき》のようなものを期待していた。自分のこれまでの人生で最《もっと》も重要《じゅうよう》な一日を記念《きねん》するようななにかを。レンジャー隊《たい》としては、じつに独自《どくじ》なやり方で、そういうことを避《さ》けることで同じことを目指していたのだ。なぜなら、ウィルもいまになってわかったのだが、卒業は終わりではないからだ。卒業はもっとずっと大《おお》きく、もっと重要《じゅうよう》な人生の局面への始まりにすぎない。

見たところ、クロウリーとふたりの訓練生《くんれんせい》、そして彼《かれ》らの師匠《ししょう》しか出席《しゅっせき》していなかった。しかし、じつは彼らはじっと黙《だま》り、外からは見えないところにいる観客《かんきゃく》にとり囲《かこ》まれていた。毎年任命式《まいとしにんめいしき》にそうするように、残《のこ》りのレンジャーたちが木立《こだち》のあいだにかくれ、おめでとうと歓声《かんせい》をあげてとびだす準備《じゅんび》をしていたのだ。

少年たちの両親や家族も息子の卒業を見るためにこの地域《ちいき》への立ち入りを認《みと》められていた。だが、どこで総会《そうかい》が開《ひら》かれるかは極秘《ごくひ》になっているので、両親たちは旅の最後《さいご》の十キロは目かくしをされて連《つ》れてこられていた。その家族たちも木々《きぎ》の陰《かげ》から期待をこめ、楽しそうに見守っていた。

下級生の訓練生だけがこの場にいなかった。卒業のときになにが行なわれるかをだれも訓練生にしゃべってはいけないというきびしい規則《きそく》があったので、年配のレンジャー三人が一年生と三年生の訓練生を――この総会には二年生と四年生は来ていなかった――最後の講義《こうぎ》をしに総会の地から遠くはなれたところまで連れ出していた。彼らは任命式の後の宴会《えんかい》のときにもどってくることになっている。

クロウリーはいつもの熟練《じゅくれん》したパフォーマンスの最後《さいご》のところにきていた。「で」といい、目をふせてまるでできるだけ早くこれを終えてしまいたいと思っているかのように、ものすごい速さで読みだした。「貴殿《きでん》、キャラウェイ領出身《りょうしゅっしん》のクラークと、貴殿、スキナーはどこの出身だったかな……たしか……ちょっと待ってくれよ、どこだったか……そう、マーティンサイド領《りょう》だ……は、すべての訓練《くんれん》を終了《しゅうりょう》しレンジャー隊《たい》の正隊員として任命《にんめい》される準備《じゅんび》が整っている。そこで、わたしはここにレンジャー隊の司令官《しれいかん》としてあたえられている権威《けんい》でもって貴殿たちを任命する。そして、なんたらかんたらなんたらかんたら等々。もうここで握手《あくしゅ》をして終わりということでいいのではないかな」

クロウリーはすばやく立ちあがり、書類をまとめると、びっくりしているふたりの卒業生とおざなりな握手をした。

「なんだか結婚式《けっこんしき》みたいだな、そうじゃないかね？」

ふたりの少年はおたがい顔を見合わせてからクロウリーの顔を見た。彼《かれ》は少年たちの困惑《こんわく》に初《はじ》めて気づいたような顔をし、それから困《こま》ったような顔で彼らを見ながらためらっていった。「ほかになにかあったかな？　なにか忘《わす》れているか？」クロウリーは頭をかき、式次第をすばやく見直した。クロウリーの顔に「そうだった」という表情《ひょうじょう》が浮《う》かんだのを見て、ウィルはにやにやせずにはいられなかった。

「ああ、そうだった！　きみたちはあの銀のあれがほしいんだ」クロウリーがスキナーとクラークの師匠《ししょう》ふたりを手招《てまね》きすると、彼《かれ》らはすべてのレンジャーが大切にしている小さな、きらきら光るものを持って前に進み出た。「さあ、それをわたしてやればいいんじゃないかな」とクロウリーは気軽にいった。

　このふたりのレンジャーが元弟子《もとでし》のふたりの首に銀のオークの葉の護符《ごふ》をかけてやっていると、残《のこ》りのレンジャーたちがそれまで身をかくしていたマントをかなぐり捨《す》てて、空《あ》き地のほうにとびだし、クロウリーたちをとり囲《かこ》んだ。

「おめでとう！」

　木立《こだち》のあいだからものすごい歓声《かんせい》があがった。梢《こずえ》をねぐらにしていた小鳥たちがおどろいて一斉《いっせい》にあげたさえずりが、喝采《かっさい》の声となってこだました。レンジャーたちが新メンバーを祝《いわ》おうととび出てきて、ふたりの背中《せなか》をたたいたり、笑《わら》いながら彼らと握手《あくしゅ》したりした。自分たちは大《おお》がかりな冗談《じょうだん》の犠牲者《ぎせいしゃ》にされたのだと気づくにつれて、それまでおどろいていたクラークとスキナーの顔つきが変《か》わってきたのがウィルにはわかった。

そしていまや自分たちはこのエリート集団《しゅうだん》の一人前の正会員なのだということがわかってきて、彼《かれ》らの目に喜《よろこ》びと誇《ほこ》りの涙《なみだ》が光るのも見えた。自分もそう気づいたときの記憶《きおく》がよみがえってきて、ウィルも目の奥《おく》がつんと熱《あつ》くなった。やがて、今度は自分が彼らを歓迎《かんげい》する番だ、とウィルは前に進んだ。

「おめでとう。長い五年間だっただろ？」

スキナーは目に涙をためた母親に抱《だ》きしめられている最中《さいちゅう》だった。かなりりっぱな体《たい》格《かく》の母親に抱かれた、黒い髪《かみ》のほっそりとした息子はずいぶん小さく見えた。

「あなたのことを誇りに思うわ！　とっても！　お父さんがここにいてくれればどんなによかったことか！」と母親はいっていた。スキナーは長く続《つづ》いた母親の抱擁《ほうよう》からなんとか抜《ぬ》け出してきてウィルと握手《あくしゅ》をした。

「ほらほら、お母さん、もういいから」と彼はいった。それからウィルに向かっていった。「自分は決して卒業できないと思ったこともありました」

ウィルはうなずいた。「特《とく》に最後《さいご》の数ヵ月だろ？」とウィルがきくと、スキナーはおどろいて目を丸くした。

「どうしてわかるんですか？」

「みんな最後《さいご》にきてそういう気になるんだよ」とウィルはいった。「自分の目の前に大仕事が控《ひか》えていることに気づくんだ」

「ってことは……あなたもそんなふうに感じたんですか？」信《しん》じられないというふうにスキナーがいった。伝説的《でんせつてき》な人物であるウィル・トリーティがそんなふうに自信《じしん》をなくしたなんて、とても信じられなかったのだ。

ウィルはにやっと笑《わら》った。「すごく怖《こわ》かったよ」とウィルは認《みと》めた。「でも、これまでやってきた訓練《くんれん》を信じるんだ。課題《かだい》をあたえられたときに、自分が思っている以上《いじょう》にいろんなことを知っているってわかるから」

息子が誇《ほこ》らしくてたまらない母親にスキナーをふたたび返して、ウィルはクラークのほうへ移動《いどう》していった。クラークは両親、弟、師匠《ししょう》からなる小さなグループにとり囲《かこ》まれていた。おめでとうといってから、「どこに赴任《ふにん》するか、なにかわかっているの？」とウィルはきいた。

クラークは首をふった。自分を守ってくれる師匠の翼《つばさ》から巣立って、自分だけの領地《りょうち》へ赴任していくのだということに改《あらた》めて思い至《いた》ったのか、突然彼《とつぜんかれ》の目に不安《ふあん》がよぎったのにウィルは気づいた。

「きっとすてきで平和なところだよ」と彼《かれ》の師匠《ししょう》であるアンドロスがはげますようにいった。「ふつう新人レンジャーをやっかいな場所へは送りこまないものだ」

「だいじょうぶだよ」とウィルもいった。

クラークはにやっと笑《わら》った。「アンドロス先生のいびきが聞こえないところだったらどこでも平和ですよ」

アンドロスは眉《まゆ》をつりあげ、弟子《でし》を流し目でにらんだ。「そうかね？　だったらおまえの赴任先《ふにんさき》がわたしの領地《りょうち》の隣《となり》にならないように祈《いの》らなければ。隣だったらまだわたしのいびきが聞こえるかもしれんからな」

周《まわ》りにいた人たちがいっせいに立てた笑い声につられてウィルも笑った。やがてクラークの弟が、新たにレンジャーとなった兄にうっとりと見とれながらきいた。「出発する前に何日かは家に帰ってこられるの？」

クラークがアンドロスを見ると、アンドロスはうなずいた。「新人レンジャーには赴任先に行く前に家族と過《す》ごす一週間の休暇《きゅうか》があたえられている」

幸せそうな顔の人々《ひとびと》を見ているうちに、ウィルは一抹《いちまつ》のさびしさを感じた。自分が卒業したときには自分の前途《ぜんと》を祝《しゅく》してくれるうれしそうな家族はいなかった。それから、彼《かれ》は小さな憂鬱《ゆううつ》をふり払《はら》った。ホールトがいてくれたじゃないか。だれにとってもホールトは家族同然だった。

クロウリーが人ごみをかきわけてやってきて、ふたりの新人の肩《かた》にそれぞれ腕《うで》をまわした。

「なんでみんなここにつっ立ってしゃべってるんだ？　さあ、食べようじゃないか！」

と大声でいった。

＊

食事はかんたんなものだったが、それにもかかわらずとてもおいしかった。金串《かなぐし》に刺《さ》された鹿《しか》の尻肉が炭火の上で何時間《じかん》も回転して焼《や》かれており、肉汁《にくじゅう》や脂《あぶら》が火の中に落ちて突然炎《とつぜんほのお》をあげたかと思うと、空《あ》き地一帯に焼けた肉の汁気《しるけ》たっぷりのいいにおいが漂《ただよ》った。ふたりのレンジャーが慣《な》れた手つきでそれを切り分け、肉汁たっぷりのスライスを皿《さら》に載《の》せていた。皿にはピリッとした酢《す》と油で作ったドレッシングで和《あ》えた新鮮《しんせん》なグリーンサラダが添《そ》えてある。デザート用にはたっぷりの果物《くだもの》が長いテーブルに用意してあった。

食事が終わると、ポットに入れた湯気《ゆげ》の立つコーヒーが用意されたので、レンジャーたちはゆっくりと席《せき》についた。ウィルはテーブルごしにギランを見てにやにやした。ギランがすこしはなれたところにあるはちみつを入れたびんに手を伸《の》ばしたからだ。

「全部使わないでね」とウィルは警告《けいこく》した。近くに座《すわ》っていた年長のレンジャーふたりが、ふざけて非難《ひなん》するように首をふった。

「ホールトはまだ自分の悪しき習慣《しゅうかん》を弟子《でし》たちに伝《つた》えているようだな」とひとりがいった。

クロウリーがそろそろお楽しみが始まると発表し、ベリガンがギターラを手にして前に出てきた。ベリガンは戦《たたか》いで片足《かたあし》を失《うしな》った元レンジャーで、いまでは吟遊楽士《がくし》として――そしてレンジャー隊《たい》の秘密工作員《ひみつこうさくいん》として――国じゅうを旅していた。彼《かれ》が三曲歌《うた》をうたうにつれて、拍手喝采《はくしゅかっさい》がどんどん大《おお》きくなっていった。やがて彼はウィルを手招《てまね》きした。

「仲間《なかま》に入ってくれ、ウィル・トリーティ！」と彼は呼《よ》びかけた。「きみに教えたことをきちんとおぼえているか見てみようじゃないか」ベリガンはウィルがノルゲート領《りょう》での使命のために出かけていくときに、旅芸人《たびげいにん》に扮《ふん》したウィルにいろいろ教えたのだった。仲間《なかま》の親しみのこもったヤジにうながされて立ちあがったウィルは、うれしそうに頬《ほお》を紅潮《こうちょう》させた。彼《かれ》はベリガンが演奏《えんそう》しているテーブルの上座《かみざ》の横のあいている場所に進んでいった。年長の訓練生《くんれんせい》のひとりが、ウィルのテントまで彼のマンドーラを取りにいかされ——ウィルがマンドーラを持たずに旅をすることはめったになかった——ウィルに楽器《がっき》をわたした。ウィルは試《ため》すようにコードを軽くかき鳴らした。

「おれが調律《ちょうりつ》しておいたよ」とベリガンがいった。ウィルは顔をしかめていちばん上の弦《げん》を調整した。

「なるほどね」とベリガンが生真面目《きまじめ》な顔で答えたので、聴衆《ちょうしゅう》の中からさざ波《なみ》のように笑《わら》いが起こった。ベリガンは客たちのからかいを認《みと》めるようにうなずいた。

「なにからはじめる?」とベリガンがきいた。ウィルはこう来ると思っていた。これはベリガンから教わったこの商売の最初《さいしょ》のコツなのだった。〈プロの芸人は常《つね》に歌《うた》を用意している。ためらっているようではアマチュアだ〉ベリガンはそうウィルに教えてくれたのだった。

「『山の上のジェニー』を」とウィルは即座《そくざ》にいった。

ベリガンはウィルにほほえみかけた。「ということは、まだおぼえていたこともあるってことだな」

ふたりは一緒《いっしょ》に三曲うたい演奏《えんそう》した。ウィルは感じのいい声でうたい、彼《かれ》が主旋律《しゅせんりつ》をうたうとベリガンはやすやすとそれにハモってみせた。ふたり一緒にうたうとなかなかだ、とウィルは認《みと》めないわけにはいかなかった。それでも三曲目が終わると、彼はマンドーラを置《お》いた。

「呼《よ》ばれたからって長くいすぎるな、とも教わりましたからね」そういって、みんなの拍手喝采《はくしゅかっさい》の中を席《せき》にもどり、あとは満《み》ちたりた気持ちでベリガンの演奏と歌を楽しんだ。

最後《さいご》の歌になってふたたびベリガンに合流した。これは非公式《ひこうしき》のレンジャー賛歌《さんか》で、『森の中の小屋』という、メロディーが頭に残《のこ》りやすいバラードだ。その場にいたもの全員が仲間《なかま》に入り、一緒にうたった。

森の中の小屋に帰ろう
丘《おか》の下の小川に帰ろう
おれが旅立ったときには

そこには娘《むすめ》が住んでいた
その子がおれを待っていて
くれるかどうかはあやしいものだ

失恋と田舎《いなか》の暮《く》らしをうたったやさしく単純《たんじゅん》な歌《うた》は、レンジャーの荒々《あらあら》しく危険《きけん》な生活と対照をなしていた。だからこそレンジャーたちはこの歌が好《す》きなのかもしれない、とウィルは思った。ウィルとベリガンが最後《さいご》のやさしいコードをかき鳴らすと、聴衆《ちょうしゅう》からため息がもれ、それから沈黙《ちんもく》が広がった。ウィルがテーブルのほうに目をやると、きびしい表情《ひょうじょう》をしていることの多い仲間《なかま》たちの顔が、なつかしい友達《ともだち》や過《す》ぎ去った日々《ひび》のことを思い浮《う》かべて和《なご》んでいるのが見えた。

「よし、みんな！　注目！」みんなが追想にひたる時間《じかん》をじゅうぶんにとってから、クロウリーがみんなをいまここの時間に引きもどした。「今総会《こんそうかい》の最後の公務《こうむ》だ。新年度の新たな赴任地《ふにんち》と配置《はいち》転換を発表する」

クロウリーがテーブルの上座《かみざ》に来たので、ウィルはギランの向かい側《がわ》の席《せき》にもどった。クロウリーの次の言葉を待ちながら、ウィルは胃《い》がきゅっと縮《ちぢ》んだ。彼《かれ》はシークリフ領《りょう》という退屈《たいくつ》な僻地《へきち》に赴任《ふにん》を命じられてもうずいぶんになる、と感じていた。

そろそろもっと能力《のうりょく》を試《ため》されるようなところに異動《いどう》させられるころかもしれない。

「諸君《しょくん》の中にはすでに知っている者もいると思うが」とクロウリーが話しだした。「アランが引退《いんたい》することになった」

アランはウィットビー領《りょう》のレンジャーだった。引退したレンジャーの習慣《しゅうかん》どおり、今後彼《かれ》はアラルエン城《じょう》に移《うつ》り、管理業務《かんりぎょうむ》を手伝《てつだ》うことになっていた。彼に書類仕事を助けてもらえば、クロウリーも肩《かた》の荷をすこしは下ろすことができる。

アランは人気者《にんきもの》で、彼が引退したレンジャーのシンボルである金《きん》のオークの葉をクロウリーから受け取るために前に出てくると、まわりから温かい拍手《はくしゅ》が起こった。

アランの長年の国王への忠実《ちゅうじつ》な奉仕《ほうし》に感謝《かんしゃ》するダンカン王からの表彰状《ひょうしょうじょう》もあった。

「きみたちみんなのことを思うだろうよ」とアランはなつかしい顔を見まわしながら笑《え》みを浮《う》かべていった。「おれがアラルエン城の暖《あたた》かいベッドで布団《ふとん》にくるまって、きみたちがみんな泥《どろ》だらけの溝《みぞ》やすき間風《まかぜ》の吹《ふ》く納屋《なや》で寝《ね》ているときに、きみたちのことを思うだろうよ」

この皮肉にみんなの明るいブーイングがとび、アランの笑みはさらに大《おお》きくなった。

だが、その笑顔《えがお》の裏《うら》に一抹《いちまつ》の悲しさがあるのがウィルにはわかった。アランは丘陵《きゅうりょう》や森の自由さ、朝目覚めるたびに見知らぬものに出会う興奮《こうふん》などをきっとなつかしく思い出すだろう。

しかし、彼《かれ》が引退《いんたい》するということは、卒業してレンジャーになった者がひとりその空《あ》きを埋《う》めるということを意味した。もちろんウィットビーではない。そこは王国でもひじょうに重要《じゅうよう》な領地《りょうち》のひとつで、地理上でも国のほぼどまん中にあり、すべての主要《しゅよう》な街道が交差《こうさ》する商取引の要所だった。

一瞬《いっしゅん》、ウィルは自分がウィットビー赴任《ふにん》を命じられるのかもしれない、と希望《きぼう》を抱《いだ》いた。この二年間で実績《じっせき》を積《つ》んできたと思っていたし、クロウリーが彼の能力《のうりょく》を評価《ひょうか》してくれているのはわかっていた。

「ということは、ウィットビーにだれかを赴任させせなくてはならないということだ」とクロウリーがしゃべっていた。「で、ウィットビー領《りょう》に新たに赴任してもらうレンジャーは……」

クロウリーはどうしても自分をおさえることができなかった。出席者全員《しゅっせきしゃ》の注目を得《え》たいがために、わざと劇的《げきてき》な間《ま》を置《お》いたのだ。

「ギランだ」

ウィルは束《つか》の間《ま》がっかりしたが、すぐにその気持ちはうれしさと友人を誇《ほこ》りに思う気持ちに変《か》わった。ギランは顔を紅潮《こうちょう》させて席《せき》から立ちあがると、前に出ていき、クロウリーから任命状《にんめいじょう》を受けとって握手《あくしゅ》をした。ギランがこの任務《にんむ》にじゅうぶん値《あたい》することはウィルにもよくわかった。そして、ギランの名前が呼《よ》ばれたときに自分が一瞬嫉妬《いっしゅんしっと》をおぼえたことに後ろめたさを感じた。

「よくがんばったな、ギラン。きみはこの任務に値する」とクロウリーがいっていた。まわりにいたレンジャーたちからも賛成《さんせい》のつぶやきがもれた。ギランはすぐれた能力《のうりょく》を持ち、判断力《はんだんりょく》もたしかで、頭も非常《ひじょう》によかった。若手《わかて》のレンジャーの中で最《もっと》も聡明なひとりと目《もく》されていた。それに加《くわ》えて、彼《かれ》の家柄もウィットビーでおおいに役立つだろう。彼の父親は王国最高《おうこくさいこう》の軍事司令官《しれいかん》だったのだ。

ギランが自分の席にもどってきたので、ウィルは立ちあがって彼を抱《だ》きしめた。

「おめでとう。ギラン以上《いじょう》の人はいないよ」そういいながら、ウィルは自分が心からそう思っていることに気づいてうれしかった。自分が任命されることを願《ねが》うなんて、非現《ひげん》実的《じってき》だということもわかっていた。どう考えても若《わか》すぎる。ギランはこの思ってもみなかった昇進《しょうしん》にまだ多少圧倒《たしょうあっとう》されながら、ウィルにほほえみかけていった。

「そうだな、少なくともぼくたちこれまでよりずっと近くになったね。それはいいことだ」

ギランの言葉でウィルの心に気になる疑問《ぎもん》が浮《う》かんできた。ウィットビーとシークリフはあいだにひとつ領地《りょうち》をはさんだだけの近隣《きんりん》の領地だった。だが、ギランがノルゲート領《りょう》から異動《いどう》することになったのだから、だれかが彼《かれ》の後任《こうにん》にならなければならなかった。ウィルは多少不安《ふあん》を感じながらその見通しを考えた。なんといってもノルゲート領やそこの住人についてよく知っているのだから、ウィルが後任に選《えら》ばれることは論理的《ろんりてき》にじゅうぶんあった。

いまよりもやりがいのあるところに異動したくてたまらなかったとはいえ、ノルゲートへの異動を考えるとウィルは不安でいっぱいになった。シークリフにはレドモント城《じょう》――つまり、アリスのところから馬で数日しかかからなかった。ここ何ヵ月かのあいだ、彼はあの長身で美しい女性《じょせい》を定期的《ていきてき》に訪《たず》ねていたのだ。またアリスのほうでもシークリフにメッセージを届《とど》けるという機会《きかい》が何回かあった。それが彼女《かのじょ》の親切な恩師《おんし》で、自分の弟子《でし》とこの若《わか》きレンジャーが関係《かんけい》をはぐくんできていることを認《みと》めているレディ・

ポーリーンの計らいであることは疑《うたが》いなかったが。

それがノルゲートになったら！　ノルゲートに行くにはレドモントから数週間もかかる。しかも道中は通行がむずかしく危険《きけん》なところも多い。一日アリスを訪《たず》ねるためには、自分の赴任《ふにん》地《ち》をほぼ一ヵ月も留守《るす》にすることになる。ノルゲートはそのような長い期間レンジャーが自分の勝手でほうっておけるような領地《りょうち》ではなかった。なんとか一年に一度行けるかどうかだろう。それ以上《いじょう》は無理《むり》なのはたしかだった。

クロウリーが次の任命《にんめい》を書いた用紙をテーブルからとりあげるのを見ながら、ウィルは心臓《しんぞう》が口からとびだしそうだった。

「ノルゲート領《りょう》には我々《われわれ》の尊敬《そんけい》を集めているレンジャーのひとりに新たに赴任してもらう。そのレンジャーは……」ここでもまた彼《かれ》は劇的効果《げきてきこうか》をあげるために言葉を切った。

ウィルはとびあがって、クロウリーの首をしめたくなった。早くいえ、と叫《さけ》びたかった。

だが、自分をおさえ、深呼吸《しんこきゅう》をくり返して心を静《しず》めた。

「ハリソンだ」とクロウリーが発表し、ウィルは全身が安堵《あんど》に満《み》たされたのを感じた。

ハリソンは三十代後半だった。才気煥発《さいきかんぱつ》というよりは、頼《たよ》りがいがあり信頼《しんらい》できるタイプの人物だが、数年前にイベリオンの海賊《かいぞく》たちと戦《たたか》ったときにひどい傷《きず》を負い、回復《かいふく》するあいだコールデールという小さく退屈《たいくつ》な領地《りょうち》に赴任《ふにん》させられていた。完全に回復《かいふく》したいま、ハリソンはノルゲートに最適《さいてき》の人物だった。

「きみに本来の仕事にもどってもらうころだと思ってね、ハリソン」とクロウリーはいった。

「チャンスをあたえていただいてうれしいです」とこの背《せ》が低《ひく》く頑丈《がんじょう》な体格《たいかく》のレンジャーは答えた。

ウィルもひとりうなずいた。ノルゲートには着実で信頼《しんらい》できるレンジャーが必要《ひつよう》だ。ハリソンならあそこの領主《りょうしゅ》やバトルマスター――ふたりともときに尊大《そんだい》な態度《たいど》をとることもあった――ともうまくやっていくだろう。

最後《さいご》の任命《にんめい》はハリソンの後任《こうにん》としてコールデールに赴任する者だったが、それは卒業生のスキナーになった。スキナーは誇《ほこ》りに頬《ほお》を紅潮《こうちょう》させて、クロウリーから任命書《にんめいしょ》を受けとった。クロウリーは次にもうひとりの卒業生であるクラークのほうを向いた。

「クラーク、申しわけないがいまのところほかには空《あ》きがないんだ。きみとスキナーのどちらにするかはむずかしい選択《せんたく》だったが、スキナーの評価《ひょうか》のほうがわずかだが上だった。きっとあそこにいる年配の連中《れんちゅう》のひとりが――」といいながら、クロウリーは集まっているレンジャーたちのほうに腕《うで》を動かしたので、笑《わら》いがさざ波《なみ》のように起こった。

「──あと半年かそこらで引退《いんたい》するだろう。アランがやつらに暖《あたた》かいベッドのすばらしさについて話したばかりだからね。そうなれば、きみの赴任先《ふにんさき》ができるというわけだ。それまでのあいだ、きみにはアラルエン城《じょう》に移《うつ》って、わたしの個人助手《こじんじょしゅ》として働《はたら》いてもらいたい。それでどうかね？」

クラークはうなずいて感謝《かんしゃ》した。クロウリーの司令官《しれいかん》としての義務《ぎむ》は、ときとして彼《かれ》のアラルエン領《りょう》のレンジャーとしての仕事と相いれなくなることがあった。クラークはクロウリーの留守中《るすちゅう》レンジャーとして働いて彼の代理を務《つと》めることができるだろう。この問題解決《もんだいかいけつ》のための良策《りょうさく》だった。クラークは実地で経験《けいけん》を積《つ》むことができるし、クロウリーは仕事量を減《へ》らすことができる。

クロウリーは参照していたノートを閉《と》じた。

「緊張《きんちょう》しなきゃならんのはここまで。赴任に関《かん》することは以上《いじょう》で終わりだ。いい総会《そうかい》だった。諸君《しょくん》の努力《どりょく》に感謝する。さあ、ワインを一杯《ぱい》飲んで今夜はこれでお開《ひら》きにしよう」

集まっていたレンジャーたちはばらばらになり、もっと小さなグループごとにまとまりだしたが、ウィルはしばらくそのまま静《しず》かに座《すわ》っていた。彼《かれ》はノルゲートに行かされなくてほっとしていた。だが、自分が見過《みす》ごされたことで、多少の失望《しつぼう》を感じずにはいられなかった。クロウリーが異動《いどう》のための異動などしないことはわかっていた。レンジャーは自分が任命《にんめい》されている領地《りょうち》と特別《とくべつ》の絆《きずな》を持っているからだ。それでも、最近《さいきん》のシークリフではほとんどなにも起こらなかった。

ウィルはいらいらと自分の考えをふり払《はら》った。おまえはノルゲートに送られることを心配していたくせに、送られなかったとわかると、今度はないがしろにされたみたいに感じている、とひとり思った。自分は意固地になっている、と思わず笑《わら》ってしまうほどには正直だった。そのとき、だれかが腕《うで》にふれたのを感じてふり返ると、クロウリーが横にいた。

「少しいいかな、ウィル？　ちょっと話したいことがあるんだ」

ranger's apprentice

7

ホールトは罠《わな》にかかった。彼《かれ》は敵《てき》をあなどっていた自分に毒《どく》づいた。アベラールのところまで辿《たど》り着いたホールトは、やすやすと追っ手を引きはなしたのだった。徐々《じょじょ》に彼らの叫《さけ》び声は遠くなり、ついにはなにも聞こえなくなった。彼らをふり切ったと確信《かくしん》して、ホールトはアベラールの速度を速足にまで落とした。彼がレドモント領《りょう》へともどる街道に行くのをじゃましようと、馬に乗《の》った敵の別《べつ》グループが側面《そくめん》から迫《せま》っていることなど考えてもみなかった。

さらに悪いことに、この第二のグループには犬がいた。アベラールはホールトよりずっと早くにそのことに気づいた。ホールトは愛馬《あいば》の耳がぴくんと立ったのに気づき、緊張《きんちょう》した警告《けいこく》のいななきを聞いた。頑丈《がんじょう》な馬体におののきが走った。ホールトはそれを感じ、なにかまずいことが起こっていることを知った。太陽が木々《きぎ》の上ぎりぎりのところに姿《すがた》を見せたので、ホールトはアベラールをうながしてもう一度駆け足にさせた。

そのとき犬のほえ声が聞こえてきて、彼《かれ》は追っ手が自分と街道とのあいだにまでせまってきていることに気づいた。彼は敵《てき》との距離《きょり》をとって彼らを迂回《うかい》できればと願《ねが》いながら、アベラールの向きを変《か》えた。

そのとき、犬たちの最初《さいしょ》の一頭が林からとびだしてきた。

それは追跡《ついせき》犬ではなかった。ほかの犬たちのようにほえまくってエネルギーを無駄《むだ》にすることはせず、黙《だま》って走ってきた。殺人《さつじん》犬だ。静《しず》かに追跡し、それから警告《けいこく》も情《なさ》け容《よう》赦《しゃ》もなく敵を襲《おそ》うよう訓練《くんれん》された軍用犬だった。

体は巨大《きょだい》で、灰色《はいいろ》と黒のまだらの毛足は短く、目は憎悪《ぞうお》に赤く燃《も》えている。その犬がいま獲物《えもの》を見つけた。大《おお》きな牙《きば》で馬ののどをねらってアベラールにとびかかった。

ふつうの馬だったら恐怖《きょうふ》に身がすくんで動けなくなるか、突然《とつぜん》の攻撃《こうげき》に暴《あば》れてとびはねたかもしれない。だが、アベラールはよく訓練され、かしこくて勇気《ゆうき》あるレンジャー馬だった。彼は後ろ脚《あし》で立ってくるりと向きを変え、横にとびのいて怪物《かいぶつ》の攻撃をかわした。しかも、それをほとんどパニックにおちいることもなく、必要最低限《ひつようさいていげん》の動きでやってのけた。長年の経験《けいけん》に裏打《うらう》ちされたアベラールの本能《ほんのう》が、最大《さいだい》の防衛《ぼうえい》は自分にまたがっている人物にかかっていると告《つ》げていた。ここで突然《とつぜん》はねるような乱暴《らんぼう》な行動に出ると、その乗《の》り手を落としてしまうことにもなりかねなかった。

犬のあごは数センチというところで馬ののどからはなれ、むなしく空《くう》をかんだ。犬は地面にぶつかり、回転して身をかたくすると、ふたたびとびかかろうとした。ここで初《はじ》めて犬は声を発《はっ》した……低《ひく》く響《ひび》くうなり声だ。

そのうなり声は、ほぼ瞬時《しゅんじ》にホールトの最初《さいしょ》の矢によって止められた。

ホールトは犬が顔をあげて威嚇《いかく》するようなうなり声をあげたまま正面から的《まと》を見すえて、ホールトが安定して構《かま》えられるように、アベラールはびくとも動かずに立っているのを待った。やがてホールトは犬ののどをねらって矢を放《はな》った。八十ポンドのドローウェイトで放たれた矢の衝撃《しょうげき》に、犬は斜《なな》め後ろにはねとばされた。

まもなく二番目の矢が、殺人犬《さつじん》の心臓《しんぞう》に命中し、犬は地面にたたきつけられ動かなくなった。

ホールトは愛馬《あいば》の首を軽くたたいた。自分に矢を射《い》らせるためにじっと動かずに立っているのが、アベラールにどれほどの意志《いし》の強さを強いるのかよくわかっていたからだ。この馬が自分に寄《よ》せてくれている信頼《しんらい》がどれほど深いものかを理解《りかい》し、その信頼を裏切《うらぎ》らなくてすんだことを喜《よろこ》んだ。

「いい子だ」とホールトは静《しず》かにいった。「さあ、ここから出よう」

彼《かれ》らは方向転換《ほうこうてんかん》すると、やってきた方角に向かって走りだした。この地方はホールトにとってなじみがなく、当面彼にできることといえばほえている犬たち――それから黙《だま》って林の中からとびかかってくるかもしれないほかの軍用犬――との距離《きょり》を広げることだけだった。

彼らが密集《みっしゅう》した林を抜《ぬ》けて斜面《しゃめん》を駆《か》けのぼりはじめたときにも、犬のほえ声はまだ背後《はいご》で間近に聞こえていた。地面は腰《こし》のあたりまで丈《たけ》のあるハリエニシダや藪《やぶ》でおおわれ、ところどころに岩がつき出ていたり木立《こだち》があったりした。斜面のてっぺん近くまで来たときに、ホールトは自分が致命的な誤《あやま》りを犯《おか》したことに気づいたが、もはや手遅《ておく》れだった。彼が丘《おか》だと思っていたのは断崖《だんがい》だったのだ。斜面は徐々《じょじょ》に狭《せま》くなり、その先は深く広い川を見下ろす切り立った崖《がけ》になっていた。

ホールトはアベラールをUターンさせ、斜面を駆けもどり始めた。だがそれほど行かないうちに、丘のふもとにある森の縁《ふち》に馬に乗《の》った人影《ひとかげ》が見えた。下までもどるには手遅れだった。彼らは丘の中腹《ちゅうふく》で身動きがとれなくなってしまった。ホールトが見ていると、もう一頭の黒と灰色《はいいろ》のぶちの巨大《きょだい》な犬がグループからはなれ、腹《はら》を地面に近づけ、大《おお》きな牙《きば》をむき出し、うなり声をあげながら自分たち目がけて矢のように走ってきた。

アベラールが身をふるわせて警告《けいこく》を発《はっ》した。

「わかっている」とホールトが静《しず》かにいうと、アベラールは力を抜《ぬ》いた。彼《かれ》のホールトへの信頼《しんらい》は絶大《ぜつだい》なのだった。

ふつうならホールトは犬が好《す》きだった。だが、この獣《けもの》たちは何の気のとがめもなく殺《ころ》すことができた。これは犬ではなかった。ただただ殺すことだけを残酷《ざんこく》な訓練《くんれん》によって教え込《こ》まれ、情《なさ》け容赦《ようしゃ》ない殺人《さつじん》マシンに仕立てられていた。

その犬との距離《きょり》が五十メートルほどになったとき、ホールトは鞍《くら》からすべり降《お》りながら弓《ゆみ》に矢をつがえた。彼は飢《う》えに狂《くる》ったその犬をもっと近寄《ちかよ》らせた。三十メートル。二十五メートル。

アベラールが少し動揺《どうよう》していなないた。〈なにを待っているんです？〉

「落ちつけ」ホールトはアベラールにいってから、矢を放《はな》った。

即命中《そくめいちゅう》した。駆《か》けよってきていた犬は脚《あし》を伸《の》ばした途中《とちゅう》でくずれ落ちた。脚を体の下に折《お》りたたみ、頭もがくりと落ちたので、勢《いきお》いづいて前方に体が数回ごろごろと転がってからようやく止まった。完全停止《デッドストップ》だ、とホールトは険《けわ》しい顔をして思った。

アベラールがふたたびいななないた。ホールトはその声に満足《まんぞく》の気配を感じたが、ただそう想像《そうぞう》しただけなのかもしれなかった。

「おれには自分のやっていることがわかっている、といっただろ」といった。が、やがて彼《かれ》は顔をしかめた。つぎに自分がなにをするつもりなのかよくわからなかったからだ。林から男たちがあらわれて、斜面《しゃめん》の中腹《ちゅうふく》にいる自分とアベラールに気づき、上を見ろというふうな身ぶりをしているのが見えた。男たちの数人は弓《ゆみ》を持っていたが、その中のひとりが矢をつがえた弓を構《かま》えはじめた。

その男が弦《つる》を引こうとしたとき、黒い軸《じく》の矢がヒュッととんできて、男は林の中にもんどりうって倒《たお》れた。仲間《なかま》たちは男が死んでいるのを見て、斜面の上のほうにいるよくわからない人影《ひとかげ》をふたたび見た。するとその人影が次の矢をつがえているのが見えた。

男たちはひとつにかたまって林の中にとびこんだ。途中《とちゅう》、興奮《こうふん》した犬たちにつまずき、犬を殴《なぐ》ってどかした。二番目の矢が木の幹《みき》の胸《むね》の高さあたりに突《つ》きささり、ぶるぶるとふるえた。その意味するところはあきらかだった。けがをしたくなければ姿《すがた》をあらわすな、ということだ。

混乱《こんらん》の中で、灰色《はいいろ》のマントを着た人物が馬を岩場の中に連《つ》れていったのを見たものはだれもいなかった。彼《かれ》らが斜面《しゃめん》をふたたび見あげたとき、男の姿《すがた》も馬の姿もなかった。時間《じかん》はじりじりと流れていった。太陽はいちばん高いところまで上がり、やがて西の地平線のほうにかたむきはじめた。それでもアウトサイダーズの目に丘《おか》の上の人物の姿は見えなかった。その男がそこにいることは――このあたりのどこかにいることはわかっていた。だが、正確《せいかく》にどことなるとまったくわからなかった。その見知らぬ男と馬のかくれ場所となるような大《おお》きな岩がすくなくとも六個《こ》くらい転がっていた。そして、もしやみくもに丘を駆《か》けあがるようなことをしたら、自分たちの命がなくなることもわかっていた。

昼下がりに、彼らは男が出てくるかどうか見ようとしてもう一頭の軍用犬を放した。犬は空気の中に男と馬の痕跡《こんせき》をたどろうとしてあちこちかぎまわった。やがて風《かぜ》の中にわずかなにおいをとらえたのか、犬は走りだした。この犬特有の、腹《はら》を地面につけるような残忍《ざんにん》な走り方だ。

犬が走りだしたので、全員の目が犬に向かった。それがまちがいだったのだ。とんできた矢が犬に命中し、犬が目をどんよりさせ、舌《した》をだらりと垂《た》らして坂道を転がっていったときに、その矢がどこから飛《と》んできたかをだれも見ていなかったからだ。

斜面《しゃめん》の上、大《おお》きな岩の陰《かげ》で、ホールトはアベラールのほうをちらりと見た。馬は外からはまったく見えないように脚《あし》を折《お》りたたんで横たわっていた。

「ガリカ語では」と彼《かれ》は話しているようにいった。「こういう状況《じょうきょう》をアンパース《いきどまり》というのだろうな。おまえもわかっているよな。なんといってもおまえはガリカ語がわかるのだから」

もちろんホールトはアベラールから返事がくるなどとは思っていなかった。だがアベラールはホールトの声を楽しんでいるかのように、ホールトに向かって首をかしげて見せた。

「問題はつぎにどうするか、ということだ」

またもやアベラールから返事はなかった。そして、今回に限《かぎ》ってはホールトもその返事を用意していなかった。暗くなってきたら、この斜面を下りていき、監視《かんし》しているやつらのラインを潜《くぐ》り抜《ぬ》けることができることはわかっていた。ホールトにとっては犬たちでさえたいした問題にはならなかった。風向きが変《か》わってきていて、いまでは彼らからホールトのほうに向かって吹《ふ》いていた。だからホールトが通りすぎるまで犬たちも彼のにおいに気づかないはずだ。

だが問題はアベラールだった。相手に気づかれずに馬を連《つ》れていけるとは思えなかった。たとえ男たちが彼《かれ》らの姿《すがた》を見なかったとしても、犬たちは馬のひづめが地面に当たるかすかな音を聞きつけるにちがいない。レンジャー馬はしずかに動くように訓練《くんれん》されていたが、それでもレンジャーのように音もなく動くことはできなかった。

だからといってホールトはアベラールを置《お》いていくつもりはなかった。そんなことは考えられない。森の入口でさらなる殺《ころ》し屋の犬たちが待っているのかどうか、彼にはまったくわからなかった。もしいたとしたら、残《のこ》されたアベラールにチャンスはないだろう。

崖《がけ》へと続《つづ》く斜面《しゃめん》を登ってもどることも考えた。彼は崖の下十から十二メートルほどのところを蛇行《だこう》して流れている川を先ほど見ていた。もし川がじゅうぶん深ければ、とびこんでも生き残れるだろう。だがアベラールはだめだ。アベラールはホールトよりもずっと重い。一緒《いっしょ》に同《おな》じ速さでとびこんだとしても、馬は体重が重いぶんホールトよりもはるかに強い力で水にたたきつけられる。しかもホールトとちがって、アベラールは水面にたたきつけられるときに、衝撃《しょうげき》をすくなくするために身体を流線型にすることなどできないのだ。腹《はら》から着水するだろう。

「ということは、上にも下にも行けないということか」とホールトはいった。

アベラールが鼻を鳴らした。〈そのうちなにか考えてくれるんでしょ〉

ホールトはアベラールのほうに向けて片方《かたほう》の眉《まゆ》をあげていった。「そんなにあたり前みたいにいうなよ。おまえになにか考えがあるのなら、聞きたいところだ」

太陽はもう西の梢《こずえ》の下のほうに沈《しず》んでいた。斜面《しゃめん》はうす暗くなってきている。ホールトは岩のあいだの小さなすき間《ま》からのぞき見た。下でなにかが動いているようには見えなかった。

「まだだな」と彼《かれ》はつぶやいた。「まっ暗になったらなにが起こるか様子を見よう」

ときとして待つことしかできないこともある、と彼は思った。どうやらいまがそのときのようだった。

夜になったので、ホールトはサドルバッグから折《お》りたたみ式のキャンバス地のバケツをとり出し、アベラールが飲めるように水筒《すいとう》のひとつからそこに半分ほど水を入れた。彼自身《じしん》もすこしのどがかわいていたが、まだしばらくは待てると思った。

彼は静《しず》かな空気を満《み》たしはじめた夜の物音に注意深く耳をかたむけた。カエル、それからどこかでコオロギがしつこく鳴いている。ときどき獲物《えもの》をねらっているフクロウの鳴き声もする。たまに小動物がハリエニシダや背《せ》の高い草《くさ》のあいだを走り抜《ぬ》けていく。そのような物音を聞くたびに、ホールトは問いただすようにアベラールを見た。だがアベラールは何の関心《かんしん》もないようだった。ということはこれらすべてが自然《しぜん》の物音だということだ。

ホールトはアウトサイダーズが夜のうちに何らかの偵察行動《ていさつこうどう》に出るにちがいないと予想していた。これほど注意して動物や鳥の物音に聞き耳を立てている理由のひとつはそれだった。自分をまわりで起こる自然な物音に同調させ、そのパターンを吸収《きゅうしゅう》していれば、なにかそれとはちがう物音がすれば黒いキャンバスに絵の具をぶちまけたみたいに目立つはずだ。

理由はもうひとつあった。ここにはない音を見つけだしたかったのだ。それがわかれば、アベラールへの合図として使うことができるからだ。彼《かれ》はしばらく注意深く耳を澄《す》ませ、それから心を決めた。

「カワセミにしよう」と小声でいった。厳密《げんみつ》にいえば、カワセミは夜行性《やこうせい》の鳥ではなかった。だがたまにはネズミや小動物が暗闇《くらやみ》の中を自由に走りまわるのに乗《じょう》じて出てくることもあった。敵《てき》がカワセミの声を聞いたら、あやしいと思うかもしれない。だが動いているのが本物のカワセミではないことなどわからないはずだ。

ホールトはアベラールのほうに動きながら、両の手のひらを上に向けた。ひざを折《お》りたたんで横になっている姿勢《しせい》は馬にとって居心地《いごこち》のいいものではなかったので、アベラールは喜《よろこ》んで手振《てぶ》りに反応《はんのう》して立ちあがった。この暗闇《くらやみ》の中では岩の上から見られる可能性《かのうせい》はまずなかった。

ホールトがそばにやってくるまでアベラールはじっと立っていた。ホールトは手を伸《の》ばして馬の鼻のやわらかい肌《はだ》にそっとふれ、三度なでた。それから両手で馬の鼻づらをはさむようにして馬の目をじっと見つめた。両手にぎゅっと二度力をこめ、アベラールの耳がピンと立つのを見た。これは昔から行われている調教で、レンジャーと馬たちが分かち合っている数あるもののひとつだった。ホールトが自分にある音を教えようとしているのだとアベラールにはわかっていた。そしてつぎにその音がくり返されるのを聞いたら、それに応《こた》えるよう期待されていることも。

ホールトはカワセミの低《ひく》くてのどの奥《おく》から絞《しぼ》りだすような鳴き声をそっと出した。本物のカワセミにかなり似《に》ていたが完璧《かんぺき》ではなかった。もしこのあたりにたまたま本物のカワセミがいたら、アベラールに混乱《こんらん》してもらいたくなかった。馬の鋭敏《えいびん》な聴力は本物のカワセミとホールトの物まねの差《さ》がわかるのだ。だが人間にはわからないだろう。

アベラールはすばやく二回続《つづ》けて耳を前後に動かした。その音をしっかりおぼえたという合図だ。ホールトはアベラールの鼻づらをふたたび軽くたたいてやった。

「いい子だ。さあ力を抜《ぬ》いていいぞ」と静《しず》かにいった。

ホールトは岩に囲《かこ》まれた見晴らしのいい場所までもどった。大《おお》きな岩のあいだにすき間《ま》があり、ホールトはその岩に座《すわ》ってすき間から下の斜面《しゃめん》の暗闇《くらやみ》を見わたすことができた。頭と顔はマントのフードでかくれている。すくなくともあと四時間《じかん》しないと月は昇《のぼ》ってこない。もし敵《てき》がなにかするつもりだったら、斜面が月明かりに照《て》らされる前にそうするだろう、とホールトは考えていた。

ときどき、仲間《なかま》同士でけんかをしているのか、犬たちのくぐもった鳴き声やうなり声が聞こえてきた。それから犬たちを黙《だま》らせようと人間がどなる声も。あれは追跡《ついせき》犬だとホールトにはわかっていた。あの巨大《きょだい》で鉄《てつ》のようなあごをした軍用犬だったら物音は出さない。彼《かれ》らはそのように訓練《くんれん》されているからだ。

ホールトは敵がこの暗闇にさらに軍用犬を放つ可能性《かのうせい》を考えてみたが、そんなことはまずないだろうと結論《けつろん》づけた。彼《かれ》らはすでに怪物《かいぶつ》三頭をホールトの矢で失《うしな》っていたが、これらの犬は気安く無駄《むだ》にはできないはずだった。育て上げ訓練《くんれん》するのに何年もかかるのだから。そう、もし攻撃《こうげき》してくるとしたら、あの犬たちを放《はな》った人間のほうだろう、とホールトは思った。そして攻撃する前に彼がいる場所を偵察《ていさつ》しなければならないはずだ、と。

少なくともそうであってほしい、とホールトは思った。この窮地《きゅうち》から抜《ぬ》け出ることができるかもしれない最初《さいしょ》の兆《きざ》しが見え始めていた。注意深く弓《ゆみ》と矢筒《やづつ》を岩のそばに置《お》いた。弓矢は必要《ひつよう》ないだろう。夜のうちになんらかの対決があるとすれば、接近戦《せっきんせん》のはずだ。彼はサドルバッグに手を伸《の》ばし、ふたつのストライカーをとり出した。

これはレンジャー独特《どくとく》の武器《ぶき》だった。真鍮《しんちゅう》でできた円筒《えんとう》で、握《にぎ》ると手の両側《りょうがわ》に鉛《なまり》をしこんで重くなった突起物が出るようになっている。これをこぶしで握ると、自分のこぶしを頑丈《がんじょう》でかたい武器に変《か》えることができ、この重さでパンチに勢《いきお》いと威力《いりょく》が加《くわ》わる。またストライカーはふたつくっつければ、レンジャーのサックスナイフと同《おな》じバランスを持った投げ棒《ぼう》にもなった。

ホールトはこの重い二本の筒をジャーキン（訳注《やくちゅう》：袖《そで》なしの男性用上着《だんせいようわぎ》）の横のポケット

に忍《しの》ばせた。

「ここにいるんだぞ」とアベラールにいったが、そんなことはいう必要《ひつよう》もなかった。それから地面に腹《はら》ばいになると、ほふく前進しながら岩場からすべり出て斜面《しゃめん》を下へと移《い》動《どう》していった。三十メートルほど下に身をかくす場所をみつけると、その草《くさ》むらの中に沈《しず》みこんで動きを止め、あたりを偵察《ていさつ》した。マントのおかげで、動きを止めたとたんに彼《かれ》の姿《すがた》は風景《ふうけい》にとけこんで見分けがつかなくなった。

あとは待つだけだった。これまでの人生のかなりの部分をこのような状況《じょうきょう》で待つことに費《つい》やしてきたな、とホールトは皮肉っぽく思った。

だからいまではそういうことにも慣《な》れているはずだろ、と自分にいい聞かせた。

8

クロウリーはウィルをつれてほかのレンジャーたちのいるところからそっと抜《ぬ》け出し、林の中を小さくて静《しず》かな空《あ》き地のほうへと進んでいった。だれにも聞かれる心配がない場所までくると、クロウリーは立ちどまり、木の切り株《かぶ》に腰《こし》をおろした。そして、問いかけるようにウィルを見あげた。

「きみをシークリフに留任《りゅうにん》したのでがっかりしたか？」

「いえ！　そんなことないです！」とウィルはあわてて答えた。だがクロウリーがずっと彼《かれ》の顔を見続《みつづ》けているので、ウィルは苦笑《にがわら》いをした。「ええ、まあ多少はそうかもしれません。ご存知《ぞんじ》のようにあそこは恐《おそ》ろしいほど静かですからね」

「それが悪いことではないと考える人もいるかもしれんがね。なんといっても、我々《われわれ》は王国の平和を保《たも》つためにいるのだからな」とクロウリーはいった。

ウィルはぎごちなく足をもぞもぞさせた。「わかっています。ただ……」

彼《かれ》がためらっていると、クロウリーはわかっているというようにうなずいた。ウィルはこれまでの比較的短《ひかくてきみじか》い人生の中で、多くの刺激的《しげきてき》なことを経験《けいけん》してきていた。カルカラとの戦《たたか》い、モルガラスが造《つく》った秘密《ひみつ》の橋の破壊《はかい》、それに引きつづきスカンディアの海賊《ぞく》に誘拐《ゆうかい》されたこと。その後、囚《とら》われの身から逃《に》げだして、スカンディアのための戦いできわめて重要《じゅうよう》な役割《やくわり》を果《は》たし、故国《ここく》に凱旋《がいせん》した。その後もスカンディアのオベリャールを砂漠《さばく》の無法者《むほうもの》たちから救《すく》いだし、スコッティがノルゲートに侵略《しんりゃく》してくるのをかろうじて食いとめた。

このような経歴《けいれき》から考えると、彼が冒険好《ぼうけんず》きになるのも、そしてシークリフでの何事もない生活を多少窮屈《たしょうきゅうくつ》に感じてしまうのも無理《むり》はなかった。

「よくわかっている」とクロウリーは彼にいった。「説明《せつめい》する必要《ひつよう》はないさ。だが、ここで白状《はくじょう》するが、わたしはきみにすべてを包《つつ》みかくさず話してきたわけではないのだ」

クロウリーがここで言葉を切ったので、ウィルは何だろうというふうに彼を見た。

「包みかくさず?」

クロウリーは片手《かたて》でぎこちない手ぶりをしながら口をひらいた。「じつはきみと話し合うつもりでいたことがあるのだ。重要《じゅうよう》なことだし、きみにとっても大《おお》きなチャンスだと思っている。だが、きみに賛成《さんせい》してもらえるかどうか。じつをいえば」と彼《かれ》はつけ加《くわ》えていった。「ホールトが総会《そうかい》に来なかった理由のひとつはそのためなんだ」

ウィルはこれを聞いて、困《こま》ったように顔をしかめた。「だけどたしかホールトは——」

「ああ、彼はアウトサイダーズについてのうわさを追跡《ついせき》している、それはそのとおりだ。だがそれは総会のあとまで待つこともできたのだ。彼はそれを口実に使った。なぜならきみの決断《けつだん》に影響《えいきょう》をあたえたくなかったからだよ」

「わたしの決断? クロウリー、なにをなぞなぞみたいなことをおっしゃってるんですか? ホールトがわたしに影響をあたえたくないって、何のことですか?」

クロウリーはウィルに自分の横に座《すわ》れと指示《しじ》し、ウィルが居心地《いごこち》よく落ちつくまで待った。

「ここしばらくずっと考えてきたことなんだが」とクロウリーは話しだした。「じつをいえば、きみたちみんながエラクをとりもどしにアリダに行って以来《いらい》ずっと考えていたことなのだ。我々《われわれ》の世界——というか世界への我々の影響力《えいきょうりょく》といったほうがいいかな——は日に日に大きくなってきているのだ、ウィル。それは領地《りょうち》の境界線《きょうかいせん》を越《こ》え、ときには国境《こっきょう》さえも越《こ》える。

スカンディアとの軍事行動もその一例だ。きみをノルゲートに派遣《はけん》したのもそうだ。それを引き受けてくれたきみのように優秀《ゆうしゅう》な人材があったことも、それからきみの任地《にんち》であるシークリフが比較的静《ひかくてきしず》かだったことも、我々《われわれ》は運が良《よ》かったと思っている」

ほめられてウィルは頰《ほお》が熱《あつ》くなったが、なにもいわなかった。クロウリーは続《つづ》けていった。

「ふつうなら、レンジャーをその任地の領地《りょうち》から引きはなして、何週間もどこかよその場所に送りこむなんてことはできない。だが、我々にはますますその種《しゅ》のことが必要《ひつよう》になってきている。たとえば、そのうちすぐにでも、条約《じょうやく》がきちんと守られているか、我《わ》が国の射手《しゃしゅ》たちがあちらでどのようにやっているのかを調べるために、だれかがスカンディアに出向いていかなくてはならなくなるだろう。そんなときわたしはだれを送りこめばいい？　きみか？　ホールトか？　論理的《ろんりてき》に考えれば、きみたちふたりを選《えら》ぶというのが正しい選択《せんたく》だろう。スカンディア人はきみたちのことを知っているし信頼《しんらい》しているからな。だが、そうすればその間《あいだ》きみたちふたりの領地はどうなる？」

ウィルは顔をしかめた。彼《かれ》にも問題は理解《りかい》できた。だが、クロウリーがなにをいおうとしているのか、彼《かれ》にはさっぱりわからなかった。

「だからこそ、わたしは特別任務隊《とくべつにんむたい》を作りたいのだ。そして、ホールトときみにそれを運営《うんえい》してもらいたい」とクロウリーはいった。

ウィルはクロウリーの言葉を反芻《はんすう》しながら身を乗《の》りだした。すでに彼はこの考えに興味《きょうみ》をしめし、もっと知りたくなっていた。

「特別任務隊」とその言葉の響《ひび》きが気に入ったウィルはくり返していった。「で、わたしたちはなにをやるんですか？」

クロウリーは肩《かた》をすくめた。「アラルエン国内でも国外でも、通常《つうじょう》の任務以上《にんむいじょう》のことが要求《ようきゅう》されるような状況《じょうきょう》に対応《たいおう》してもらいたい。モルガラスの脅威《きょうい》が取りのぞかれ、北の国境《こっきょう》の安全も守られているいま、アラルエン王国は国際社会《こくさいしゃかい》の中で、強力で影響力《えいきょうりょく》を持つ国になっている。わが国は、きみたちの努力《どりょく》のおかげでアリダやスカンディアを含《ふく》む六ヵ国ほどと国際条約《こくさいじょうやく》を結《むす》んでいる。

そこで、これは国王も賛同《さんどう》されているのだが、緊急事態《きんきゅうじたい》が発生したときにすぐに対応できる小さなチームを作っておきたいのだ。ちなみに、ホラスにもこのチームに入ってもらいたいと思っている。過去《かこ》にきみたち三人はすばらしい成功《せいこう》を収《おさ》めているからな。

ホラスには彼《かれ》が必要《ひつよう》とされるときが来るまで、アラルエン城《じょう》を拠点《きょてん》にしてもらうつもりだ。そして、そういうときが来たら、きみやホールトと一緒《いっしょ》に働《はたら》くために出かけていってもらう。それからきみたちには、必要とするほかの人材も採用《さいよう》してもらうことになるだろう」

「で、わたしの拠点は……正確《せいかく》にはどこになりますか?」とウィルはきいた。クロウリーは心配そうに顔をくもらせ、しばらくためらってからそれに答えた。

「そこが問題なのだ。ひとりの騎士《きし》を近衛隊《このえたい》から外すのはそれほど問題なくできる。だが、きみのところとホールトのところのふたつの領地《りょうち》を、かなりの期間レンジャーなしで置《お》いておくわけにはいかないのだ。シークリフはあきらめてもらわなくてはならなくなる」

「えっ」とウィルはいった。シークリフはおもしろくもない小さな領地ではあったが、彼の場所だった。あの退屈《たいくつ》な小さな島で彼は国王の権威《けんい》を代行していたのだ。この日の夕方、あれほど任地《にんち》を替《か》わりたいと熱望していたにもかかわらず、この地をあきらめると思うとつらかった。

「そう思うのも当然《とうぜん》だ」とクロウリーは彼の心を読んでいった。「だからこそホールトはきみが決心するこの場にいたくなかったのだよ。レンジャーにとって自分の領地《りょうち》を持つってことが大《おお》きなことだと彼《かれ》にはわかっている。それは独立《どくりつ》と権威《けんい》を意味するからね。だから、わたしがこの件《けん》をきみに話すときに、自分がそばにいてきみに影響《えいきょう》をあたえたくなかったのだよ。ホールトはきみがレドモントに帰ってきてくれたらうれしいとはいっていたが、それはきみ自身が決めるものでなくてはならないし——」

「レドモントにもどるですって！」とウィルは熱《ねっ》ぽくいった。「そんなことおっしゃらなかったじゃないですか！」

クロウリーは顔をしかめてからうなずいた。「ああ。いってなかったかな。いや、そういう計画だったのだよ。きみにはホールトの小屋を引き継《つ》いでもらって——彼とポーリーンは最近《さいきん》では城内《じょうない》で快適《かいてき》に暮《く》らしているからな——で、ホールトがレドモント領《りょう》の半分を監督《かんとく》しているあいだ、きみに残《のこ》りの半分を監督してもらいたいのだ。なんといってもあそこは広い領地だからな。きみたちふたりにやってもらうことはいっぱいある」

そのことを考えるとウィルの顔に笑《え》みが広がっていった。自分が育ったレドモントに帰れる。ホールトやアラルド公やロドニー卿《きょう》と一緒《いっしょ》にいられるのだ。

それからアリス、と彼は思った。すでにあった笑みが顔いっぱいに広がった。クロウリーもそれに気づいた。気づかないほうがむずかしかった。

「きみのそのものすごくうれしそうな顔からすると、この件《けん》は了承《りょうしょう》してもらえるということでいいのかな?」

「それは……はい、けっこうです。了解《りょうかい》いたしました。ただ……」ある考えが頭をよぎり、ウィルは顔をしかめた。クロウリーは先をつづけろという身ぶりをした。

「なにか問題でも?」とクロウリーがうながした。

「レドモントは重要《じゅうよう》な領地《りょうち》です」とウィルは説明《せつめい》しはじめた。「もしホールトとわたしがどこか他の所の件で出かけなければならないとしたら、あの場所をひとりのレンジャーもなしに置《お》いておくことはできません」

クロウリーはウィルににっこりほほえみかけた。「きみがそのことをいいだしてくれればいいなと思っていたのだよ。そういってくれたおかげで、わたしがいかに管理上の天才かを披露《ひろう》するチャンスを得《え》たというわけだ。ギランの新しい領地はレドモントの北東部と接《せっ》している。じつのところ、ウィットビー城《じょう》は境界線《きょうかいせん》から十キロもはなれていない」ウィルがなにか質問《しつもん》しようとしたので、クロウリーは手をあげてそれを制《せい》した。

「ああ、わかっている。ウィットビーも重要な領地だ。だから、もしきみがこの件すべてを了承《りょうしょう》すれば、アランにはアラルエン城《じょう》よりもウィットビーに拠点《きょてん》を置《お》いてもらうことになっているのだ。それでも彼《かれ》にはわたしのために書類仕事や管理上のことを手伝《てつだ》ってもらえるし、もしきみとホールトが他所《よそ》に出た場合は役に立ってもらえる。そのような場合、ギランにはレドモント領《りょう》に移《うつ》ってもらって——」

「どちらにしても彼にもなじみの場所ですし」とウィルが口をはさんだ。

「そのとおり。彼も訓練生《くんれんせい》時代はレドモントで過《す》ごしたのだしな。その場合にはアランがウィットビーのレンジャーとして一時的《いちじてき》に義務《ぎむ》を果《は》たしてくれる。そしてもちろん、若《わか》いクラークにはシークリフできみの後任《こうにん》に当たってもらう。わたしは天才だっていったろうが？」クロウリーはまるでほめてもらうのを待っているように、両手を広げてみせた。

ウィルはもっともだというようにうなずいた。「賛成《さんせい》するしかありませんよ」

クロウリーはとたんに真剣《しんけん》な顔になった。「もちろん、幸運にも我々《われわれ》はいまのところ優秀《ゆうしゅう》な人材に恵《めぐ》まれている。それがすべて収《おさ》まるべきところにぴたりと収まったのだ。ところで、まだきみの口からこの件《けん》を了承したとは聞いていないのだが」

「もちろん了承しますよ。これ以上《いじょう》の計画は考えられません」

ふたりはほほえみながら握手《あくしゅ》した。それからクロウリーが明るい声でいった。「さあ、あとはホールトが海辺の休暇《きゅうか》からもどって来たときに、このことを話せばいいだけだ」

9

ホールトが暗闇《くらやみ》の中で待ちつづけて一時間以上《じかんいじょう》がたったころ、だれかがすぐそばの低《ひく》い茂《しげ》みを通っている音が聞こえた。

ほかの者だったら、だれが来たのか見ようとして首を動かしたかもしれない。だが、すこしでも動くとここにいることが見つかってしまうとわかっていたので、ホールトは岩のようにじっとしたまま動かなかった。代わりに、長年の訓練《くんれん》と実践《じっせん》でものの動きや方向を察知《さっち》できるようになっている耳が、ひとりの男が丘《おか》を登ってきて、ホールトが背《せ》の高い草《くさ》の中に身をかくしてあたりの様子をうかがっているすぐ右のところにいる、と告《つ》げていた。

この偵察人《ていさつにん》は優秀《ゆうしゅう》だった。丘を登ってくるときにごくわずかな物音しか立てなかった。だが、ごくわずかな音でもレンジャーが気づくにはじゅうぶんだった。腹《はら》ばいになってじっとしながら、ホールトはその男が自分と同《おな》じ高さまで来て、それから通り過《す》ぎていったと判断《はんだん》した。

男はそこで動きを止めた。状況《じょうきょう》を調べているのだ。三十メートル先までに岩がつき出たところが四ヵ所あった。そのどこにでもホールトとアベラールはかくれることができた。

数分後、男はふたたび動きだし、右側《みぎがわ》にあるもっとも遠い岩を目指して進んでいった。これは理《り》にかなっている、とホールトは思った。男が岩をすべて調べるつもりでいるのなら、いちばん先から順《じゅん》にもどってくるというのが最善《さいぜん》のコースだったからだ。

男が動く物音が聞こえなくなってきたので、ホールトは一度に一ミリだけ動かすように慎重《しんちょう》にわずかに頭をあげた。

それからアベラールと練習をした例《れい》の低《ひく》い、のどの奥《おく》から絞《しぼ》りだすような鳴き声を出した。とたんに男が動く物音が止まった。いまの鳴き声が自然《しぜん》のものかそうでないか確《たし》かめようとしているようだ。やがて、三十秒ほどしてから――先ほどの鳥の鳴き声に反《はん》応《のう》したものとは思えないようなじゅうぶんな間《ま》だった――ホールトがいる場所の上のほうにある岩場から低く鼻を鳴らすような馬のいななきがはっきりと聞こえた。さらにおまけのようにアベラールはたてがみをふった。

いい子だ、とホールトは思った。暗い人影《ひとかげ》が斜面《しゃめん》をすべりながらアベラールがかくれている岩場目指して移動《いどう》していくのを、ホールトは手にあごを乗《の》せてじっと見ていた。男は岩をまわりこんで斜面の上のほうから近づいていくつもりのようだ。そろそろ男の計画を台無《だいな》しにしてやるころあいだった。ホールトはそっと男の後を追って這《は》っていった。

ホールトは音も立てずにすごい速さで進んでいった。地面に腹《はら》ばいになったままヘビのようにすべっていく。男がじっとしているのが見えた。闇夜《やみよ》の中にかがみこんでいる暗い人影として見えたのだ。そしてホールトが立てたわずかな物音を聞いたのがわかった。腹ばいで動いていたとしても、下り斜面で男のま後ろから近づいていたホールトのほうが有利《ゆうり》だった。

一度、男は動きを止めてすばやくあたりに目をやった。この種《しゅ》のことのベテランであるのはあきらかだった。だが、ベテランといえばレンジャーもそうだった。それどころか人から見られずに動く達人《たつじん》だ。しゃがんでいた男が動きを止めたとき、とたんにホールトも動きを止めた。顔は上を向いていたがフードでかくれているのがわかっていた。もしここで顔をかくすために下を向いたら、その動きが男の目にとまってしまうこともわかっていた。

〈マントを信頼《しんらい》しろ〉ホールトはこの教えをウィルの頭に何百回となくたたきこんできた。いま彼《かれ》は自分自身にその言葉をいい聞かせていた。男の視線《しせん》は警戒《けいかい》するようなものをなにも見ないまま、ホールトの上を通りすぎていった。やがて男は丘《おか》の上のほうに向きをもどして、ふたたび動きはじめた。しばらく待ち、これがフェイントではないこと、男がなにもあやしいものは見なかったことを確認《かくにん》してから、ホールトも後をつけた。

いまでは男の数メートル後ろにいた。男の息づかいまで聞こえる。男は緊張《きんちょう》している、とホールトは思った。血管《けっかん》にアドレナリンが駆《か》けめぐり、そんなことにも気づかないままに、呼吸《こきゅう》はどんどん苦しそうになってきているはずだ。

もし男がいまあたりを見まわしたら、マントを着ていようがいまいが、ま後ろにホールトがいることに気づくはずだった。行動するならいまだ。ホールトはゆっくりと地面から身を起こすと、ストライカーのひとつを右手で握《にぎ》りしめ、低《ひく》くしゃがんだ姿勢《しせい》で前に進んでいった。

ホールトがごくごく小さい音を立てたのか、あるいは男が自分の後ろに気配を感じたのか、男がふり返りかけた。が、数秒おそすぎた。ホールトは手を上からふりおろし、ストライカーのでっぱりで男の頭蓋骨《ずがいこつ》の、ちょうど左耳の後ろ側《がわ》を強打した。衝撃《しょうげき》が腕《うで》に伝《つた》わってくるのをホールトが感じると同時に、男は低《ひく》いうめき声を発《はっ》し、ぐったりと地面に倒《たお》れこんだ。アベラールが何事だというふうに彼《かれ》を見たが、音は立てなかった。「いい子だ」とホールトは言葉すくなにいった。馬は頭をいったん上げてまた下げるという形で彼に応《こた》えた。

「さあ、調べてみようか」といいながら、ホールトは意識《いしき》を失《うしな》っている男を転がして仰《あお》向《む》けにした。偵察人《ていさつにん》だった男は武装《ぶそう》していた。背中《せなか》には短剣《たんけん》をぶら下げていた。さらにベルトの鞘《さや》には長めの匕首《あいくち》、左の腕にとめつけた鞘にもうひとつの小さなナイフが入っていた。そして三番目の小刀《しょうとう》がブーツの折《お》り返しのところに差《さ》しこまれていた。ホールトはそれらをざっと調べた。安い武器《ぶき》だが、よく研《と》がれていた。彼はそれらをわきに放り投げた。男の左肩《ひだりかた》にはひもが巻《ま》きつけてあった。長さ一メートルちょっとで両《りょう》端《たん》に錘《おもり》のボールがついている。ボロだ、とホールトにはわかった。頭の上でぶんぶん回し、獲物《えもの》の脚《あし》めがけて投げかける狩猟用《しゅりょうよう》の武器だった。ロープがねらった獲物を捕《と》らえると、錘が獲物に巻きついて脚をしばるので獲物は動けなくなる。ホールトはサックスナイフを抜《ぬ》いて錘の部分を切りとると、錘をハリエニシダの藪《やぶ》に放り投げた。

男はやわらかい帽子《ぼうし》をかぶっており、縁《ふち》を折《お》り返してせまいつばのようにしていた。そして腿《もも》までの長さのある目の粗《あら》い毛織物《けおりもの》の上着《うわぎ》を着て、上からベルトをしめていた。ホールトは男の親指同士を合わせ、木と革《かわ》ひもでできた親指用のかせを取りつけた。つづいて、つぎ当てをしたみすぼらしいブーツを脱《ぬ》がせると、男の足のひどいにおいに鼻にしわを寄《よ》せながら、足の親指にも同《おな》じような指かせをつけた。反撃《はんげき》できないようにしてから、ホールトは男のわきの下に手を入れて、もっと大《おお》きな岩のところまで引きずっていき、男の肩《かた》をその岩にもたせかけた。それから座《すわ》って、男が意識《いしき》をとりもどすのを待った。

しばらくしてホールトはふたたび鼻をぴくぴくさせて、それまでいた風下《かざしも》の場所から移動《いどう》した。

「おまえの足のにおいは、なにかがブーツの中に忍《しの》びこみ、そこで死んだみたいなにおいだな」と小さい声でいった。何の返事もなかった。

＊

男がふるえるようなため息をついたのは、それから十五分ほどたってからだった。まぶたをぴくぴくさせて目をあけ、しっかりさせるように頭をふった。

目をこすろうと無意識《むいしき》に手を動かしかけた男は、自分の両手がしっかりと後ろでしばられていることに気づいた。ほどこうとして手をすこし動かしたが、親指のつけ根のやわらかい皮膚《ひふ》に指かせの革《かわ》ひもが食いこむ痛《いた》さに顔をしかめ、苦痛《くつう》の叫《さけ》び声をあげた。

「じっとしてろ。そうすれば痛くないから」とホールトが静《しず》かにいった。

男はおどろいて顔を上げ、ホールトがそこにいることに初《はじ》めて気づいた。ホールトは数メートルしかはなれていないところに、じっと静かに座《すわ》っていた。男の髭面《ひげづら》に当惑の表情《ひょうじょう》がよぎったのがホールトにもわかった。なにが起こったのか、どうして自分はこのような苦境《くきょう》におちいったのかを思い出そうとしているのだ。男の表情からすると、まったくわかっていないようだった。やがて当惑は怒《いか》りに変《か》わった。

「おまえはだれだ?」と乱暴《らんぼう》にきいた。そのえらそうな口調から、男が自分の思いを通すためにほかの人間をしかりつけるのに慣《な》れているのがわかった。

ホールトはうっすらと笑《え》みを浮《う》かべた。この男が自分の向かい側《がわ》に座っている白髪《しらが》交じりの髭面の人物のことをすこしでも知っていたら、それだけで警鐘《けいしょう》を鳴らすことになっていただろう。ホールトが笑《え》みを浮《う》かべるのはめずらしかったし、その笑みが機嫌《きげん》がいいことの証拠《しょうこ》であることはさらにめずらしかった。

「いや」とホールトは冷静《れいせい》にいった。「それはわたしの質問《しつもん》だと思うがね。おまえこそだれなんだ？　名前は？」

「なんでそんなこと教えなきゃならんのだ？」と男は問いただした。まだ尊大《そんだい》な口調のどなり声だった。ホールトは反射的《はんしゃてき》にしばらく耳をかき、それから答えた。

「さてと、ここで状況《じょうきょう》を整理しておこうか？　ここにクリスマスのガチョウのようにしばられて座《すわ》っているのはおまえのほうだ。おまえは動けない。おそらく頭も痛《いた》いだろう。それからしばらくのあいだは耳もふたつある」

初《はじ》めて男の顔に恐怖《きょうふ》の影《かげ》がよぎった。手足をしばられているといわれたときより、それとは何の脈絡《みゃくらく》もなく耳のことをいわれたときのほうがひどかった。

「耳？　耳がなんだというんだ？」

「こういうことだ」とホールトがいった。「おまえに主導権《しゅどうけん》があるようなしゃべり方をやめないと、耳のひとつをそぎ落とす」

ホールトがサックスナイフを引き抜《ぬ》く鋼《はがね》と革《かわ》がこすれあう音がした。ホールトがアウトサイダーに見えるようにナイフをかざすと、剃刀《かみそり》のようにするどい刃《は》が星空の下でにぶく光った。

「さあ、名前をいえ」とホールトがくり返した。

ホールトの顔からうすい笑《え》みは消えており、とやかくいう時間《じかん》は終わったのだと告《つ》げるその声にはとげがあった。男はホールトの目から目をそらしたが、そこにあった怒《いか》りの色は消えていた。

「コリーだ。コリー・ディーカーズ。ホースデールの実直な粉《こな》ひき職人《しょくにん》だよ」

ホースデールは十五キロはなれたところにある大《おお》きな町だった。ホールトはゆっくりと首をふった。彼《かれ》はサックスナイフを鞘《さや》にもどしたが、どういうわけか武器《ぶき》が消えてもコリーの士気《しき》はいっこうにもどらなかった。

「なあ、コリー、おまえがわたしにうそをつくのをやめてくれたら、もっとずっと仲《なか》よくできると思うんだがな。おまえはホースデール出身かもしれんが、粉ひき職人ではないだろう。それに、おまえが実直でないこともわかっている。だから、このようなどうでもいいことはこの際会話《さいかいわ》から省《はぶ》こうじゃないか」

コリーは黙《だま》っていた。彼はたいへん気まずい思いをしはじめていた。結局《けっきょく》のところ、この男は自分がさがし出し――そしていざとなったら殺《ころ》すようにと送りこまれた当の相手なのだった。相手もそのことをよくわかっているのはあきらかだった。突然《とつぜん》彼《かれ》は口がからからになり、何度もつばをのみこんだ。

「もしおれを解放《かいほう》してくれたら、おれの仲間《なかま》がおまえに金を払《はら》う」と彼はいった。ホールトはいぶかしげに首をかしげながら、男をしげしげと見た。

「いや、そんなことはないね」とあざけるように答えた。「やつらは必死《ひっし》になってわたしを殺しにくるはずだ。ばかなことをいうのはやめろ――それからわたしをばかにするのもやめたほうがいい。聞いていて不愉快《ふゆかい》だし、おまえはそんなことをする立場にはないはずだ。おまえをどうするか、計画を変更《へんこう》するかもしれんぞ」

コリーの口の中はさらにからからになってきた。

「おれをどうするかの計画？」と彼はいった。声がわずかにかすれていた。「何なんだ、それは？」

「朝になって」とホールトがいった。「日がのぼったらすぐに、おまえを解放してやろう」

真剣《しんけん》な口調だった。彼のいい方には皮肉っぽさはまったくなかったので、コリーは希《き》望《ぼう》がほの見えてくるのを感じた。

「おれを解放《かいほう》してくれるのか？」

ホールトは唇《くちびる》をすぼめた。「ああ、だがひとつ条件《じょうけん》がある」

一筋《ひとすじ》の希望《きぼう》は、ほの見えて来たときと同《おな》じくあっというまに消えてしまった。コリーはホールトを疑《うたが》わしそうに見た。

「条件だと？」とうながすようにいうと、ホールトはきっぱりと答えた。

「そうだ。まさかわたしがおまえの縄《なわ》をほどいてやって、『悪く思うなよ』って解放してやるなんて思っているわけじゃないだろ？　おまえはチャンスがあったらわたしを殺《ころ》していたはずだからな。おまえには逃《に》げるチャンスをあたえてやる。丘《おか》の上のほうでな」

「上で？　丘の上にはなにもないぞ」この話がどこに行きつくのか必死《ひっし》で考えながらコリーがいった。

「じつはあるのだ。先は高さ十二メートルほどの断崖《だんがい》になっていて、その下に川が流れている。川は深いからとびおりてもだいじょうぶだ」先ほどちらりと川を見たときに、ホールトは速い川の流れが崖の下のほうをするどくえぐっているのに気づいていた。ということは川底も長年のあいだにきれいにならされているはずだ。そのときある考えが頭によぎったのだ。「おまえ、泳げるよな？」

「ああ、泳げるとも。だが、おまえにそうしろといわれたからって、おれは崖《がけ》の上からとびおりたりしないぞ！」とコリーはいった。

「そりゃあそうだろうとも。もちろんそんなことはない。そんなことはとても頼《たの》めないよな。おまえがとびおりるのは、そうしなかったらわたしがおまえに矢を放《はな》つからだ。どっちにしても同《おな》じことだがな。おまえに矢を放たなければならなくなったら、おまえは倒《たお》れて落ちることになるのだから。だが、おまえに生き残《のこ》るチャンスをあたえてやろうと思ったのだよ」ホールトはここでしばらく間《ま》を置《お》いてから、こうつけ加《くわ》えた。「そうそう、もしおまえが斜面《しゃめん》を下に走ろうとしたら、やはりおまえに矢を放つ。上に走ってとびおりるというのが、おまえに残された唯一《ゆいいつ》生き残るチャンスなのだ」

「本気でいってるんじゃないだろ？　おまえ、ほんとうに……？」

だがコリーはそれ以上《いじょう》いえなかった。ホールトが前かがみになって、コリーがそれ以上しゃべらないよう片手《かたて》を上げた。ホールトは顔をぐっとコリーの顔に近づけて、ごく真剣《しんけん》な声でいった。

「コリー、わたしの目をじっと見るんだ。それで、わたしの目に本気ではないものが少しでも見えたら、いってくれ」

ホールトの目はほとんど黒といってもいいような深い茶色だった。その目はまったくゆるがず、そこには確固《かっこ》とした決意以外《いがい》のなにものも見いだせなかった。コリーはしばらくそれを見つめていたが、やがて目をそらした。相手の視線《しせん》がそらされたので、ホールトはうなずいた。

「よし。これで話は決まった。おまえはすこし眠《ねむ》っておいたほうがいい。明日はたいへんな一日になるからな」

10

地面が平野に向けて下り斜面《しゃめん》になる手前、最後《さいご》の丘《おか》の頂上《ちょうじょう》に来たとき、ウィルはタグの歩調をゆるめて止まらせた。

「ちょっとここで止まろう」とやさしい声でいった。ウィルはいつもこのひとときを楽しんでいた。レドモントが最初《さいしょ》に目に入ってくるこのひとときを。眼下《がんか》に広がる平野にはタルバス川が走り、川の土手に沿《そ》ってレドモントの村ができている。そして、向こう側《がわ》の土手の上、地面がふたたび盛《も》りあがって自然《しぜん》の防御陣地《ぼうぎょじんち》を形作っているところにレドモント城《じょう》が建《た》っていた。大《おお》きく頑丈《がんじょう》で、夕日を受けて赤く輝《かがや》きはじめている。

ウィルは以前《いぜん》ここで止まって、大きく息を吸《す》いこんだときのことをおぼえていた。アラルド公とロドニー卿《きょう》にカルカラのことを告《つ》げるためのきびしい馬の旅をほぼ終えたときもそうだった。もっと最近《さいきん》では、これは楽しい出来事だったが、アリスから手紙をもらい、夜通し馬を走らせて彼女《かのじょ》に会いにきたときもそうだった。そのときのことを思い出してウィルの口もとはかすかにほころんだ。あそこのどこかに彼女がいるのだ。たまたま、城《しろ》のはざま胸壁《きょうへき》か、村か、城の前の平らな土地のところに、白いドレスを着た彼女の背《せ》の高い姿《すがた》が見えないか、とウィルは目を細めて遠くを眺《なが》めた。当然《とうぜん》だが、彼女の姿はなかった。彼《かれ》は肩《かた》をすくめ、夢《ゆめ》のような期待をした自分に笑《え》みを浮《う》かべた。

片方《かたほう》に目をやると、城のまわりのひらけた地面に森がせまってきている場所の木々《きぎ》のあいだに、修行時代《しゅぎょうじだい》にホールトと暮《く》らした小さな小屋の姿が見えた。ウィルの笑みはさらに広がった。

「帰ってきたよ」とタグにいうと、小柄《こがら》な馬はいらいらしたように頭を上げた。

〈ここでいつまでもぼんやり立っていては、まだ帰ったとはいえませんよ〉タグの仕草《しぐさ》がそう告《つ》げていたので、ウィルは愛馬《あいば》の首の上で軽く手綱《たづな》を引っぱった。

「わかったよ。じゃあ、下ろう」

突然《とつぜん》、ふたりとも一刻《いっこく》も早く故郷《こきょう》に帰りたいという衝動《しょうどう》に駆《か》られ、タグは立っていた場所から全速力で駆けだした。レンジャー馬は加速《かそく》がすばらしいことで有名だったが、レンジャー隊《たい》の中でもタグほどこれが得意《とくい》な馬はいなかった。

畑にはまだ農夫《のうふ》たちが出ていて、畑を耕《たがや》したり種《たね》をまいたりしていたが、響《ひび》きわたるひづめの音に作業から顔を上げた。ウィルがタグの首にしがみつくように前のめりになり、まだら模様《もよう》のマントをひるがえして地響《じひび》きを立てて彼《かれ》らの前を通りすぎていく。頑丈《がんじょう》で小柄《こがら》な馬にまたがった、華奢《きゃしゃ》な体格《たいかく》の人物がだれだかわかり、手をふる者も何人かいた。

あのレンジャーはあんなに急いでどんな知らせを持ってきたのだろうか、と彼らは一《いっ》瞬《しゅん》思った。が、やがて肩《かた》をすくめると仕事にもどった。それが何であれ、いい知らせでも悪い知らせでも、自分たちよりもっとふさわしい人たちが対処《たいしょ》してくれる。それよりも、自分たちにはしなければならない畑仕事があった。しなければならない畑仕事は、常《つね》にあった。

タグのひづめがタルバス川にかかる跳《は》ね橋の上でしばらくカタカタ鳴り、やがて彼らはレドモント城《じょう》への最後《さいご》の上り坂にさしかかった。ひづめの音に正門にいた歩哨《ほしょう》たちが武器《ぶき》を構《かま》え、走ってくる馬のほうに向かった。が、やがてレンジャーの姿《すがた》に気づくと、彼らは武器を下げて緊張《きんちょう》を解《と》いた。もっとも、彼らは近づいてくるウィルを何事かと見つづけてはいたが。

ウィルはタグの速度をゆるい駆《か》け足に落とし、それから最後《さいご》の二十メートルのところで小走りに落とした。歩哨《ほしょう》たちの挨拶《あいさつ》を受けながら、濠《ほり》をわたり、上げられている落とし格子《ごうし》の下を通過《つうか》した。ずっとレドモント城《じょう》に勤務《きんむ》してきた兵士《へいし》のひとりが、規律《きりつ》を無《む》視《し》して声をかけた。

「おかえり、レンジャー・ウィル！」

ウィルはにやっと笑《わら》って手をふった。「ありがとう、ジョナサン。やっぱりここはいいね」

中庭に入っていくと、タグのひづめの音がふたたび変《か》わった。木製《もくせい》だった跳《は》ね橋から、城《しろ》の前庭に敷《し》き詰《つ》めてある砂利《じゃり》へと変わったからだ。ここではより多くの人々《ひとびと》が動きまわっており、ウィル・トリーティがレドモントにもどってくるとは何事だろう、とみんな興味深《きょうみぶか》そうに顔を上げた。

だがウィルは彼《かれ》らのことには気づかなかった。主塔《しゅとう》の下の入口から、優雅《ゆうが》な白い外交特使のドレスを着た、背《せ》が高く品のある女性《じょせい》が姿《すがた》を見せたからだ。ウィルは喜《よろこ》びのあまりばかみたいな笑《え》みが顔中に広がるのをどうすることもできなかった。

アリス。

彼《かれ》が馬からとびおりると、アリスもいつもの威厳《いげん》ある控《ひか》え目な態度《たいど》をかなぐりすてて彼に向かって駆《か》け出した。アリスがウィルの腕《うで》にとびこむと、ふたりは強く抱《だ》き合った。通行人たちが立ちどまり、まわりのことにまったく気づいていない若《わか》いカップルを見てにやにや笑《わら》っていた。

「おかえりなさい」アリスがささやいた。顔をウィルのフードのざっくりした生地《きじ》に押《お》しつけているので、声がくぐもっている。

「ただいま」アリスがいつもつけている香水の軽やかな香《かお》りを胸《むね》いっぱいに吸《す》いこみながら答えた。彼女《かのじょ》の長いブロンドの髪《かみ》が彼の頰《ほお》にそっとふれている。ずいぶん長い時間《じかん》がたってから、突然《とつぜん》ぐいとおされたので、ふたりはバランスを保《たも》つためにはなれなければならなかった。タグがすこし気まずそうな顔をしてふたりを見ていた。

〈はなれなさいよ。人が見ていますよ〉

それからタグはアリスの肩《かた》をぐいとおし、自分に気づいて鼻をなでてくれと催促《さいそく》した。

〈わたしだってもどってきているんですからね〉

アリスは笑い声をあげてタグをなでた。「こんにちは、タグ。あなたにもまた会えてうれしいわ」

アリスがタグ相手に騒《さわ》いでいるあいだも、ウィルは彼女《かのじょ》の空《あ》いているほうの手をとり、ただただ彼女の顔を見ながら、満面《まんめん》の笑《え》みを浮《う》かべて立っていた。ようやくふたりは集まってきて自分たちを見ている人たちに気づいた。ウィルは顔をかすかに赤らめて、身体の向きを変《か》えると肩《かた》をすくめた。

「しばらくぶりだったものだから」と彼《かれ》がいうと、笑顔《えがお》の人々《ひとびと》が彼らをとり囲《かこ》んだ。だれもなにもいわないので、彼はアリスのほうを指した。

「前に会ってから、ほんとうにひさしぶりだったので」と詳《くわ》しく話した。わかっているよ、というふうに数人がうなずいた。人々が動く気配を見せないので、ウィルはそろそろ解散《かいさん》しなければ、とやっと思った。たいていのレンジャーと同《おな》じく、彼も注目の的《まと》になることが大《だい》きらいだったのだ。彼は目立たないようにアリスに小声でいった。「ここから退散《たいさん》しよう」

アリスの笑みもすこし広がった。「行きましょ。タグを馬小屋に入れて、それからあなたはアラルド公に報告《ほうこく》に行ったほうがいいわ」

ウィルはうなずき、ふたりはまだ手をつないだまま向きを変えると、タグを馬小屋のほうに連《つ》れていった。ウィルがなにより先に馬の世話をしたがることがアリスにはわかっていたのだ。それがレンジャーのやり方だった。彼《かれ》らの後ろで小さな群衆《ぐんしゅう》は散《ち》り散《ぢ》りになり、それぞれの用にもどっていった。中には見守るようにほほえみながらふたりの後ろ姿《すがた》を見ている者もいた。アリスはレドモント城《じょう》でも人気者《にんきもの》で、ウィルが彼女《かのじょ》の心をつかんだことを城《しろ》の住人全員が誇《ほこ》りに思っていた。なんといってもウィルは地元出身なのだから。彼らはふたりが愛《あい》し合っていることを認《みと》めていた。

「ホールトからなにか連絡《れんらく》はあった？」とウィルはきいた。

アリスの笑《え》みが少し消えた。「いいえ。レディ・ポーリーンもすこし心配しはじめているようなの。彼女はそれを表に出さないようにしているけれど、不安《ふあん》そうなのは見ていてわかるわ」

ウィルはそのことについて考えてみた。ホールトに自分のことを心配してくれる人がいるなんて、すごくひさしぶりのことのはずだ。

「レディ・ポーリーンとしては当然《とうぜん》心配だろうけど、でもホールトは自分の面倒《めんどう》は見られる人だよ」

なんといってもホールトなのだから。それにホールトに対処《たいしょ》できない人間や状況《じょうきょう》があるなんてウィルには考えられなかった。アリスはうなずいた。彼女は自分の師《し》であるポーリーンが心配しているので気になっていたのだ。だが、ウィルはホールトの能力《のうりょく》についてほかのだれよりもよく知っていた。その彼《かれ》が心配していないのだったら、ほかのだれも心配する必要《ひつよう》はない、とアリスは感じた。

「あなたのいうとおりだと思うわ」そういってから、アリスは話題を変《か》えた。「じゃあ、クロウリーの特別任務隊《とくべつにんむたい》に参加《さんか》することにしたのね？」

「うん」とウィルは答えた。「きみは認《みと》めてくれると思っているんだけど？」

アリスはウィルを横目でにらんだ。「もしあなたが断《こと》わっていたら、あなたの後を追いかけて、足を引っぱってここまで連《つ》れもどしてくるつもりだったわ。あなたがまともに考えられるようになるまで」

「そうだったらおもしろかっただろうな」とウィルがつぶやいたので、アリスは怒《おこ》ったふりをして彼の腕《うで》をぐいと引っぱった。それでもアリスが彼の手をはなさないことにウィルは気づいた。ふたりが馬小屋に近づいていくと、若《わか》い厩務員《きゅうむいん》がひとり急いでやってきて挨拶《あいさつ》した。

「こんにちは、レンジャー・ウィル」彼はそういって、まるでウィルに馬小屋の状態《じょうたい》を調べてもらうよう招待《しょうたい》しているかのように、両手を広げて歓迎《かんげい》の意を表した。「あの有名なタグのお世話をさせてもらってもいいですか？」

ウィルは一瞬《いっしゅん》ためらった。タグの世話はほかのだれかにやってもらうのではなく、自分でやるようにずっと教えこまれてきていた。そのとき肩《かた》をぐいとおされるのを感じた。もちろんタグだった。

〈聞きました？　あの有名なタグ、だって〉

同時にアリスがウィルの手をゆすった。もしこの申し出を断《ことわ》られたら、この厩務員《きゅうむいん》がひどくがっかりするだろうとアリスにはわかったのだ。彼《かれ》のような若者《わかもの》にとって、ウィルは憧《あこが》れと尊敬《そんけい》の的《まと》なのだ。彼は一連《いちれん》の功績《こうせき》と偉業《いぎょう》で有名なウィル・トリーティなのだから。だから彼の馬の世話をするのは特権《とっけん》なのだ。ウィルがそんなことにまったく気づいていないので、アリスはますますウィルを愛《いと》しく思った。

「やらせていただければ光栄です、レンジャー」と厩務員はつけ加《くわ》えた。

「やらせてあげて」とアリスがそっといった。ウィルは肩をすくめ、手綱《たづな》を若者にわたした。

「それでは……」といってためらった。若者の名前を知らなかったのだ。

「ベンです、レンジャー。ベン・ドゥーリーといいます」

「それではベン・ドゥーリー。きみならきっとこの有名なタグの世話をじゅうぶんにやってくれることだろう」といいながら、タグのほうを意味ありげに見た。「おまえも行儀よくするんだぞ」

タグは馬にできる最大《さいだい》の努力《どりょく》をして片方《かたほう》の眉《まゆ》を上げた。そしてまだ手をつなぎあっているウィルとアリスを見た。

〈そういうあなたはどうなんです?〉

ウィルはこれが初《はじ》めてのことではなかったが、タグ相手だとかならずいい返されることに気づいた。そして苦々《にがにが》しい顔をして首をふった。

「アラルド公に会いにいこう」

＊

すべてがなつかしかった。アラルド公の執務室《しつむしつ》への階段《かいだん》を上っていると、さまざまな光景《こうけい》、気持ち、記憶《きおく》などがウィルの心におし寄《よ》せてきた。ふたたびアリスに腕《うで》をつねられるのを感じた。

「あの日のこと、おぼえてる？」とアリスがいった。どの日ときく必要《ひつよう》などなかった。アリスとウィルとホラスが、ジェニーやジョージも一緒《いっしょ》に、生涯《しょうがい》の師《し》に選《えら》ばれるためにこの階段《かいだん》を上っていった日のことをいっているのだ。ほんの数年前のことなのだが、もう何十年もたったような気がする。

「わすれられるわけがないだろ？」とウィル。「最近《さいきん》ジョージはどうしてるの？」

「この領地《りょうち》の優秀《ゆうしゅう》な弁護士《べんごし》のひとりになっているわ。法務関係《ほうむかんけい》ではひっぱりだこよ」

ウィルは首をふった。「彼《かれ》は昔からそっちは強かったものね。で、ジェニーは？　まだマスター・チャブのもとで働《はたら》いているの？」

アリスは笑《え》みを浮《う》かべた。「いいえ。マスター・チャブはすごくがっかりしているけれど。マスター・チャブはジェニーのことを自分が作りあげた最高傑作《さいこう》だと思っていて、ずっと一緒に働いてほしがっていたの。でも、すこし前にジェニーは彼にこういったのよ。『マスター・チャブ、このキッチンにはわたしたちのようなアーティストがふたりもいる余地《よち》はありません。わたしは自分の場所をみつけたいのです』って」

「で、みつけたの？」

「そうなのよ。ジェニーはレドモントの村にあるホテルに共同出資《きょうどうしゅっし》して、このあたりでいちばんすてきなレストランを経営《けいえい》しているのよ。チャブもそこの常連《じょうれん》になっているわ」

「ほんとに？」

「ほんとに。ある晩《ばん》マスター・チャブはごくていねいにこう助言したらしいの。『もうすこしスパイスを効《き》かせたほうが、料理《りょうり》がよくなると思うのだがね』って。そしたらジェニーは彼《かれ》にこういったのよ。『ひかえめのほうがいいんです、マスター・チャブ。ひかえめのほうが』そのあと、彼女《かのじょ》は自分のお玉で彼の頭をこづいたの」

ウィルにはとても信《しん》じられなかった。あのチャブの頭をたたく神経《しんけい》を持っている人間がいるなど彼にはとても想像《そうぞう》できなかった。

「そのあと十倍のお玉のお返しがあったんじゃないのか？」ときいたが、アリスは首をふった。

「それどころか。マスター・チャブはすっかり気弱になってあやまったのよ。内心、彼はそうすることがうれしかったのだと思うわ。ジェニーのことをすごく誇《ほこ》りに思っているのよ。さあ、着いたわ」とアリスがつけたした通り、ふたりはアラルド公の執務室《しつむしつ》のひかえの間《ま》に到着《とうちゃく》した。そしてしぶしぶ彼女はウィルの手をはなした。「中で報告《ほうこく》してらっしゃい。あとでわたしのところに来てね」

アリスは前かがみになってウィルの唇《くちびる》に軽くキスをすると、さっと身をひるがえし、後ろを向いたまま手をふった。そしてスキップで階段《かいだん》を下りていった。今日はなんてすばらしい日かしら、と彼女《かのじょ》は思っていた。

ウィルはアリスが行くのを見ていた。それから身体の向きを変《か》えると頭を切りかえ、アラルド公の控室《ひかえしつ》のドアをノックした。

11

崖《がけ》のてっぺんに夜明けの最初《さいしょ》の光が差《さ》してきた。崖の右側《みぎがわ》と左側《ひだりがわ》では朝日がすでに梢《こずえ》にあたっていたが、その木々《きぎ》も丘《おか》の急斜面《きゅうしゃめん》の大半に影《かげ》を投げかけてはいなかった。そのことはホールトの目的《もくてき》に好都合《こうつごう》だった。太陽が崖の上にはっきりと顔を出すと、丘のふもとにいる男たちはまぶしくてよく見えず、ますます様子がはっきりしなくなるだろう。

ホールトは、居心地悪《いごこちわる》そうにうとうと眠《ねむ》っているコリーの手と足の親指をしばっている枷《かせ》を外してやった。コリーの足に顔を近づけたとき、ホールトはまたもや鼻にしわを寄《よ》せた。それから後ろに退《しりぞ》くとブーツのつま先でコリーをつついた。片手《かたて》はサックスナイフの柄《え》にかかっている。

目を覚《さ》ましたコリーの顔に、手と足が自由になったことがゆっくりとわかってきた表《ひょう》情《じょう》が宿った。すばやく立ちあがろうとしたが、こわばり痙攣《けいれん》していた両手両足の筋肉《きんにく》がそうはさせなかった。彼《かれ》は痛《いた》さに悲鳴をあげ、ふたたび倒《たお》れるとあがくような動作をした。

「筋肉《きんにく》がゆるむまでしばらくかかる。だからばかなまねはしないことだ。そのあいだに上着《うわぎ》を脱《ぬ》げ」とホールトがいった。

横向きに倒れているコリーがホールトを見あげていった。「上着を?」

ホールトはいらいらと片方《かたほう》の眉《まゆ》を上げた。

「おまえの耳は痙攣《けいれん》してないだろ。上着を脱ぐんだ」

コリーはゆっくりと座《すわ》る姿勢《しせい》をとると、丈《たけ》が腿《もも》まである上着のボタンを外しはじめた。そして脱いだ上着をわきに放ると、問いかけるような目でホールトを見た。ホールトはうなずいた。

「これまでのところはそれでよし。今度は横にあるマントを着ろ」

いわれて初《はじ》めて、コリーは自分の近くの地面にホールトの迷彩色《めいさいしょく》のマントが置《お》いてあるのに気づいた。不器用《ぶきよう》にそのマントを肩《かた》に羽織《はお》ると、しっかりと留《と》めつけた。ここで質問《しつもん》しても何の役にも立たないと心を決めたようだ。しかも、彼はホールトがなにを考えているかを理解《りかい》しはじめていた。

「さあ、立ってもらおうか」とホールトはいい、コリーの腕《うで》をつかんで引っぱり上げた。しばらくのあいだコリーは腕や足の感じを試《ため》しながらじっと立っていた。それから、ホールトが予想していたとおりホールトを殴《なぐ》ろうとした。ホールトはひょいと身をかがめて打撃《だげき》をかわした。それから一歩踏《ふ》みこんで上体をまわすと、コリーのあごを手のひらで強く殴ったので、コリーはふたたびひっくり返った。

「二度とこんな真似《まね》はするな」とホールトはいったが、その声に怒《いか》りはなかった。ただコリーがなにをしかけてきても対処《たいしょ》できるのだという冷静《れいせい》な自信《じしん》だけがあった。コリーがよろよろとふたたび立ち上がるあいだに、ホールトはコリーが脱《ぬ》ぎ捨《す》てた分厚《ぶあつ》い毛織《けおり》物《もの》の上着《うわぎ》を身に着けた。脂《あぶら》と汗《あせ》と汚《よご》れが混《ま》ざり合ったにおいに、ホールトはまた鼻をゆがめた。

「これもおまえの靴下《くつした》と同《おな》じくらいひどいな」と彼《かれ》はぶつぶついった。それから身をかがめて、コリーの縁《ふち》のせまい帽子《ぼうし》を拾いあげるとそれを頭の上に載《の》せた。

「少し動きまわってみろ」とホールトはコリーにいった。「腕と足をふって血のめぐりをよくするんだ。斜面《しゃめん》を登ってもらうときには万全のコンディションでいてもらいたいからな」

コリーのあごがぎゅっと締《し》まった。また反抗《はんこう》しようと思っているらしい。

「おれは斜面《しゃめん》を駆《か》け上ったりしない」

ホールトは肩《かた》をすくめた。「じゃあここで死んでもらう。おまえにはそのふたつの選択肢《せんたくし》しかないのだ」

ふたたびコリーはホールトの濃《こ》い色の目をのぞきこみ、そこに憐《あわ》れみや妥協《だきょう》の色がまったくないことに気づいた。そしてふたたびコリーが先に目をそらした。腕《うで》と足をふり始め、筋肉《きんにく》に血流がもどってくる痛《いた》みに顔をしかめた。そのあいだにホールトは長弓と矢筒《やづつ》を手にすると、矢筒を流れるような動作で肩にかけた。

しばらくして男の動きがなめらかになってきたと判断《はんだん》すると、ホールトは彼《かれ》に動くのをやめるよう身ぶりでしめした。それから男を手招《てまね》きして、斜面の上側にあるふたりが身をかくすことができるつき出た岩に連《つ》れていった。

「よし、ここで手順《てじゅん》を説明《せつめい》する。わたしが合図をしたら、斜面を駆け上り始めろ」そこまでいったとき、ホールトはコリーの目が一瞬《いっしゅん》ずるそうに光ったのを見た。コリーはそれをかくすことができなかったのだ。

「それ以外《いがい》のことをしようとしたら、この矢でおまえのふくらはぎを射抜《いぬ》く。走るのを止めるほどのことではないが、ものすごい痛《いた》みを伴《ともな》う。わかったか?」

コリーはうなずいた。一瞬《いっしゅん》の反抗心《はんこうしん》は消えてなくなっていた。

「よし。これからわたしがここに立って手をふり、叫《さけ》ぶ。わたしがスタートというのが聞こえたら、思いっきり走れ」

「やつらはおれをあんただと思うだろう」コリーは仲間《なかま》が待っている丘《おか》のふもとの木立《こだち》を指さしていった。ホールトはうなずいた。

「そしてわたしのことをおまえだと思うだろう。そういうことだ」

「ということは、やつらはおれを丘の上まで追いかけてくるということか」とコリー。

今回ホールトは首をふった。「おまえが川にとびこめばそうはならない。やつらは丘を下って丘のふもとをまわりこみ、川の土手までおまえを追いかけていく。そうなればわたしは逃《に》げることができる」

「おれがとびこまなかったら?」とコリーがきいた。

「おまえはとびこむんだ。崖《がけ》の上には身をかくすようなところはなにもないことが行けばわかる」

コリーはもう一度ホールトを見た。きびしい顔をしたこの見知らぬ男のいうとおりだった。崖《がけ》の上には木も岩もなく、ただ背《せ》の高い草《くさ》が生えているだけだった。背が高いといっても身をかくすほどの高さはない。彼《かれ》は緊張《きんちょう》してごくりとつばを飲みこんだ。

「もしおまえが崖の上で止まったら、おまえの頭の上十センチのところに矢を放つ。その気になれば射抜《いぬ》くことができるとわからせるためにな」

コリーは困《こま》ったように顔をしかめた。ホールトはつづけていった。

「それから五秒後に、おまえの顔の下二十センチのところに矢を放つ。わかったか?」

コリーはぴりぴりしてちらりと下を見た。顔の下二十センチといえば、矢は彼の胸《むね》のまん中を射抜くことになる。彼はうなずいた。

「わかった」のどがからからにかわき、出てきた言葉はしゃがれたささやき声のようだった。ホールトが矢筒《やづつ》から矢を一本抜き、一瞬《いっしゅん》にしてそれを大《おお》きな長弓の弦《つる》につがえるのを彼は見ていた。

「じゃあ、準備《じゅんび》しよう。朝の駆《か》け足は健康《けんこう》にいいいらしいぞ」ホールトはここで言葉を切ってから、さらにきついひと言《こと》をつけ加《くわ》えた。「気持ちいい泳ぎはさらに健康にいい」

コリーの目はホールトから彼らの上のひらけた地面、それから仲間《なかま》がまだ身をかくしている下の木立《こだち》へといそがしく動いた。

「わたしは本気でいっているのだ。それからわたしがねらったところにかならず命中させることができるってこともわかってるな。あの斜面《しゃめん》の四十メートルほど上にある腐《くさ》った木の株《かぶ》が見えるか？」とホールトがいった。

ホールトがいった方角をコリーが見ると、一メートルほどの高さの古い黒ずんだ木の株があった。数年前に雷《かみなり》が落ちた木の残《のこ》りだった。木のそれ以外《いがい》の部分は徐々《じょじょ》に腐り、その下のところに倒《たお》れて転がっていた。コリーはうなずいた。

「おまえがあの木のところまで行ったら、わたしはあの木に矢を撃《う》ちこむ。右側《みぎがわ》に張《は》り出している古い枝《えだ》の出だしのところだ。わかるか？」

ふたたびコリーがうなずいた。ここからだと枝の残りの部分がかろうじて見えるくらいだ。

「あそこに矢を当てる。もしわたしが的《まと》を外したら、おまえには丘《おか》を駆《か》け下りていくチャンスがあると考えてもいい」

コリーはなにかいおうと口をあけたが、それより早くホールトがいった。

「だがわたしは失敗《しっぱい》はしない。それからおぼえておけ。おまえはあの枝よりずっと大《おお》きいってことをな」

コリーはふたたびごくりとつばを飲んだ。のどがからからだった。「水をすこしもらえないか?」とたのんだ。斜面《しゃめん》を駆《か》け上るのを延期《えんき》させることならなんでもよかったのだ。ホールトが彼《かれ》になにをしろといったか、コリーはわかっていた。それでも、自分が崖《がけ》の上までいったら、この男は自分を矢で射《い》るのではないかと思わないではいられなかった。結局《けっきょく》のところ、それでも仲間《なかま》たちは自分を追いかけて丘《おか》を駆け上ってくるだろうから、ホールトに丘を下って逃《に》げるすきをあたえることになる。

ホールトはコリーに向かって冷《つめ》たい笑《え》みをふたたび浮《う》かべていった。「もちろんだとも。好《す》きなだけ飲むがいい。川にとびこんだらすぐにでもな。さあ、行け」

コリーはまだためらっていた。ホールトは試《ため》すように弓《ゆみ》の弦《つる》をたわめた。この動きには特《とく》になんという目的《もくてき》もなかったが、ただ弦につがえてある幅広《はばひろ》の矢じりにコリーの注意が行くにはじゅうぶんだった。コリーがまだぐずぐずしているのでホールトは顔をしかめた。太陽はもう崖の上から顔を出していて、下にいる男たちにはいまが最《もっと》もまぶしかった。

「行け!」ホールトは突然《とつぜん》叫《さけ》び、同時にコリーに向かって進めという動作をした。

大声と突然《とつぜん》威嚇《いかく》するような動作をされたために、コリーは反射的《はんしゃてき》に動いた。かくれていた場所からとびでて丘《おか》を駆《か》けあがりはじめた。両足を激《はげ》しく動かし、迷彩色《めいさいしょく》のマントが後ろでひるがえっている。ホールトはコリーを二十メートルほど行かせてから、自分もかくれていた場所からとびだし、ここからは見えないが下からこちらを見ているはずの男たちに向かって手をふり、叫《さけ》んだ。

「やつが逃《に》げた！　やつが逃げた！　追いかけろ！」

木立《こだち》のほうから叫び声がし、男たちに突然《とつぜん》引き立てられておどろいた犬たちがほえる声も聞こえた。木立の陰《かげ》から数人の男が姿《すがた》をあらわし、レンジャーのマントを着て走っていく男を見ながら、不安《ふあん》そうにためらっていた。やがて、もっと大勢《おおぜい》の男たちがかくれ場所から出てきた。

「やつが逃げた！　追いかけろ！」ホールトが叫んだ。身体の向きを変《か》えて丘の上をちらりと見ると、コリーはほぼ例《れい》の木の株《かぶ》のところまで行っていた。ホールトは自分の動きが下の男たちから見えないように岩の陰に隠《かく》れた。そして気軽に弓《ゆみ》を引き絞《しぼ》るとひとつづきのなめらかな動作で矢を放った。四十メートル手前から丘の上目《め》がけて矢を放つためには、矢が落ちるのに最低限《さいていげん》の間《ま》しかない。矢はヒュッという音を立ててとんでいった。

ほぼ木の株《かぶ》に近づいていたコリーは、矢が自分の左側《ひだりがわ》をとんでいく音を聞いた。その瞬間《しゅんかん》、矢が木の株の腐《くさ》った枝《えだ》に突《つ》き刺《さ》さった。その衝撃《しょうげき》で腐った木の破片《はへん》がばらばらと崩《くず》れ落ちた。ホールトからなにが起こるか警告《けいこく》を聞いてはいたものの、コリーは自分がいま見たように見事に命中させる者がいるなど信《しん》じられなかった。彼《かれ》は反射的《はんしゃてき》に木の株からわきにとびのいた。もちろんそんなことをしてもおそすぎたのだが、念《ねん》のためにできるだけ遠くまでとびのいたのだ。

アウトサイダーズがいままでは大勢《おおぜい》木立《こだち》から出てきていた。コリーを追いかけて丘《おか》を登り始める者もいた。だが、これまでのところ、彼らにそれほどせっぱつまっている感じはなかった。走っても行けるところはないことを知っているのだ。追跡《ついせき》犬たちは男たちが手にする長い縄《なわ》に動きを制限《せいげん》されて、くるったようにほえていた。ホールトが数えたところ男たちの人数は十二人ほどだった。少なくとも彼らはもう軍用犬は放さなかった、とありがたく思った。

コリーのほうに目をやると、彼は丘の最後《さいご》の数メートルの急な斜面《しゃめん》をあえぎながら登っていた。コリーが崖《がけ》のてっぺんでためらうことはわかっていた。躊躇《ちゅうちょ》しないことなどありえない。ホールトはつぎの矢を弦《つる》につがえ、目をせばめて速度と距離《きょり》を計算し、いつ放ったらいいかを見積《みつ》もった。コリーが崖《がけ》の端《はし》から数歩のところまで来たとき、ホールトは右手の人差《ひとさ》し指の先が軽く口角《こうかく》に触《ふ》れるまで弓《ゆみ》を引き絞《しぼ》り、それから照準《しょうじゅん》を定めて矢を放った。

矢は浅《あさ》い弧《こ》を描《えが》いて丘《おか》の上のほうにとんでいった。

崖の上まで辿《たど》りついたとき、コリーは息があがって足もふらついていた。眼下《がんか》はまだ影《かげ》になっていたために川の水が黒い布《ぬの》のように見えた。とびこんでもだいじょうぶなほど川が深いのかどうかはまったくわからない。ここでホールトが考えたとおり、コリーはためらい、斜面《しゃめん》の下の岩場のそばにいる人影《ひとかげ》をふり返った。

立ち止まってまもなく、ヒュッという音が聞こえたと同時に実際《じっさい》コリーは自分の頭の上をホールトが放った矢がかすめていくのを感じた。あのレンジャーがいったとおりだった。

必死《ひっし》で丘を駆《か》け上ってきたために脇腹《わきばら》が痛《いた》かった。胸《むね》も波打ち、コリーは呼吸《こきゅう》するために身体をふたつ折《お》りにした。そのとき、ホールトの右腕《みぎうで》が上がり、肩《かた》に下げている矢《や》筒《づつ》からつぎの矢をとりだすのが見えた。わざとゆっくり時間《じかん》をかけて、ホールトは矢をつがえ、ふたたび弓を構《かま》えると弦《つる》を引き絞った。

コリーは自分の胸《むね》に焼《や》けつくような痛《いた》みを感じることができた。つぎに矢が向かうとホールトがいっていた場所だ。最初《さいしょ》の矢が木の株《かぶ》に刺《さ》さったときのものすごい衝撃《しょうげき》と、二番目の矢が自分の頭をかすめるようにとんでいったときの心臓《しんぞう》がとびでるかと思ったほどの恐怖《きょうふ》を、彼《かれ》は思い出した。下のほうにいる人影《ひとかげ》を見たときに、これらすべてが瞬《しゅん》時《じ》に頭によみがえり、コリーは自分が生き残《のこ》るチャンスはひとつしかないと知った。

彼はとびおりた。落ちていくあいだずっと恐怖から悲鳴をあげていたが、やがてものすごい水しぶきをあげて川の水面にぶつかった。水面下深く沈《しず》んでいったが、どこまでいっても底《そこ》に行きつかなかった。実際《じっさい》、川のこの部分の深さは少なくとも十五メートルはあったのだ。それから、助かったのだというものすごい安堵感《あんどかん》とともに、彼は水面へ上るために水をかき始めた。左のひざが水面にぶつかったときの衝撃でねじれ、ひねってしまっていた。水面めがけて足を蹴《け》ったときに、ひざに激痛《げきつう》が走った。思わず悲鳴をあげたために水を飲んでしまい、口を閉《と》じていなければならないことを思い出したときには手遅《ておく》れだった。せきこみ、水をはね散《ち》らしながら頭が水面から出たので、彼はあえぐように空気を吸《す》いこんだ。そして、ひざの痛みをかばいながら横泳ぎをして弱々《よわよわ》しく土手を目ざしていった。

丘《おか》の斜面《しゃめん》では、マントを着た人物が崖《がけ》の上から見えなくなったので、追っ手たちは立ち止まっていた。彼《かれ》らはこのあたりの事情《じじょう》をよく知っているので、崖の下には川があることがわかっていた。立ち止まっていた彼らに向かって、上のほうから声がした。

「やつは川にとびこんだ！　丘の下をまわりこんでつかまえろ！」

彼らの中で機転のきく何人かが、大《おお》きな身ぶりをしている人影《ひとかげ》を見て、自分たちが夜のうちに送りこんだ偵察人《ていさつにん》だと思った。男は彼らに向かってもどって片側《かたがわ》にまわれと合図していたので、彼らも男の意図に気がついた。自分たちも追いかけていた男につづいて崖からとびおりるつもりでなければ、これ以上《いじょう》斜面を駆《か》けあがっても意味がない。丘を下ってまわりこんで川の土手まで行くのが最《もっと》も早かった。

「来い！」と犬を連《つ》れている大柄《おおがら》な男が叫《さけ》んだ。「土手のほうに行くぞ！」

男は犬たちに先導《せんどう》するよう身ぶりで伝《つた》えると、犬たちを追いかけて走りだした。ひとりが動きだすと、ほかの男たちも後につづいた。男たちの一団が斜面を駆け下り、崖の下の堤《つつみ》を目指して左に急に曲がっていくのを、ホールトは苦々《にがにが》しい満足《まんぞく》をおぼえながら見ていた。

最後《さいご》のひとりが見えなくなると、ホールトは指を二回鳴らした。夜どおし姿《すがた》をかくしていた岩場からアベラールが出てきた。ホールトは軽々《かるがる》と愛馬《あいば》の背中《せなか》に乗《の》った。アベラールは首をねじって主《あるじ》を非難《ひなん》がましい目で見た。ホールトがコリーのものだった脂《あぶら》じみた毛織物《けおりもの》の上着《うわぎ》を着ていたからだ。

「わかってるよ」とホールトはあきらめたような口調でいった。「しかし、やつの靴下《くつした》はもっとひどいにおいだったよ」

ホールトはアベラールに駆《か》け足をさせ、ふたりはすばやく丘《おか》を下っていった。敵《てき》がかくれていた木立《こだち》まで来ると、ホールトは不可解《ふかかい》な行動に出た。レドモントにもどるために東に向くのではなく、アベラールの頭を北西に向けたのだ。例《れい》の漁村にもどる方角だ。ふたたびアベラールは首をねじって主のほうをいぶかるように見た。ホールトは安心させるように愛馬の毛足の長いたてがみをたたいた。

「わかってるよ。だが、しておかなければならないことがあるのだ」ホールトがそういうと、アベラールは首をふり上げた。主が自分のすることがわかっているのであれば、アベラールはそれで満足《まんぞく》だった。

＊

アウトサイダーズのグループの指導者《しどうしゃ》ファレルは村人たちを鎮《しず》めようとして気まずい時間《じかん》を過《す》ごしていた。村人たちは、失敗《しっぱい》に終わった船への襲撃《しゅうげき》にファレルとその部下たちが一枚《まい》かんでいたとあきらかに疑《うたが》っていた。ファレルは襲撃のことなどなにひとつ知らないと村人たちを安心させようとしたが、そうしているあいだにも村人たちの不信感がどんどん大《おお》きくなっていくのを感じていた。

そろそろここを出ていくころかもしれない、とファレルは思った。しばらくのあいだなら村人たちの疑いをなだめることはできるだろうが、長い目で見ればこれまでに手に入れたものを持ってどこかほかの場所に移《うつ》ったほうが安全だろう。

「ウィルフレッド」とファレルは村長に向かっていった。「うちの者たちは悪事にはまったく関係《かんけい》がない。わたしが保証《ほしょう》するよ。あなたたちも知ってのとおり、わたしたちはただの宗教団体《しゅうきょうだんたい》なんだから」

「だが、厄介《やっかい》ごとが起こったのはすべて『ただの宗教団体』であるはずのあんたたちがやってきてからだ、というのはおかしいじゃないか?」とウィルフレッドが責《せ》めるようにいった。

ファレルは両手を広げて無実《むじつ》だという仕草《しぐさ》をした。「偶然《ぐうぜん》だよ。これ以上不幸《いじょうふこう》なことが起こらないように、わたしと仲間《なかま》とであなたたちや村のために祈《いの》るよ。わたしが保証《ほしょう》するから……」

そのとき、ファレルが教団《きょうだん》の本部と主《おも》な礼拝所《れいはいじょ》として使っている大テントの入口の外で、なにか小競《こぜ》り合いをしているような物音が聞こえた。やがて髭面《ひげづら》の見知らぬ者が入口から乱入《らんにゅう》してきた。すくなくともファレルはその男を見知らぬ者だと思った。だが、やがてその男をどこかで見たような記憶《きおく》があることに気づいた。

その男は平均《へいきん》よりも背《せ》が低《ひく》く、地味な茶色のゲートルにブーツ姿《すがた》でくすんだ緑色の上着《うわぎ》を着ていた。大《おお》きな長弓を手にし、肩《かた》には矢筒《やづつ》をかけている。そのときファレルの記憶《きおく》がよみがえった。

「あなただったのですか！　こんなところでなにをなさっているのですか？」とおどろいていった。

ホールトはそれを無視《むし》し、ウィルフレッドに向かって話した。

「あんたたちはカモにされている」と簡潔《かんけつ》にいった。「この男とその一味はあんたたちからしぼり取れるだけしぼり取るつもりだ。それからあんたたちがあたえた金《きん》や宝石《ほうせき》を持って逃《に》げるつもりなのだ」

突然《とつぜん》入りこんできたホールトに向けられていたウィルフレッドのまなざしは、ふたたびファレルにもどった。疑《うたが》わしそうに目がせばまっている。ファレルは無理《むり》やり高笑いをすると、大テントの反対側《はんたいがわ》の端《はし》に鎮座《ちんざ》している巨大《きょだい》な黄金《おうごん》の祭壇《さいだん》のほうをしめした。

「あなたたちに話しただろう。わたしたちは金《きん》を祭壇を造《つく》るために使ったと。あなたたちのために祈《いの》れるように！　わたしたちがあれを持っていけるとでも思っているのかね？　頑丈《がんじょう》な金でできているのだよ。何トンもの重さがあるのだよ！」

「そうでもないんじゃないか」といったかと思うと、ホールトは大股《おおまた》で祭壇のほうに近づいていった。その後に不安《ふあん》そうな村人がつづき、ファレルも一緒《いっしょ》についてきたことをウィルフレッドがたしかめた。

ホールトはシュッと音を立ててサックスナイフを抜《ぬ》き取ると、そのするどい刃《は》を光り輝《かがや》いている黄金の祭壇の側面《そくめん》に当ててそぐように切った。祭壇を覆《おお》っていた薄《うす》い金箔《きんぱく》が剥《は》がれ落ち、その下から木材《もくざい》がむき出しになった。

「見かけほど頑丈ではなさそうだな」ホールトがいうと、村人たちから怒《いか》りのうなり声が聞こえ、彼《かれ》らはファレルをとり囲《かこ》んだ。ファレルの目はホールトから自分をとり囲んでいる敵意《てきい》に満《み》ちた顔へといそがしく動いた。彼は口をあけ、反射的《はんしゃてき》にこのぺてんについてなにかもっともらしい説明《せつめい》をしようとしたが、どんな説明もできないことに気づいて口を閉《と》じた。

「やつらは木製《もくせい》の祭壇《さいだん》にめっきをするためにごく少量《しょうりょう》だけ金《きん》を使ったのだ。残《のこ》りはおそらくこの下に袋詰《ふくろづ》めされているはずだ。今晩持《こんばんも》って逃《に》げるためにな」

ウィルフレッドが合図をすると、若者《わかもの》のひとりが前に進み出て祭壇の覆《おお》いを乱暴《らんぼう》にはぎとった。祭壇の下には袋《ふくろ》がきちんと積《つ》み重ねられていた。その村人が袋のひとつを足でつつくと、ジャラジャラという金属音《きんぞくおん》がした。恐怖《きょうふ》に顔を青くして立っているファレルを村長がにらみつけた。ファレルはホールトの後ろ側《がわ》に動こうとした。まるでホールトが自分を守ってくれると願《ねが》ってでもいるかのように。

「あんたもこれで終わりだな、ファレル」ウィルフレッドが不気味《ぶきみ》なほど静《しず》かな声でいった。

だがホールトは首をふった。「あんたたちは金を返してもらったじゃないか。そのことを感謝《かんしゃ》するんだな。だがこいつを連《つ》れていくのはだめだ。わたしはこの男にいくつか質問《しつもん》に答えてもらわなければならないのだ」

「おれたちに指図するとは、おまえはいったい何様のつもりなんだ?」先ほど祭壇の覆いをはぎ取った若者《わかもの》がいった。ホールトはゆるがぬ視線《しせん》でじっと若者を見た。

「わたしはたったいまあんたたちの財産《ざいさん》を救《すく》った者だ。そしてこの前の夜、あんたたちの船が燃《も》やされるところも救った。あんたたちにまだ金《きん》があり、家畜《かちく》もいることを感謝《かんしゃ》するんだな。ほかの財産もそのまま持っていることができる。それらは好《す》きなようにすればいい。だが、この男はわたしが連《つ》れていく」

若者はいい返そうとしたが、ウィルフレッドのきびしい身ぶりがそれを止めた。村長は前に進みでてホールトと向き合った。

「このような命令《めいれい》をされるところからみると、何らかの権威《けんい》をお持ちの方だとお見受けするが」

ホールトはうなずき「わたしはアラルエンのレンジャーだ」と答えた。

大テントじゅうにそうだったのかというようなざわめきが起こった。この村はどこの領地《りょうち》にも属《ぞく》してはいなかったが、彼《かれ》らはレンジャー隊《たい》の評判《ひょうばん》は知っていた。村人たちが不安《ふあん》に思っている一瞬《いっしゅん》を利用《りよう》して、ホールトはファレルの肘《ひじ》をつかみ、大テントの入口のほうへと進み始めた。一瞬躊躇《いっしゅんちゅうちょ》した後に、人々《ひとびと》は二手《ふたて》に分かれてふたりに道をあけた。

ホールトは捕虜《ほりょ》を連れて暖《あたた》かい朝の光が溢《あふ》れる外に出た。先ほど彼を止めようとしたアウトサイダーズの歩哨《ほしょう》がまだ意識《いしき》を失《うしな》って倒《たお》れているそばを通りすぎたとき、ホールトはわずかに顔をしかめた。自分が先ほど大テントの中に押《お》し入ったときにファレルがいった言葉を思い出したのだ。

「あなただったのですか！　こんなところでなにをなさっているのですか？」その言葉と、ファレルの様子は、このアウトサイダーズの聖職者《せいしょくしゃ》がホールトのことを前に会ったことがあると認《みと》めているのをしめしていた。だからこそホールトは顔をしかめたのだ。

この男に会ったことは一度もなかったのだから。

第三部　ヒベルニアの危機《きき》

12

その宿屋の食堂《しょくどう》は客があふれんばかりで、ほとんどすべてのテーブルが、村や城《しろ》から来たにぎやかで幸せそうに食事をする人々《ひとびと》で占《し》められていた。ウィルとアリスは部屋の中央にある貴賓席《きひんせき》についていた。頭上には二十四本のろうそくをつけた、車輪をかたどったシャンデリアが輝《かがや》いている。

この席に案内されたとき、ウィルはテーブルを見て顔をしかめた。例《れい》によって、ほかから見られない、隅《すみ》っこに隠《かく》れるような席のほうがよかったのだ。見られるより見るほうが好《す》きだった。彼《かれ》が一瞬《いっしゅん》ためらっているのに気づいて、アリスはにやっとしていった。

「慣《な》れなくっちゃ。あなたは有名人なんだから。それを楽しんでいる人だっているのよ」

ウィルは顔をしかめた。「部屋じゅうの視線《しせん》を一身に浴《あ》びるのを、どうやって楽しめるんだい？」そういいながら、彼《かれ》はまだもうすこし目立たない席《せき》はないものかと目で探《さが》していた。

「そういうものなのよ。わたしたちが店を出るときにスケッチしようと入口で待ちかまえている大勢《おおぜい》の素描家《そびょうか》がいないのがおどろきなくらいだわ」

「そんなことがほんとうにあるの？」ウィルが信《しん》じられないというようにきくと、アリスは肩《かた》をすくめた。

「そう聞いてるけど」そしてアリスはウィルをそっとテーブルのほうにおした。「さあ、ジェニーはあなたのことを見せびらかせなかったらがっかりするわ」

そこにジェニー本人があらわれた。かわいい顔に輝《かがや》くような笑《え》みを浮《う》かべて、混《こ》んだ部屋を縫《ぬ》うようにしてやってきた。彼女《かのじょ》の仕事場のシンボルである大《おお》きな木のおたまが右手に下げられている。

「ウィル！」ジェニーがかん高い声をあげた。「やっと来てくれたのね！　わたしのささやかな食堂《しょくどう》にようこそ！」

ジェニーが両腕《りょううで》で抱《だ》きついてきたので、ウィルは彼女の右手にあるおたまが後頭部にぶつかるのでは、と本能的《ほんのうてき》に首をすくめた。だがジェニーはおたまがぶつかるのをうまくコントロールして、ウィルを見て笑《わら》った。

「もう、ウィルったら！　一年目のとき以来《いらい》、だれもおたまでたたいたりしてないわよ！　少なくともたたくつもりのない相手はね。さあ、座《すわ》って、座って！」

ウィルがあわててアリスの椅子《いす》を引いたのを、ジェニーはこれでよしというように見ていた。ウィルはいつもお行儀がいいわ、と彼女《かのじょ》は思った。それから自分の椅子に座ると、ウィルは部屋を見わたし、混《こ》みあっている客をしめしていった。

「それほどささやかじゃないじゃない。五十人から六十人はいるよ！」

ジェニーは実務的《じつむてき》な目で部屋を見た。「でもみんなが食事をしているわけじゃないわ。飲みにだけ来ている人もいるの」

「ここはいつもこれくらい混んでいるのよ」とアリスがいったが、ジェニーは首をふった。

「今晩《こんばん》は特別《とくべつ》。あの有名なウィル・トリーティと美人の恋人がここで食事をするといううわさが広まって、予約が殺到《さっとう》したのよ」

ウィルはすこし顔を赤らめたが、アリスは平気で受けながした。なんといってもジェニーとは子どものころからおたがいよく知っているのだから。

「どうやってそんなうわさが流れたのかしら？」アリスは片方《かたほう》の眉《まゆ》を上げていった。

ジェニーはにやっと彼女《かのじょ》に笑《わら》いかけ、無邪気《むじゃき》に両手を広げた。

「わたしにはわからないわ。でも商売としてはありがたいわ」それからウィルに視線《しせん》をもどすと、笑《え》みがさらに広がった。「ほんとうにまた会えてうれしいわ。すごくひさしぶりよね。これからずっとこっちにいるんでしょ？」

ウィルがおどろいて目を丸くした。「なんで知ってるの？」ウィルはクロウリーの特《とく》別任務隊《べつにんむたい》のことは秘密《ひみつ》だと思っていたのだ。

ジェニーは無造作《むぞうさ》に肩《かた》をすくめた。「あら、何週間か前に聞いたけど。だれかがいってたのよ。だれだったかはよくわからないけど」

ウィルは首をふった。自分はほんの五日ほど前に聞いたばかりだというのに。人々《ひとびと》がいわゆる秘密というものをいかに早くかぎあてるかはおどろくばかりだ。ジェニーはウィルがなにを思っているかは気がつかなかった。

「あなたたちふたりだけなの？」とジェニー。

アリスが首をふった。「レディ・ポーリーンも来ることになっているわ」

ジェニーの笑みがさらに広がった。「あなたたちが来てくれるとうちのお店の評判《ひょうばん》も上がるってものだわ」

アリスが首をふった。「わたしたちなんて必要《ひつよう》ないじゃない」

ジェニーはきびきびと両手をこすり合わせた。そろそろ仕事にもどるころあいだった。

「さて、あなたたち、お料理《りょうり》を注文する？　それともわたしに任《まか》せてくれる？」

ウィルはジェニーが自分の手腕《しゅわん》を見せびらかしたがっているのを感じた。彼《かれ》はおまかせする、というふうに両手をテーブルの上に乗《の》せていった。

「きみの申し出を断《ことわ》るようなら、ぼくたちどうかしてるってことになるよ」

ジェニーは通りすぎようとしたボーイに指を鳴らした。「ここにもうひとり分セットして、レイフ」十六歳くらいのがっちりとした体格《たいかく》のその少年は、畑で鋤《すき》を持っているか、鍛冶屋《かじや》の加熱炉《かねつろ》の前にいるほうが似合《にあ》いそうだったが、熱心《ねっしん》にうなずいた。

「はい、ジェニー・シェフ」そういって、少年はジェニーが指示《しじ》した場所に不器用《ぶきよう》にナイフ・フォークや皿《さら》を置《お》きはじめた。すべてのものの正しい置き場所を思い出そうと集中して、口の端《はし》から舌《した》が出ている。

「コースの一品目として、いいものを準備《じゅんび》しているのよ」とジェニーがいった。「ウズラの骨《ほね》をとって、そこにクランベリーとリンゴを混《ま》ぜて軽く香辛料を加《くわ》えたものを詰《つ》めて、赤ワインソースでじっくり煮《に》こんだの」

よどみなくしゃべりつづけながら、横にいる少年のほうを見もしないで、ジェニーは手首のスナップをきかせて弧《こ》を描《えが》くようにおたまを動かし、レイフの頭をコツンとたたいた。

ウィルは思わず身をひるませたが、ジェニーの正確《せいかく》な技術《ぎじゅつ》を賞賛《しょうさん》せざるをえなかった。

「ナイフは右、フォークは左、わかった？　そう教えたでしょ、レイフ」

レイフはわけがわからないというようにまちがっておいたナイフとフォークを見た。唇《くちびる》は呪文《じゅもん》のように「ナイフは右、フォークは左」と動いている。ジェニーが辛抱《しんぼう》強《づよ》くため息をついていった。

「右手を上げて」レイフはためらっていた。彼《かれ》の目は、攻撃《こうげき》しようとしているヘビのようにやさしい弧を描きながらゆらゆらゆれているおたまに釘《くぎ》づけになっている。「字を書くほうの手よ」とジェニーがいった。

「字は書けないんです」レイフがしょんぼりしていった。ジェニーは自分がこの少年に気まずい思いをさせてしまったのではと恐《おそ》れて、不意《ふい》をつかれた。彼女《かのじょ》はレイフが畑を耕《たがや》す馬と一緒《いっしょ》にとぼとぼ畑を歩くよりも手に職《しょく》をつけさせてあげるために、彼に教えようとしただけだったのだ。

「戦《たたか》うほうの手だよ」とウィルが口をはさんだ。「剣《けん》を持つほうの手だ」

レイフがわかったという顔をし、顔じゅうに笑《え》みが広がった。そして筋肉質《きんにくしつ》の右手を上げた。ジェニーはウィルにほほえみかけた。

「ありがとう、ウィル。いい考えだわ。そうよ、レイフ。そっちがあなたの右手。剣を持つほうの手よ。それに、剣って実際《じっさい》大《おお》きなナイフのようなものだしね。だから、そっちがナイフを置《お》くほう。わかった?」

「わかりました」とレイフはうれしそうに答えた。「どうして最初《さいしょ》からそういってくれなかったんですか?」

ジェニーはため息をついた。「そんなこと思いもしなかったわ。だってわたしは有名なレンジャーじゃないもの」だが、その皮肉もレイフには通じなかった。

「ええ、シェフ。でもあなたは優秀《ゆうしゅう》な料理人《りょうりにん》ですよ。あなたのいいところとしてそれだけはいえますよ」

レイフは自信《じしん》を持ってナイフとフォークを正しい位置《いち》に置き換《か》えた。それから想像上《そうぞうじょう》の剣をふりかざしながら、自分が正しく置いたかどうかをたしかめた。そして満足《まんぞく》すると、うなずき、ジェニーのほうをふり返った。

「なにかまだすることがありますか、シェフ?」

「いいえ。ありがとう、レイフ。いまのところそれだけでいいわ」

レイフはにっこり笑《わら》うとジェニーとお客たちにかすかにお辞儀《じぎ》をし、それから満足気《まんぞくげ》に厨房《ちゅうぼう》のほうにゆっくりもどっていった。

「あの子はいい子なのよ。そのうちに彼《かれ》をりっぱな給仕頭に変身させられればと思っているんだけど」ここでジェニーはためらい、言葉を修正《しゅうせい》した。「ここ何年かのうちに、ね」

ウィルはジェニーをしげしげと見た。最初《さいしょ》に彼女《かのじょ》がテーブルに姿《すがた》を見せたときから、なにか前とちがっていることに気づいていたのだ。いまそれがなにかがわかった。

「やせたんだね、ジェン」といった。ウィルは女の子に関《かん》してはあまり要領《ようりょう》のいいほうではなかったが、どんな女の子でもこの言葉が好《す》きなことくらいはわかっていた。しかもジェニーの場合、それはほんとうのことだった。彼女はいまでもぽっちゃりしているタイプではあったが、たしかにいくらかほっそりしていた。ジェニーはにっこりほほえむと、後ろ向きに自分を見てみようとするかのように身体をねじって肩越《かたご》しに見た。

「そう思う？　すこしはそうなのかも。おかしな話なんだけど、自分でレストランを経《けい》営《えい》していると食べる時間《じかん》があまりないのよ。味見はするけど、ほんとうに食べる時間はね」

「きみにぴったりじゃない」とウィルはいって、ギランはこんなふうになったジェニーを見たがるだろうなと思った。ホールトとポーリーンの結婚式《けっこんしき》のときに初《はじ》めてジェニーに会ったギランは、彼女《かのじょ》にとても好意《こうい》を持っていたのだ。式が終わってからアリダへ旅したときも、ギランは何度もジェニーのことをウィルにきいていた。

ジェニーはウィルにほほえむと、それからきびきびと両手をこすり合わせて仕事にもどった。

「コースのメインは羊《ひつじ》のあばら肉よ。オイルとレモン汁《じる》とローズマリーで下味をつけてあるの。それに、羊肉《ひつじにく》の横で一緒《いっしょ》にあぶった新じゃがいもと、しんなりするまで加熱《かねつ》した青菜を添《そ》えます。それとも、新鮮《しんせん》なヒラメもあるから、それを蒸《む》して生姜《しょうが》と唐辛子《とうがらし》をすこし添えたものもできるわ。どっちがお好《この》みかしら？」

アリスとウィルは顔を見合わせた。アリスにはウィルの考えていることがわかったので、彼《かれ》に代わって答えた。

「ふたりとも羊肉《ひつじにく》をいただくわ」

ジェニーはうなずいた。「それがいいと思う。それから……あら、レディ・ポーリーンがいらしたわ」

ジェニーは入口付近でわずかに動きがあったのに気づいたのだった。アリスとウィルが彼女《かのじょ》の視線《しせん》を追うと、長身のレディ・ポーリーンがレストランに入ってくるのが見えた。レディ・ポーリーンの数歩後ろに、なぜか背景《はいけい》にとけこむような感じでもうひとり人影《ひとかげ》が見えた――マントとフード姿《すがた》のレンジャーだ。

「ホールト！」ウィルが椅子《いす》から立ちあがり、顔には歓迎《かんげい》の笑《え》みが広がった。が、やがて、そのレンジャーがフードを払《はら》うと砂色《すないろ》の髪《かみ》と髭《ひげ》が見えたので、ウィルの笑みは消えていった。「クロウリーだ！　こんなところでなにをしているんだろう？」とウィルはおどろいていった。

ジェニーはわずかに顔をしかめながら、メインコースの料理《りょうり》をもうひとり分工面できるかどうか考えていた。そのとき、ほとんどのレンジャーがしめす旺盛《おうせい》な食欲《しょくよく》を思い出し、だめだと判断《はんだん》した。

「あとできくわ」そういうと彼女はウィルたちに背中《せなか》を向けた。「べつの羊《ひつじ》のあばら肉をオーブンに入れておいたほうがよさそうだから」

急いで厨房《ちゅうぼう》にもどったジェニーが叫《さけ》んでいるのが聞こえてきた。「レイフ！　テーブルにもうひとり分セットして！」

アリスも立ちあがって自分の師《し》を手招《てまね》きした。レディ・ポーリーンはそれに気づき、混《こ》み合った部屋を縫《ぬ》うようにしてテーブルへとやってきた。まるですべって進んでいるようだ、とウィルは思った。部屋じゅうの話し声がしなくなったことにウィルは気づいた。客がみんなふたりのレンジャーとそのお相手の外交官に、なにが起こるのかと目を釘《くぎ》づけにしていたのだった。この集まりはただごとではない、と彼《かれ》らは感じていたのだ。

新しく来たふたりがウィルとアリスに合流した。レディ・ポーリーンはウィルを見てにっこりほほえみ、身を乗《の》りだすと彼の頰《ほお》に軽くキスをした。ホールトと同《おな》じく彼女《かのじょ》もウィルのことを息子のように思っていたのだ。

「あなたとここで会えるなんて、なんてすてきかしら、ウィル。ここに帰ってくると決心してくれて、すごくうれしいわ」

レディ・ポーリーンは自分がホールトとともに特別任務隊《とくべつにんむたい》に入る決心をしたことをいっているのだ、とウィルにはわかった。彼もレディ・ポーリーンにほほえんだ。

「ホールトが面倒《めんどう》に巻《ま》きこまれないように見はっている人間が必要《ひつよう》ですからね、レディ・ポーリーン」

彼女《かのじょ》はまじめな面持ちでうなずいた。「わたしもまさにそのことをずっと考えていたのよ。なんといっても、彼《かれ》はもう若《わか》くはないのだから。それから、ウィル。よかったらいちいちレディと呼《よ》ぶのはやめてもらえないかしら。ポーリーンのほうがいいわ」

「わかりました、ポーリーン」ウィルは思い切って名前で呼んでみたが、その響《ひび》きがとても気に入った。ふたりはテーブルごしにほほえみ合った。

クロウリーが大《おお》げさに咳払《せきばら》いをした。「きみはレンジャー隊《たい》の司令官《しれいかん》へ挨拶《あいさつ》をするつもりではいたのだと思うが、そうなんだろ、ウィル？　わたしもホールト同様白髪頭《しらがあたま》のおいぼれだということはわかっておるが、すくなくとも『こんにちは』くらいはいってもらってもいいんじゃないかね。アリス、きみはどんどん美しくなっていくね」とクロウリーはウィルに答えるすきもあたえずつけ加《くわ》えた。

「まあ、白々《しらじら》しいお世辞《せじ》がお上手ですこと、クロウリー。レドモントへようこそ」とアリスがすかさず答えた。

ようやくウィルにも口を開《ひら》く機会《きかい》がまわってきた。「そうです、ようこそ、クロウリー。それから、どうしてこちらにいらしたんですか?」

クロウリーがそれに答えようとしたとき、腕《うで》にナイフ、フォーク、皿《さら》を抱《かか》えたレイフが彼《かれ》の横にあらわれた。レイフは一瞬《いっしゅん》ためらうと、持っていたものを左手に持ち替《か》えて、右手で空中を剣《けん》で突《つ》く仕草《しぐさ》をした。クロウリーは肩越《かたご》しにこの給仕係《きゅうじがかり》の少年を心配そうに見た。

「わたしの首をはねようとしているのかね?」

レイフはクロウリーににっこりほほえんだ。「とんでもないですよ、レンジャー。こうやって正しい置《お》き方を確認《かくにん》しているのです。どっちがどっちだったかをわすれないうちにわたしが置いているあいだに、どうぞこちら側《がわ》へいらしてください」

クロウリーは何のことだというようにウィルをちらりと見た。ウィルは肩《かた》をすくめた。

「ジェニーは彼を給仕頭にしようと訓練中《くんれんちゅう》なんですよ」ウィルが説明《せつめい》すると、クロウリーはレイフを横目で見た。レイフの唇《くちびる》は〈ナイフは右、フォークは左、お皿はまん中〉と声を出さずに動いていた。

「それは前途多難《ぜんとたなん》だな」といった。そして、レイフが用を終えて行ってしまうと、ウィルの質問《しつもん》に答えた。

「わたしがここに来たのは、ホールトにいわれたからなんだよ。彼《かれ》は二日前に西海岸の拠点《きょてん》から伝書鳩《でんしょばと》でメッセージをよこした。ホラスも呼《よ》ぶようにってね。彼も一両日中にやってくるだろう。処理《しょり》しなければならない問題があるとのことだった」

迅速《じんそく》なコミュニケーションの価値《かち》がよくわかっているので、クロウリーは近年王国じゅうにメッセージ拠点のネットワークを張《は》りめぐらせていた。各拠点で、そこの局長が伝書鳩の群《む》れを飼《か》い、アラルエン城《じょう》にあるクロウリーの本部までもどっていくように鳩《はと》を訓練《くんれん》していた。

ホールトの名前が出たので、ウィルは前のめりになった。

「ホールトは何の件《けん》だっていってました？」ときいたが、クロウリーは首をふった。

「ここに来てから話すっていっていた。じつのところ、わたしより先に来ていると思っていたのだが」

「遅《おそ》くなってしまった。引き連《つ》れてくる捕虜《ほりょ》がいたものでね」と後ろからなつかしい声がした。

「ホールト！」ウィルは喜《よろこ》んで跳《と》び上がった。ホールトが部屋に入ってきたのも、そっと近づいてきていたのもだれも気づかなかった。ウィルは急いでテーブルをまわりこみ、椅子《いす》をひっくり返して恩師《おんし》に抱《だ》きついた。

「で、これはいったいどういうことなんですか？」ときいた。それから、ホールトが答える間《ま》もないうちに次々《つぎつぎ》と矢継《やつ》ぎ早《ばや》に質問《しつもん》を浴《あ》びせかけた。「あなたがいっていた捕虜《ほりょ》って、だれなんですか？　いままでどこに行ってたんですか？　どうしてホラスも同行させるんですか？　我々《われわれ》にもう最初《さいしょ》の指令《しれい》が出たんですか？　どこに行くんです？」

ホールトは抱きついていたウィルの腕《うで》から逃《のが》れると、目をくるりとまわして天をあおいだ。

「質問、質問、質問！　おまえがどういうやつだったかを思い出したよ。自分がとんでもないまちがいを犯《おか》したんじゃないかと思ってしまうよ。話を先に進める前に、妻《つま》に挨《あい》拶《さつ》くらいさせてくれないかな」

だが、ポーリーンを抱きしめようと身体の向きを変《か》えたときに、ホールトは不機嫌《ふきげん》をよそおうことがもうできなくなっていた。どんなにおさえようとしても、口の両端《りょうたん》に笑《え》みが広がってくるのだった。

厨房《ちゅうぼう》から姿《すがた》を見せたジェニーは、テーブルにさらに人が増《ふ》えたことに気づいて、踵《きびす》を返した。

「フランシス！　冷蔵室《れいぞうしつ》から、もうひとつ羊《ひつじ》のあばら肉を持ってきて。それからレイフ……」

「はいはい、わかっています、ご主人さま！　テーブルにもうひと組用意ですね！」

ranger's apprentice 13

食事はすばらしかった。ホールトは仕事の話に邪魔《じゃま》されないで食事を楽しむべきだ、といいはった。

「コーヒーを飲むときにその時間《じかん》はじゅうぶんにある」と断固《だんこ》としていった。ホールトはレンジャー総会《そうかい》——彼《かれ》がこれに欠席したのはずいぶんひさしぶりのことだったのだ——の詳細《しょうさい》を次々《つぎつぎ》質問《しつもん》して、彼がこの間《かん》なにをしていたのかという話題を巧《たく》みにそらした。ウィルが三人の初年訓練生《くんれんせい》相手に苦労《くろう》したことを話すのを聞きながら、ホールトは静《しず》かに笑《え》みを浮《う》かべ、ギランがウィットビー領《りょう》のレンジャーへと昇進《しょうしん》したこと、そしてもしホールトとウィルが指令《しれい》を受けて出かけるときにはギランがレドモント領をも引き受けてくれることを聞いて、満足《まんぞく》そうにうなずいた。

「きみがこの件《けん》をどうやりとげるかと思っていたのだが、りっぱなもんじゃないか」とホールトはクロウリーにいった。

クロウリーは自己満足《じこまんぞく》にひたりながら笑《え》みを浮《う》かべていった。「ウィルにもいったんだが、こと組織作《そしきづく》りに関《かん》しては、わたしは天才なんだよ」これを聞いてホールトは片方《かたほう》の眉《まゆ》を上げたが、さらなるコメントはしなかった。

それからホールトにせっつかれて、レディ・ポーリーンが彼《かれ》が出発してからのレドモント城《じょう》での出来事について話した。戦闘学校《せんとうがっこう》の校長であるロドニー卿《きょう》が最近魅力的《さいきんみりょくてき》な未《み》亡人《ぼうじん》、レディ・マーガレットと仲《なか》がいいという話を聞いて、ホールトは目を丸くした。

「ロドニーが?」信《しん》じられないというふうにホールトはきいた。「だって彼は筋金入《すじがねい》りの偏屈《へんくつ》なおいぼれ独身者《どくしんしゃ》じゃないか!」

「あなたもまったく同《おな》じようにいわれていたわよね」とポーリーンが落ちついて答えると、ホールトはなるほどそのとおりというようにうなずいた。

「じゃあ、ロドニーも身を落ちつけるつもりなのか? そんなことだれが想像《そうぞう》できただろう? つぎはきみの番じゃないかと思っていたのだが、クロウリー?」

クロウリーは首をふった。「わたしは仕事と結婚したんだ、ホールト。それに、いままでこれだ、と思う女性《じょせい》には一度も出会わなかったからな」

じつをいえば、クロウリーはずっとレディ・ポーリーンに深い敬慕《けいぼ》の念《ねん》を抱《いだ》いていた。しかし、レディ・ポーリーンとホールトのことを知っている王国でも数少ない人間のひとりでもあることから、彼《かれ》はこの事実を決して知られないようにしてきたのだ。

ついに食事が終わり、レイフがコーヒーポットとカップをテーブルの上に置《お》きに来た。幸い、今回は架空《かくう》の剣《けん》をふりかざして位置《いち》をたしかめるようなことはしなくてすんだ。

ホールトがコーヒーに口をつけ、うまそうに舌鼓《したつづみ》を打つのをポーリーンは寛容《かんよう》な笑《え》みを浮《う》かべて見守っていた。それからホールトはカップを下に置くと、身を乗《の》りだし、テーブルに両肘《りょうひじ》をついた。

「さて！　とりかかるとするか。アウトサイダーズが活動を再開《さいかい》し、アラルエンにもどってくることを計画している。ヒベルニアをおさえこんだらすぐにでもな」

「ヒベルニアですって？」とレディ・ポーリーンがおどろいていった。「あの人たち、あそこでなにをしているの？」

「基本的《きほんてき》にはあの国を支配《しはい》しようとしている」とホールトがいった。「我々《われわれ》がやつらをアラルエンから追い出したとき、やつらの一部がヒベルニアに行ったのだ。やつらはあそこで勢力《せいりょく》と人数を増《ま》し、徐々《じょじょ》に六つある王国を弱体化させながら、待っていたのだ。

やつらはその作業をほぼ完了《かんりょう》させた。いまでは五つの王国を支配《しはい》している。残《のこ》っているのはクロンメルだけだが、それも時間《じかん》の問題だ」

「クロンメル?」とクロウリーがいった。「あそこはきみの出身地じゃなかったか、ホールト?」

ホールトがうなずいたので、ウィルは興味深《きょうみぶか》げに顔を上げた。ホールトがもともとヒベルニア出身だというのはぼんやりと知っていたが、それが確認《かくにん》されるのを聞いたのはこれが初《はじ》めてだった。

「ああ。クロンメルのフェリス国王は弱い。そしてすべてのヒベルニアの王と同《おな》じように、彼《かれ》もほかの国王のだれかが自分を裏切《うらぎ》るのではないかとか、自分の王座《おうざ》をねらっているのではないかということを心配するのにいそがしくて、ほんとうの脅威《きょうい》を見逃《みのが》している」

「アウトサイダーズは野心を燃《も》やしているということなのね?」とレディ・ポーリーンがいった。「彼らは以前《いぜん》は窃盗《せっとう》や犯罪《はんざい》を犯《おか》したわ。それだけでもじゅうぶん悪いことだけど、今度はヒベルニアの実権《じっけん》を握《にぎ》ろうとしている、というの?」

ホールトはうなずいた。「やつらは田舎《いなか》のあちこちを混乱《こんらん》と恐怖《きょうふ》に陥《おとしい》れている。国王が弱すぎたり自己中心的《じこちゅうしんてき》すぎたりして国民《こくみん》を守れないとなると、そこにやつらは入りこんできて問題を解決《かいけつ》してやろうと申しでるんだ」

「やつらにしてみればかんたんなことだな。その問題を起こしたのはやつら自身なんだから」とクロウリーが口をはさんだ。

「そのとおり。まもなくやつらは平和を守ることのできる唯一《ゆいいつ》の人々《ひとびと》とみなされるようになる。そして力と影響力《えいきょうりょく》を得《え》ていく。どんどん改宗者《かいしゅうしゃ》がやつらの仲間《なかま》になる。そこから支配権《しはいけん》を握《にぎ》るまではほんのひと息だ」

ウィルは顔をしかめた。「だけどどうしてヒベルニアの国王たちはそんなことにがまんしていられるんです？　自分たちの立場が危《あや》うくなっていることくらいわかっているわけでしょう？」

「アウトサイダーズの指導者《しどうしゃ》はテニソンという男だ。やつは賢明《けんめい》にもそれぞれの国王と直接《ちょくせつ》に反目するようなことはしてこなかった。国王たちは王座《おうざ》にとどめておいて、しかし自分が王国を有効《ゆうこう》に支配する。ほんとうの権力《けんりょく》と影響力と金はすべて自分のものにしてしまう、というわけだ」とホールトはいった。

「国王が国王であるという見せかけを保《たも》っているあいだに？」とポーリーンがきいた。

「そのとおり。そしてこれまでのところ、ほとんどの国王はそれで満足《まんぞく》しているのだ」

「それじゃあ国王としての役目を果《は》たしてないじゃないですか」とウィルがあきれていった。

ホールトはうなずいたがその目には悲しみの色があった。「そうなのだよ。彼《かれ》らは弱く、自分のことしか考えていない。そういうところにつけこんでテニソンのようなカリスマ性《せい》のある指導者《しどうしゃ》が入りこんできて、指導力《しどうりょく》と安定性《あんていせい》を見せつけるのだ。やつはすでに王国の五つでそれをやってのけた。つぎはクロンメルのようだ」

「ホールト」と今度はクロウリーが身を乗《の》りだした。その目は旧友《きゅうゆう》の目をさぐるように見つめている。「もちろんこのようなことはヒベルニアにとっては悲劇《ひげき》だ。だが、それがどうアラルエンに関係《かんけい》するというのだ？　冷《つめ》たく聞こえたなら申しわけない、だがきみならわたしがなにをいいたいかわかってくれるだろう」

ウィルはすばやくふたりの上級レンジャーを順《じゅん》に見た。彼にもクロウリーがいわんとするところはわかった。ホールトはヒベルニア生まれだからこの件《けん》に動揺《どうよう》している。だがこの件がホールトの第二の故郷《こきょう》にどのようなかかわりがあるというのか、ということなのだ。

「よくわかっているよ、クロウリー。謝《あやま》る必要《ひつよう》なんてない。この件《けん》は我々《われわれ》にも影響《えいきょう》があるのだ。なぜなら、いったんテニソンがクロンメルを支配《しはい》したら、クロンメルは六つあるヒベルニアの王国の最後《さいご》のひとつだから、今度はそこを基地《きち》としてアラルエンに戻《もど》ってくることを計画している」

「それはたしかなのか？」とクロウリーがきいた。

ホールトはうなずいた。「わたしはそうだと誓《ちか》う捕虜《ほりょ》を連《つ》れてきた。名前はファレルという。ファレルはアラルエンに足がかりを作るために送りこまれたのだ。セルジーの港にな。わたしはそこに行っていたのだ。あそこは安全な港で、へんぴなところだ。いかにもテニソンがやつのくだらんカルトをここに持ち帰ってくるのに選《えら》びそうな場所だよ」

「で、あなたは彼《かれ》がそうする前にわたしたちで止めるべきだ、といっているのね」とレディ・ポーリーンがいった。ホールトは彼女《かのじょ》に目をやった。

「ヘビを殺《ころ》すのにかまれるまで待っている必要はない、ということだよ」とホールトはポーリーンにいった。「わたしとしてはやつらがこれ以上勢力《いじょうせいりょく》を増《ふ》やす前に、いまのうちに止めておきたい」

「きみたちだけで任務《にんむ》を遂行《すいこう》できると思うかね？　きみとウィルだけで？」とクロウリーがきいた。

「あとホラスも」とホールトがつけ足した。

クロウリーはなるほどというようにうなずいた。

「あとホラスか。もっと大《おお》きな部隊《ぶたい》は必要《ひつよう》ないか？」

「我々《われわれ》がヒベルニアに侵入《しんにゅう》することはまずできない。フェリス国王は我々に援助《えんじょ》を求《もと》めていないのだからな。今後もそんなことはしないだろう。策略《さくりゃく》と迷信《めいしん》を使う相手には、さらなる策略と迷信で戦《たたか》ったほうがいいと思う。古いヒベルニアの伝説《でんせつ》に東から剣《けん》の達《たつ》人《じん》がやってくるというのがあるのだが、それを利用《りよう》できると思うのだ」

「ホラスですよね、当然《とうぜん》」とウィルが口をはさむと、恩師《おんし》は彼《かれ》にほほえみかけた。

「そのとおり。クロンメルのフェリス王に近づいて、アウトサイダーズに抵抗《ていこう》するよう彼を説得《せっとく》できると思う。もし我々がクロンメルでアウトサイダーズの力をくずすことができれば、ほかの王国でも巻《ま》き返しをはかることができるだろう」

「そしてアラルエンには寄《よ》せつけないということですね」とアリスがいった。

「すべては勢《いきお》いの問題なのだよ。もし我々にやつらを阻止《そし》することができれば、向こうの国民《こくみん》も自分たちがだまされていたとわかる時間《じかん》を持つことになる。このような運動は転がりつづけるか、つぶれてしまうかのどちらかなのだ。そのままじっと止まっていることはできないのだ」

「フェリス王にきみの話を聞いてもらうことができる、とどうして思うのだ？　王はきみのことを知っているのか？」とクロウリーがきいた。

「ああ。わたしのことはよく知っている」とホールトはいった。「彼《かれ》はわたしの弟だからね」

14

「フェリス王があなたの弟だなんて、どうしても信《しん》じられないですよ」とホラスがいった。

ホラスがこういったのは初《はじ》めてではなかった。彼《かれ》とレンジャーふたりがレドモントを出発して海岸地方へ向かって以来《いらい》、ホラスは何度もこのことを持ち出し、そのたびに不思議《ふしぎ》そうに首をふるのだった。会話がとぎれたときに、彼がこの話題を持ちだすことにウィルは気づいた。

「きみはずっとそういいつづけているじゃないか」とホールトがいった。

その声に警告《けいこく》の響《ひび》きがあるのがウィルにはわかっていた。だがホラスは無頓着《むとんちゃく》だった。

「だって、びっくりですよ。ぼく、そんなこと思ってもいませんでしたよ。まさかあなたが……なんというか、王族の出だなんて」

ホールトは自分の横で馬に乗《の》っている長身の若《わか》い騎士《きし》に不吉《ふきつ》な視線《しせん》を送った。

「そうか？　ということは、わたしの態度《たいど》がそれほど王族にふさわしくないものだ、ということかな？　あまりに下品で粗野《そや》だと？」

ウィルは笑《わら》いをかくすために顔をそむけた。どうもホラスにはその無邪気《むじゃき》な態度でホールトを怒《おこ》らせる才能《さいのう》があるようだ。

「いえ、いえ、そんなことないですよ」自分がレンジャーを怒らせてしまったことに気づいてホラスがいった。だが、どうしてこんなことになったのかはわからなかった。

「ただあなたにはそれらしいところがないというだけで……」そこまでいって、彼《かれ》はためらった。ホールトにそれらしいなにがないのかよくわからなかったのだ。

「髪形《かみがた》だよ」とウィルが口をはさんだ。

ホールトのするどい視線《しせん》がウィルに向かった。「髪形」質問《しつもん》ではなく断定《だんてい》するようにホールトがいった。

ウィルは気軽にうなずいた。「そうですよ。王族の人は髪形にファッションの要素《ようそ》も取りいれるでしょう。王族らしさというのは態度や立ち居《い》ふるまい、そして……髪形にもあらわれるんですよ」

「おまえはわたしの髪形が気に入らんのか？」とホールト。ウィルは無邪気に両手を広げた。

「ホールト、ぼくはその髪形《かみがた》が大好《だいす》きですよ！　ただ国王の兄としてはちょっと野蛮《やばん》すぎるっていうだけです。あなたの髪形は、なんていうかな……」

ウィルは言葉を切り、ホールトが眉間《みけん》にしわをよせ、険悪《けんあく》な目つきになってきているのを無視《むし》して鞍《くら》にまたがったまま身を乗《の》りだすと、ホールトのごま塩《しお》の髪《かみ》をしげしげと見た。やがて探《さが》していた言葉がみつかった。

「……きちんとしていないんだ」

ホラスはホールトの不機嫌《ふきげん》の矛先《ほこさき》がしばらくのあいだ自分からそれていることを喜《よろこ》びながら、ふたりのやりとりをおもしろそうに見ていた。だが、ここにきて口をはさまずにはいられなかった。

「きちんと！　そうだ、それだ。あなたの髪形はきちんとしていないんですよ。王室の人というのは、なにをおいてもきちんとしていなくっちゃ」

「ダンカン王はそうだと思うか……きちんとしていると？」とホールト。

ホラスは熱心《ねっしん》にうなずいた。「王がその気になったときにはそうですよ。国家の行事のときとか。あの方にはたいへんきちんとしたところがあります。そう思わないか、ウィル?」

「もちろんだよ」とウィル。

ホールトの視線《しせん》がふたりのあいだを行き来した。彼《かれ》は突然《とつぜん》自分が二匹の犬にはさまれた牡牛《おうし》になったような気がしてきた。二匹の犬は交代に彼を攻撃《こうげき》しようとしかけてくる。

ホールトは攻撃の矛先《ほこさき》を変《か》えることにした。

「ホラス、我々《われわれ》がガリカにいたときのことをおぼえているか? ドゥパルニューに挑戦《ちょうせん》したときのことだ」

ホラスはうなずいた。邪悪《じゃあく》な武将《ぶしょう》のことを思い出して一瞬《いっしゅん》彼の顔に暗い影《かげ》が走った。

「おぼえてますとも」

「そうか、あのときわたしはいったよな。わたしはヒベルニアの王家の親戚《しんせき》だ、と。おぼえているか?」

「はい。そのようなことを聞いたのをおぼえています」とホラス。今度はホールトが困《こま》ったような仕草《しぐさ》で両手を広げる番だった。

「じゃあ、あのとき、きみはわたしがうそをいっていると思っていたのか?」

ホラスは答えようとして口をあけたが、すぐにその口を閉《と》じた。長く居心地《いごこち》の悪い間《ま》がつづくあいだ、三頭の馬が速足で進んでいった。聞こえるのは道に響《ひび》くひづめの不規《ふき》則《そく》な音だけだった。

「あれはアカノスリかなぁ？」話題を変《か》えようとして、ウィルが空《そら》を指さしていった。

「いや、ちがう」ウィルが指さしたほうを見ようともせずにホールトがいった。「仮《かり》にそうだったとしても、そんなことはどうでもいい。さて？」とホールトはホラスにいった。「まだわたしの質問《しつもん》に答えていないぞ。わたしがうそをついていたと思っていたのかね？」

ホラスはぴりぴりして咳払《せきばら》いをした。それから小さな声でいった。

「じつをいえば、そうです」

ホールトがアベラールの手綱《たづな》を引いたので、小柄《こがら》な馬は止まった。ウィルとホラスもホールトの動きにしたがってそれぞれの馬の向きを変えたので、三頭の馬は道のまん中で円陣《えんじん》を組むようなかっこうになった。ホールトは傷《きず》ついた表情《ひょうじょう》を浮《う》かべてホラスを見た。

「わたしがうそをついていたと思うか？　わたしの基本的《きほんてき》な誠実《せいじつ》さに挑《いど》みかかるというわけか？　わたしは深く、深く傷ついたぞ！　いってくれ、ホラス、わたしが一度だってきみにうそをついたことがあったか?」

ウィルは顔をしかめた。ホールトはいやに大《おお》げさないい方をしている、と思ったのだ。憤《いきどお》りも傷《きず》ついた表情《ひょうじょう》もどうもほんとうとは思えなかった。ホールトはホラスが基本的《きほんてき》に人がいいのを利用《りよう》して彼《かれ》に後ろめたさを感じさせ、これを機に形勢《けいせい》を逆転《ぎゃくてん》させようとしているのだ、とウィルは察《さっ》した。

「あの……」おずおずとホラスがいった。ホールトの肩《かた》が満足《まんぞく》そうにすこし動いたようにウィルには見えた。それからホラスがつづけていった。「あの女の子たちのことをおぼえてますか?」

「女の子たち?　どの女の子たちだ?」とホールト。

「ぼくたちが初《はじ》めてガリカに上陸《じょうりく》したときですよ。港のところにかなり短いワンピースを着た女の子たちがいたでしょ」

「ああ、あの子たちか……うん。思い出したよ」とホールト。ホールトの態度《たいど》になぜか用心深さが表れてきた。

「それってどんな女の子たちなんだ?」とウィルが口をはさんだ。

「どうでもいい」とホールトがぴしゃりといった。

「あのとき、あの子たちは配達人《はいたつにん》だって、あなたはいいましたよね。急ぎのメッセージを持って走らなければならないかもしれないから、あんな短いワンピースを着ているんだって」

ウィルは吹《ふ》きだした。「そんなことをいったんですか？」とホールトにいったが、ホールトは無視《むし》した。

「そのようなことをなにかいったかもしれんな。なにしろずいぶん前のことだから」

「たしかにそういいました」とホラスが責《せ》めるようにいった。「で、ぼくはそれを信《しん》じたんですよ」

「まさか！」ウィルが信じられないというふうにいった。ボクシングの試合《しあい》の観客《かんきゃく》になったような気分だった。ホラスはウィルに向かっておごそかにうなずいた。

「信じたとも。だってホールトがぼくにそういったんだ。ホールトはレンジャーだよ。レンジャーといえば高潔《こうけつ》の士じゃないか。レンジャーは決してうそはつかないもの」

それを聞いてウィルは顔をそらした。今度はホラスが大《おお》げさないい方をしている。ホラスは責めるような目つきでホールトを見た。

「そういいましたよね、ホールト？　あれはうそだったじゃないですか」

ホールトはためらった。それからぶっきらぼうに答えた。「あれはきみのためを思ってああいったのだ」

唐突《とうとつ》にホールトがアベラールを踵《かかと》でうながしたので、アベラールは速足で駆《か》けだした。ウィルとホラスはおたがい向き合ったまま道のまん中にとりのこされた。ホールトには聞こえないとわかるとすぐに、ホラスは満面《まんめん》の笑《え》みを浮《う》かべた。

「あのときの仕返しをする機会《きかい》を何年も待っていたんだ！」

そしてキッカーを旋回《せんかい》させると、速足でとび出してホールトの後を追った。ウィルはしばらくその場に残《のこ》って考えていた。ホラスはこれまでずっと、じつに正直で率直《そっちょく》で誠《せい》実《じつ》だったために、よく悪ふざけをしかけられてきた。だが、彼《かれ》も彼なりにずる賢《がしこ》いところを培《つちか》ってきたようだ。

「たぶんぼくたちと長く一緒《いっしょ》にいすぎたせいだな」ウィルはそういってから、タグの向きを変《か》え、ふたりを追いかけた。

＊

その夜、暖《あたた》かい毛布《もうふ》にくるまり鞍《くら》を枕代《まくらが》わりに使って、ウィルは夜空にきらきらと輝《かがや》く星を見あげ、そっとほほえんだ。顔は夜気にさらされて寒かったが、そのためにいっそう毛布にくるまれている身体のほかの部分が暖かく快適《かいてき》に感じられた。つぎなる冒険《ぼうけん》に向かってふたたび旅に出られてよかった。もっとも親しい友人ふたりと一緒《いっしょ》に旅をしているので、いっそうよかった。

途中《とちゅう》でいい合いになってから一時間《じかん》ほどのあいだ、ホールトはプライドを傷《きず》つけられた、と高慢《こうまん》なふりをつづけていた。だが、結局《けっきょく》のところそれ以上《いじょう》そんなふりをつづけていることができなくなって、ホラスの罪《つみ》を許《ゆる》す、とえらそうに宣言《せんげん》したのだった。一方ホラスのほうも、この髭面《ひげづら》のレンジャーに感謝《かんしゃ》しているふうをよそおった。だが、ウィルにそっとウィンクの合図を送ってその効果《こうか》を半減《はんげん》させてしまった。最近《さいきん》のホラスはかつての純真《じゅんしん》なホラスではないことにウィルはふたたび気づいた。今後注意して見ていよう、とウィルは思った。ホラスの態度《たいど》が変《か》わってきてもしかたないくらい、彼《かれ》らのあいだには長いいたずらの歴史《れきし》があったのだ。

頭上の夜空で星たちの位置《いち》が変わっても、自分が眠《ねむ》れないことにウィルは気づいた。そして彼の考えは彼らがレドモントを出発した朝のことに移《うつ》っていった。もちろんクロウリー、ロドニー卿《きょう》、アラルド公、そして友人たち全員が見送ってくれた。だがウィルの記憶《きおく》は主《おも》にふたりに焦点《しょうてん》が絞《しぼ》られていった。レディ・ポーリーンとアリスだ。

アリスは彼《かれ》にさよならのキスをして、それから耳もとでふたりだけの言葉をささやいた。そのことを思い出してウィルはいまひとりほほえんだ。

それからアリスはホラスにさよならをいうためにウィルのそばをはなれた。ホラスは彼らに合流するためにその前日にやってきていたのだ。ウィルのほうはレディ・ポーリーンと向き合っていた。レディ・ポーリーンは彼の頰《ほお》にやさしくキスをし、それから身を乗《の》り出して彼を抱《だ》きしめた。そうしながら、「わたしのためだと思って彼の面倒《めんどう》を見てあげてね、ウィル。彼は自分で思っているほど若《わか》くはないのだから」と静《しず》かにいった。

かすかにショックを受けながら、ウィルは彼女《かのじょ》がホールトのことをいっているのだと気づいた。ホールトくらい面倒を見る必要《ひつよう》のない人はほかには思い浮《う》かばなかったが、それでもとにかくうなずいた。

「もちろんですよ、わかっているでしょう、ポーリーン」彼がそういうと、レディ・ポーリーンはしばらくのあいだじっと彼の目をのぞきこんだ。

「ええ、わかっているわ」そういってから、彼女《かのじょ》は移動《いどう》して夫《おっと》を抱《だ》きしめ、ホールトのマントの留《と》め具を締《し》めなおし、妻《つま》らしい仕草《しぐさ》で留め具をぽんぽんとたたいた。

不思議《ふしぎ》だ、とウィルは今になって思った。レドモントにいるアリスやほかの友人たちと別《わか》れるのはどうしようもなく残念《ざんねん》だったし、別れのときにはのどもとに熱《あつ》いかたまりがこみあげてきた。それなのに、ふたたび旅に出て、自分たち三人のあいだの真《しん》の友情《ゆうじょう》、かたい絆《きずな》を楽しみながら、こうして星空の下でキャンプをしているいま、ウィルはすばらしく幸せだった。人生っていいものだ、と思った。実際《じっさい》、人生はほぼ完《かん》ぺきだった。

そう思いながら、彼《かれ》は眠《ねむ》りについた。

二時間《じかん》後、見張《みは》りを引き継《つ》ぐためにホラスにゆり起こされて、ウィルは暖《あたた》かい毛布《もうふ》からぼうっとしたまま冷《つめ》たい夜の中に転がり出た。

この瞬間《しゅんかん》、人生はそれほどほぼ完ぺきというわけではないのかもしれない、と彼は思った。

第四部

クロンメル王国

ranger's apprentice 15

　旅人たちがクロンメル王国に着くまでには五日かかった。

　彼《かれ》らはまず沿岸《えんがん》の村セルジーまで旅をし、そこでホールトは彼らと馬たちがヒベルニアまでのせまい海峡《かいきょう》をわたるための船を提供《ていきょう》するよう村長を説《と》きふせた。

　最初《さいしょ》村長のウィルフレッドはこの申し出を快《こころよ》く思わなかった。村と村人たちは長年王国から独立《どくりつ》していることに慣《な》れてきており、村の外の世界の出来事にはほとんど興味《きょうみ》をしめさなかった。彼らはホールトの要請《ようせい》を自分たちの独立への権利侵害《けんりしんがい》であり、自分たちの日常《にちじょう》を迷惑《めいわく》にもかき乱《みだ》すものと考えたのだ。

　そこでホールトはウィルフレッドに、セルジーはどこの領地《りょうち》にも属《ぞく》していないがそれでもアラルエン王国の一部であり、ダンカン王の支配下《しはいか》にあること――そしてレンジャーであるホールトは国王の代行であること――を思い出させた。

さらに、彼《かれ》が彼らの漁船《ぎょせん》の一部が壊《こわ》されるのを救《すく》ったこと、その後アウトサイダーズがもともと村人のものだったかなりの量《りょう》の金銀宝石《きんぎんほうせき》を持って逃《に》げるのを防《ふせ》いだことも指摘《してき》した。しかも、ホールトは村の安全を保証《ほしょう》するために、レドモントの武装団《ぶそうだん》に、こちらのほうに下ってきてファレルと彼のグループとともに働《はたら》いていた一味を逮捕《たいほ》するよう手配していた。

ウィルフレッドはしぶしぶながらも最後《さいご》にはこの点を認《みと》め、彼らをヒベルニアまでわたらせる船と乗組員を提供《ていきょう》した。

彼らは夜明け直前にクロンメルの南東の角《かど》にあるさびれた浜辺《はまべ》に上陸《じょうりく》した。三人はすばやく馬に乗《の》ると、人目を避《さ》けるために海岸を縁取《ふちど》る木立《こだち》の中に入った。木々《きぎ》が彼らの上におおいかぶさり、彼らの姿《すがた》を影《かげ》の中にかくしたので、ウィルは後ろをふり返った。船はすでにはるか沖《おき》のほうに去り、帆《ほ》はもはや暗い波間に見える淡《あわ》い点でしかなかった。乗組員たちは一刻《いっこく》も早く自分たちの漁場にもどりたくて、海を遠ざかっていった。

ホールトはウィルが見ている方向を見ていった。

「漁師《りょうし》というやつは、つぎの漁《りょう》のことしか考えていない」

「いい人たちだったじゃないですか」とホラスがいった。実際《じっさい》は、船乗りたちは乗客に対し必要最低限《ひつようさいていげん》の言葉しか発《はっ》しなかった。「船から降《お》りたのを残念《ざんねん》には思いませんけどね」

ホールトも同意見だった。もっともまったく同《おな》じ理由からというのではなかったが。船が静《しず》かな港から出て外海でゆれ始めると、いつものように、彼《かれ》の胃《い》が彼を裏切《うらぎ》ったのだった。船中に漂《ただよ》っている腐《くさ》った魚の内臓《ないぞう》の臭《にお》いのために、気分はさらに悪くなった。ホールトは旅のほとんどの時間《じかん》を、船首に立って過《す》ごした。青い顔をし、手すりをぎゅっと握《にぎ》っている手の関節《かんせつ》が白くなったままで。ふたりの若《わか》い仲間《なかま》はホールトのこの問題をよく知っているので、無視《むし》してそっとしておくのがいちばんだと決めていた。過去《かこ》の経験《けいけん》から、同情《どうじょう》してもホールトのうなり声に却下《きゃっか》されるだけだとわかっていた。おもしろがったりしたらもっとひどい結果《けっか》になることも。

森に入るとすぐに小道に出た。その小道はせまく、うねうねとした狩猟用《しゅりょうよう》のふみわけ道で、とても横に並《なら》んでは通れなかった。彼らはホールトを先頭にして一列になり、北西に進んで行った。

「これからどうします？」とウィルがきいた。彼はホールトのすぐ後ろについていたのだ。彼の師《し》は鞍《くら》の上でふり返って答えた。

「フェリスの城《しろ》のあるダン・キルティに向かう。ここからは馬で一週間くらいだろう。そのあいだにクロンメルの事情《じじょう》もわかってくるだろう」

クロンメルがたいへんなことになっていることがまもなくはっきりしてきた。踏《ふ》み分け道はでたらめにくねくねと曲がりくねっていたが、最終的《さいしゅうてき》には大《おお》きな道路に出た。その道を行くと、ところどころに木立《こだち》が散《ち》らばっている農地が見えはじめた。だが畑は荒《あ》れ果《は》てて雑草《ざっそう》が茂《しげ》り、彼《かれ》らに見える農家は窓《まど》や戸《と》を閉ざして静《しず》まりかえっていた。家の周囲《しゅうい》の庭には荷車や干《ほ》し草の梱《こり》などをバリケードのようにはりめぐらせていたので、急ごしらえの武装《ぶそう》キャンプのようだった。

「なにか厄介《やっかい》なことが起こるのを予想しているようですね」一軒の農家の前を通りすぎながら、ウィルがいった。

「すでに厄介ごとに巻《ま》きこまれているようだ」と答えながら、ホールトは黒く焼《や》け落ちたはなれの残骸《ざんがい》を指さした。そこでは灰《はい》やくずれた木材《もくざい》などがまだくすぶっていた。畑に動物の死体がいくつか折《お》り重なっているのも見えた。ふくれあがった死体にカラスがとまり、するどいくちばしでひどいにおいのする肉を引きちぎっていた。

「ああいう死体は埋《う》めるか焼くかすべきだと思いませんか」とホラスがいい、風《かぜ》に乗《の》って漂《ただよ》ってくる腐《くさ》った肉のすえたにおいに顔をしかめた。

「怖《こわ》くて畑を耕《たがや》したり作物を植えたりするために出てくることもできないのだとしたら、死んだ羊《ひつじ》を埋《う》めるために出てくるなんてことはまずないだろうよ」とホールト。

「そうですよね。でも、彼《かれ》らはいったいなにを怖がっているんだろう?」

ホールトはあぶみの上でしばらく立ち、それからふたたび鞍《くら》に腰《こし》をおろした。

「推測《すいそく》だが、彼らはテニソンから――あるいは少なくともテニソンの一味から身をかくしているのではないかな。ここ全体が敵《てき》から包囲《ほうい》されている国のように見える」

彼らが通りすぎた農家や小さな集落すべてからも同《おな》じような恐怖《きょうふ》と疑念《ぎねん》が感じられた。

三人は可能《かのう》なかぎり、村人たちから見えないようにして集落を迂回《うかい》した。

「我々《われわれ》の姿《すがた》を見られて得《とく》をすることはなにもないからな」とホールトはいった。だが、二日目の午前中半ばくらいには好奇心《こうきしん》がむずむずしてきたのか、五軒のボロ家が集まった小さな集落が見えてきたときに、ホールトは親指でそちらを指した。

「卵《たまご》の値段《ねだん》を聞きにいこう」と彼はいった。ホールトが先導《せんどう》して森から出て、集落のあるほうに道を進んでいく中、ホラスはいまの言葉を聞いて顔をしかめた。

「卵なんか必要《ひつよう》か?」と彼はウィルにきいた。

ウィルはにやっと笑《わら》った。「もののたとえだよ、ホラス」

ホラスはそうか、というふうにうなずいたが、すこしおそすぎた。「ああ……そうだな。そういうことだとはわかっていたけど。まあな」

ふたりはアベラールの後を追いかけ、追いついたときには集落から五十メートルほどのところにきていた。こういう静《しず》まり返った集落にここまで近づいたのは初《はじ》めてだった。近づくにつれて集落のまわりに作られた雑《ざつ》な柵《さく》の細部が見えてきた。農場用の荷車やすきが集落の周《まわ》りを囲《かこ》むように置《お》かれている。そのすき間《ま》をベンチやテーブルなどの古い家具が埋《う》めており、さらなるすき間にはあわてて作られた土塁《どるい》や余《あま》っている丸太などが置かれていた。長年愛情《ながねんあいじょう》をこめてワックスをかけ、磨《みが》き上げられてきた先祖伝来《せんぞでんらい》のテーブルが、防護柵《ぼうごさく》のすき間に横向きに乱暴《らんぼう》につっこんであるのを見て、ホールトは目を丸くした。

「最近《さいきん》では外で食事をしているようだな」と小声でいった。

さらに近づいていくと、その集落は人気《ひとけ》がないどころではないことがわかった。バリケードの裏側《うらがわ》で動きがあった。彼《かれ》らが向かっている場所で数人の人影《ひとかげ》が集まっていた。少なくともひとりは兜《かぶと》をかぶっているようだ。午前半ばの太陽が兜に反射《はんしゃ》してにぶく光っていた。彼《かれ》らが見守る中、その男がバリケードへの門の役目を果《は》たしている荷車の上に登った。金属《きんぞく》の鋲《びょう》のついた革《かわ》のコートを着ている。安っぽく原始的な鎧《よろい》だった。右手に持った重い槍《やり》を威嚇《いかく》するようにふりまわしている。この槍のほうは安っぽくも原始的でもなかった。兜《かぶと》と同《おな》じくここにも太陽の光が反射《はんしゃ》していた。

「あの槍はきちんと研《と》がれているようだな」ホラスが仲間《なかま》のほうを見ていった。それにこたえるひまもなく、槍を持った男が彼らに呼《よ》びかけた。

「立ち去れ！　おまえたちはここでは歓迎《かんげい》されない！」と乱暴《らんぼう》に叫《さけ》んだ。

言葉を補強《ほきょう》するように、男は槍をふり回した。ほかの住人たち数人もそうだというようにうなり声をあげ、バリケードの上でほかの武器《ぶき》がふり回されるのが三人に見えた。剣《けん》が数本、斧《おの》がひとつ、それから大鎌《おおがま》や鎌《かま》のような農具も見えた。

「あんたたちを傷《きず》つけるつもりはない」とホールトが叫び返した。両肘《りょうひじ》を鞍頭《くらがしら》につけ、男に向かってだいじょうぶだというように笑《え》みを浮《う》かべた。相手に顔の表情《ひょうじょう》が見えるには遠すぎたが、この仕草《しぐさ》で相手に脅威《きょうい》をあたえているわけではないとわかるだろうし、微笑《ほほえ》むと声の調子がやわらぐことをねらっていた。

「これ以上《いじょう》近づいてきたら、たいへんなことになるぞ！」

ホールトが交渉《こうしょう》をしているあいだ、ウィルはバリケード、特《とく》にその上から瞬発的につきだされては威嚇《いかく》するようにふられる武器《ぶき》を注意して見ていた。しばらくすると防護柵《ぼうごさく》のせまいすき間《ま》の向こうを小さな人影《ひとかげ》が通りすぎるのが見えたかと思うと、それにつづいてほかの人影も左のほうに移動《いどう》した。すると武器がその地点でふりかざされた。そしてさきほどまで熱心《ねっしん》に武器がふられていた右側《みぎがわ》の場所には、いまはだれもいないことにウィルは気づいた。

「ホールト」とウィルは口の端《はし》からささやいた。「彼《かれ》ら見かけほどの人数はいませんよ。しかも、女性《じょせい》か子どもも含《ふく》まれているようです」

「わたしもそう思っていたよ」とホールトが答えた。「だから我々《われわれ》にこれ以上《いじょう》近づいてほしくないのだ」ホールトはもう一度槍《いちどやり》を持った男に向かって話した。「我々はただの旅人だ。温《あたた》かい食事とジョッキ入りのエールを出してくれたら、支払《しはら》いははずむよ」

「おれたちは金なんてほしくないし、おまえらに食べ物を提供《ていきょう》するつもりもない。とっとと立ち去れ!」

必死《ひっし》さが感じられる声だな、とホールトは思った。まるでいまにもこの三人の旅人に自分のはったりを見抜《みぬ》かれるかもしれない、とおびえているようだ。そのときホールトには、ウィルのいっていたとおり防護柵《ぼうごさく》の裏側《うらがわ》で「守っている人々《ひとびと》」は女性《じょせい》と子どもなのだということがわかった。これ以上彼《いじょうかれ》らを心配させることもなかろう、とホールトは結論《けつろん》づけた。いずれにしてもこの国のこのあたりの実情《じつじょう》はじゅうぶんひどいようだ。

「よかろう。そういうのならそれでいい。だが、この近くに宿屋はないか教えてくれないか？　我々《われわれ》はずっと旅をしてきたので」

しばらく間《ま》があったが、それから男が答えた。

「クレイケニスの町にグリーン・ハーパーという宿がある。ここから西のほうに一リーグも行かないところだ。その方角に行けばみつかるはずだ。あんたたちがいまいる道を四つ辻《つじ》のところまで行けば標識《ひょうしき》が出ている」

男は彼らをどこかほかの場所に行かせることができてあきらかにうれしそうだった。それに宿屋があるということはそこがここよりも大《おお》きな集落――村か小さな町かもしれない――だということだ。そういう場所ならよそ者を追いはらうこともあまりないだろう。ホールトは別《わか》れの挨拶《あいさつ》に手をふった。

「教えてくれてありがとう。もうこれ以上あんたたちの邪魔《じゃま》はせんよ」

男からは何の返事もなかった。ホールトたちが馬の方向を変《か》え、速足で駆《か》け去ったときも男はまだ槍《やり》を手にして荷車の上に立っていた。百メートルほど行ってからウィルは鞍《くら》の上でふり返った。

「まだこっちを見ていますよ」

ホールトがぶつぶついった。「きっとやつは我々《われわれ》の姿《すがた》が見えなくなるまでずっとああしているにちがいない。それから夜になったらなったで、我々が暗くなってからもどってきて、やつをおどろかせようとするんじゃないかとずっと心配するのだろう」ホールトは悲しげに首をふった。ホラスがその動作に気づいた。

「怖《こわ》がっている人間ってそうですよね」

ホールトはホラスを見た。「ひじょうに怖がっている。そして恐怖《きょうふ》こそアウトサイダーズのもっとも強力な仲間《なかま》だ。我々が何に直面しているのかわかりかけてきたぞ」

彼《かれ》らは進みつづけ、クレイケニスへの標識《ひょうしき》が出ているところに来た。標識があること、そしてその場所に名前があるということは、そこがより大《おお》きな集落だということをしめしていた。それでも、ホールトは自分たちがついさっき受けたような歓迎《かんげい》されざる事態《じたい》は避《さ》けたかった。

「ばらばらになったほうがいいかもしれんな。武装《ぶそう》した男が三人一緒《いっしょ》にいるとこの地域《ちいき》の住民に警戒《けいかい》されるかもしれない。町に入る前にあっさり放りだされたくはないからな。ウィル、あのリュートは持ってきているんだろ?」とホールトがいった。

ウィルはホールトに自分の楽器《がっき》はマンドーラだと訂正《ていせい》しようという試《こころ》みはとっくにあきらめていた。いずれにしても、ホールトのこの質問《しつもん》は形だけのものだった。ウィルは常《つね》にマンドーラを持ち歩いているし、前夜もキャンプファイアーを囲《かこ》みながら演奏《えんそう》したばかりだったのだ。

「はい。ぼくに旅芸人《たびげいにん》になれ、ってことですか?」ウィルにはホールトがなにを考えているかがわかっていた。旅まわりの楽士《がくし》には人が怖《こわ》がるようなところはなにもないからだ。

ホールトはうなずいた。「そうだ。どういうわけか、みんな旅芸人を信用《しんよう》するからな」

「しかも、この顔はいかにも信用できるって顔ときてる」ホラスがにやっと笑《わら》いながら口をはさんだ。ホールトは黙《だま》ってしばらく彼《かれ》を見ていた。

「そのとおり」とついにいった。「まずはキャンプする場所をみつけよう。それからおまえは先に行って歌《うた》を始めていてくれ。ホラスとわたしはみんながおまえを見ているあいだに紛《まぎ》れこむ。宿屋に一部屋とっておくように。いつもそうやっているんだろ?」

ウィルはうなずいた。「芸人《げいにん》が部屋をたのむのはふつうのことです。もし宿が満員のときには納屋《なや》に泊《と》めてもらうことになりますが」

「じゃあそうしてくれ。我々《われわれ》は食事をとりながらまわりの様子をさぐる。それからキャンプ地にもどる。おまえは宿屋の主人からなにか情報《じょうほう》が得《え》られるか様子を見てくれ。だが、あやしまれないように気をつけろ。明日の朝みんなで情報を交換しよう」

ウィルはうなずいた。「了解《りょうかい》」ウィルの顔ににやにや笑《わら》いが浮《う》かんだ。ホールトが音楽にまったく興味《きょうみ》がないことを知っていたからだ。「今夜用に、なにかリクエストはありますか?」

かつての師《し》はウィルの顔を長いあいだ見てからいった。

「『ごま塩髭《しおひげ》のホールト』以外《いがい》だったらなんでもいい」

ホラスが残念《ざんねん》そうに舌《した》を鳴らした。「あの歌《うた》、大好《だいす》きなのにな」

ホールトはにやにやしている若者《わかもの》ふたりの顔をながめていた。

「この特別任務隊《とくべつにんむたい》に入ることに同意したのを、後悔《こうかい》するはめになるような気がしてきたよ」

ranger's apprentice 16

ホールトとホラスはクレイケニスの周辺《しゅうへん》で馬を止めた。ここでも急ごしらえの柵《さく》が築《きず》かれていた。あきらかに最近《さいきん》作られたものだ。柵の外側《そとがわ》、入口のまん前の道路わきにキャンバス地の退避場所《たいひばしょ》が作られており、そこに三人の武装《ぶそう》した男たちが夜の寒さから逃《のが》れてきていた。柱《はしら》から大《おお》きな鉄製《てっせい》のトライアングルがぶら下がっており、その横にはハンマーも下げられていた。襲撃《しゅうげき》されたときには男たちのひとりがハンマーでトライアングルをたたいてみんなに知らせるのだろう、とホラスは思った。

見張《みは》り人のひとりが退避場所から出てきて、たいまつ置《お》き場から燃《も》えさかるたいまつをとりだし、彼《かれ》らの顔がよく見えるようにかかげながらホールトたちのほうにやってきた。ホールトは首をすくめてフードを後ろに払《はら》い、たいまつの火で自分の顔がよく見えるようにした。

「おまえたちは何者だ、ここに何の用だ?」男は乱暴《らんぼう》にきいた。ホラスは顔をしかめた。クロンメルはこれまで訪《おとず》れた国の中でもすごく友好的《ゆうこうてき》なところとはいえないな、と彼《かれ》は思った。しかし、この国を旅して見てきたもののことを考えると、そうなるのも無理《むり》はないとも思った。

「我々《われわれ》は旅人だ。市《いち》で羊《ひつじ》を買おうとダン・キルティまで行く途中《とちゅう》だ」とホールトがいった。

「羊飼《ひつじか》いが武装《ぶそう》して旅をするのか?」ホールトの長弓とホラスの腰《こし》に下がっている剣《けん》を見て、男がきいた。ホールトは男に向かってかすかに笑《え》みを浮《う》かべていった。

「羊を無事《ぶじ》に家まで連《つ》れ帰るつもりなら、そうするよ。それとも、あんたはこのごろどんなに物騒《ぶっそう》かに気づいていないのかね?」

男は不機嫌《ふきげん》な顔でうなずいた。「気づいているとも」このよそ者のいうとおりだった。ここ何週間か、クロンメルには法《ほう》も秩序《ちつじょ》もないに等しかった。この小柄《こがら》な男が羊飼いなのだろう、と男は思った。地味な目立たない男だった。背《せ》の高いほうはまったくちがう印象《いんしょう》だった。旅の帰りに羊を安全に守るために羊飼いに雇《やと》われた護衛《ごえい》にまちがいない。

「食事と身体を暖《あたた》める火にありつきたいんだ。そうしたらすぐにまた旅を続《つづ》ける。ここクレイケニスには宿屋があると聞いたんだが」

見張《みは》りの男は、このふたりが彼《かれ》らの村の安全を脅《おびや》かしに来たのではないとわかって安心したのか、うなずいた。男は影《かげ》からこのふたりの仲間《なかま》がぬっと姿《すがた》をあらわさないかと、暗闇《くらやみ》に目を凝《こ》らした。だが、道でなにかが動く気配はなかった。彼は一歩《いっぽ》退《しりぞ》いた。

「わかった。だが、厄介《やっかい》ごとはおこすなよ。そんなことをしたら、おれたちや十人以上《いじょう》もの仲間が黙《だま》っちゃいねぇからな」

「だいじょうぶだよ。で、その宿屋はどこにある？」とホールトがきいた。

見張りの男は村に一本だけ通っているメインストリートを指さした。

「緑の竪琴弾き《グリーン・ハーパー》っていう宿だ。あっちへ五十メートルほど行ったところだ」

ホールトたちを通すために男は道から退き、ホールトたちは馬でクレイケニス村に入っていった。

グリーン・ハーパーはメインストリートのまん中あたりにあった。村そのものは五十から六十軒の家々《いえいえ》がメインストリートおよびその周辺《しゅうへん》の路地のあたりにかたまっている、かなり大《おお》きな集落だった。家はすべて日干《ひぼ》しレンガ造《づく》りにかやぶき屋根の平屋だった。ここの家はホールトやホラスが慣《な》れ親しんでいる家々より小さく低《ひく》い造りだった。ここの家に入ろうとしたら、戸口に頭がぶつからないようにかがまなければならないだろう、とホラスは思った。予想したとおり、宿屋は村でいちばん大《おお》きな建物《たてもの》だった。また、村で唯一《ゆいいつ》の二階建てで、二階に屋根窓《やねまど》がついているところから、三室か四室の客室があるらしかった。

グリーン・ハーパーであることをしめす看板《かんばん》が、村のメインストリートを吹《ふ》き抜《ぬ》ける風《かぜ》にゆられてキーキーやかましい音を立てていた。その風雨にさらされた看板には、全身緑色の服を着た小人のような人物が、小さな竪琴《たてごと》をかき鳴らしている絵が消えかかって残《のこ》っていた。看板をじっと見ていたホラスは、その小人が不愉快《ふゆかい》な流し目を送っていることに気づいた。

「あまり感じよくないですよね」と彼《かれ》はいった。

ホールトは看板を見て「これはリャコナキエだ」と答えたが、ホラスがもの問いたげな顔をしていることに気づいて「小人だよ」とつけ足した。

「そんなの見ればわかりますよ」ホラスはいったが、ホールトは首をふった。

「いや、小人というのはこの国ではさまざまな迷信《めいしん》に出てくるのだよ。魔法《まほう》の国の住人というか、おとぎの国の住人といってもいい。まともな人なら避《さ》けるね。やつらは悪ふざけが好《す》きで、悪意を持っていることが多いんだ」

宿屋から大勢《おおぜい》がなりたててうたっている声が聞こえてきた。ウィルの得意《とくい》な歌《うた》のひとつに客が合わせてうたっているのだ。ウィルはホラスやホールトより一時間《じかん》ほど早くクレイケニスに到着《とうちゃく》していた。ふたりがいま耳にした歌声や喝采《かっさい》の声からすると、ウィルは地元の人々《ひとびと》に歓迎《かんげい》されているようだ。

「大受けのようですね」とホラスがいった。

宿屋の建物《たてもの》を見あげたホールトは、どの壁《かべ》もまっすぐではなく、二階部分が村のせまいメインストリートのほうにかしいでいることに気づいた。

「くずれるのも時間の問題だな。まだ建《た》っているうちに中に入ろう」とつぶやいた。

ホールトは先頭に立って宿屋の外にある馬をつなぐ横木に向かった。そこには一頭他の動物がつながれていた。小さな馬車につながれている小柄《こがら》な馬は、まわりのことには興味《きょうみ》がなさそうだ。この馬車は御者以外《いがい》に、馬車の両側《りょうがわ》にそれぞれ外を向くようにふたつ座席《ざせき》が作られていた。

「変《か》わってますね」といいながら、ホラスがキッカーを横木につないだ。ホールトはもちろんアベラールの手綱《たづな》を横木の上に垂《た》らしただけだ。レンジャー馬はつなぐ必要《ひつよう》などないからだ。

ホラスはあたりを見まわした。「タグはどこだと思いますか?」

ホールトは宿屋の裏側《うらがわ》へとつづく路地を親指でしめした。「馬小屋の囲《かこ》いの中で気持ちよく暖《あたた》かくしていると思うよ。ウィルが部屋をとったのなら、タグを外の道に置《お》いておくようなことはしないはずだ」

「たしかに」とホラスはいった。「さあ、中に入りましょう、ホールト。腹《はら》ペコですよ」

「きみが腹ペコじゃないときなんてあるのか?」とホールトはきいたが、ホラスはすでに宿屋のほうへと向かっていた。ホラスはドアへと進んでいったが、彼《かれ》がドアをおしあける前にホールトが腕《うで》に手をかけてとめた。ホラスが何だというふうに顔を見たので、ホールトは説明《せつめい》した。

「ウィルがもう一度《いちど》演奏《えんそう》を始めるまで待て。みんなの注意がウィルに向いているあいだに店に入りこむんだ。いいな、耳はすまして、口は閉《と》じるんだぞ。しゃべるのはわたしがするから」

ホラスはわかったというようにうなずいた。いつもはほんのわずかしかないホールトのヒベルニアのなまりが、こちらに来てから彼がしゃべるたびに濃《こ》く強くなってきているのに気づいていたのだ。ホールトが若《わか》いころのなまりをとりもどそうと努力《どりょく》しているのが傍目《はため》にもわかった。

「我々《われわれ》が外国人だということをみんなに知らせる必要《ひつよう》はないからな」ホラスがそのことを口にすると、ホールトがいった。

ふたりはウィルの歌声が、マンドーラの伴奏《ばんそう》に乗《の》って大《おお》きくなっていくのを聞きながらじっとしていた。やがて部屋じゅうの客が一緒《いっしょ》に歌《うた》いだしたので、歌声は大きくなった。ホールトがホラスにうなずいた。

「さあ、行こう」

ふたりは店にすべりこんだが、暖炉《だんろ》と三、四十人もの人間から来る熱気《ねっき》がおしよせてきて一瞬《いっしゅん》ためらった。ウィルは暖炉のそばの明るい場所に立って、みんな一緒にうたうように指導《しどう》していた。べつにはげましてもらう必要もないのに、とホールトは皮肉っぽく思った。ヒベルニア人は音楽と歌が大好《だいす》きだったし、ウィルはジグやリールのレパートリーをいっぱい持っていた。ふたりのアラルエン人が入口で立ち止まっていると、ウィルの前にいた男女の客ふたりが急に立ちあがり、ウィルの奏《かな》でるリズムに合わせて足を派手《はで》に動かしながら踊《おど》りはじめた。部屋にいた残《のこ》りの人々《ひとびと》は歓声《かんせい》をあげ、踊っているふたりをけしかけるように手拍子《てびょうし》を送った。ホールトとホラスはちらりと顔を見合わせた。やがてホールトが店の奥《おく》にあるテーブルを頭でしめしたので、ふたりでそっちに移動《いどう》した。もちろんウィルは店に入ってきたふたりを無視《むし》した。彼《かれ》らに気づいたのは店にいた客の中でもほんのひとりかふたりのようだった。残《のこ》りの人々《ひとびと》は音楽と踊《おど》りに完全に夢中《むちゅう》になっていた。

しかし、店の主人は新たに入ってきたふたりに気づいていた。そのようなことに気づくのが彼の仕事なのだから。ほどなくして給仕係《きゅうじがかり》の娘《むすめ》が客のあいだを縫《ぬ》って彼らのテーブルにやってきた。ホールトがコーヒーと羊肉《ひつじにく》のシチューをそれぞれ二人前注文すると、娘はうなずき、混《こ》み合った客のあいだを慣《な》れた様子でもどっていった。

ウィルがその歌《うた》の最後《さいご》のコードをかき鳴らすと、ふたりの踊り手は疲《つか》れはてて自分たちのベンチにへたりこんだ。ホールトの助言にしたがい、ウィルはキャンプを出発するときに目立つまだら模様《もよう》のレンジャー・マントを置《お》いてきており、かわりに長くて厚《あつ》い毛織物《けおりもの》の外套《がいとう》を着ていた。同《おな》じく、弓《ゆみ》と矢筒《やづつ》も置いてきており、ベルトにとりつけている二重鞘《ふたえさや》から投げナイフとその鞘《さや》も外して、鞘には大《おお》きいほうのサックスナイフがあるだけだった。投げナイフは彼のジャーキンの内側《うちがわ》、左腕《ひだりうで》の下あたりに縫いつけられた鞘に収《おさ》めてあった。数年前に、ジャーキンの後ろ襟《えり》の中に縫《ぬ》いつけた鞘《さや》で、ウィルはたいへんな目にあった経験《けいけん》があったからだ。

もちろんホールトはいつものレンジャーの服装《ふくそう》をして弓《ゆみ》を携《たずさ》えていた。みんなが厄介《やっかい》ごとに備《そな》えていると思えるような田舎《いなか》では、それも特別《とくべつ》なことではなかった。マントのまだら模様《もよう》がすこし変《か》わっているとはいえたかもしれないが、それでも彼《かれ》は樵《きこり》か農夫《のうふ》に見えた。ホラスはレギンスとブーツの上から地味な革《かわ》の上着《うわぎ》を着て、ベルトに剣《けん》と短剣《たんけん》を下げていた。そしてもちろん、身を切るような冷《つめ》たい風《かぜ》から身を守るためにマントを身に着けていた。だが、ホールトのとはちがって、このマントにはフードがなかった。その代わりにホラスは頭にぴったりとした毛糸の帽子《ぼうし》を耳の下まで覆《おお》ってかぶっていた。鎧《よろい》など、騎士《きし》の身分がわかるようなものは一切身に着けていなかった。だから外見だけだと、彼は単《たん》なる兵士《へいし》に見えた。

このようにそれぞれちがった格好《かっこう》をしていたために、このふたりの新参者《しんざんもの》をその夜もっと早くにやってきた外国の旅芸人《たびげいにん》と結《むす》びつけるところはどこにもなかった。さらにホールトが慎重《しんちょう》にふたたび身につけたヒベルニアのなまりのおかげで、彼らは外国人とすら見えなかった。

料理《りょうり》とコーヒーが運ばれてきたので、ふたりは食べることに集中した。ホラスはとりわけ熱心《ねっしん》に食べていたが、この若《わか》き勇者《ゆうしゃ》を長年知っているホールトは彼《かれ》の並外《なみはず》れた食欲《しょくよく》に慣《な》れてきていた。ホラスは料理と一緒《いっしょ》に来た厚切《あつぎ》りのパンを使って、おいしい羊肉《ひつじにく》とジャガイモのシチューを口に運んでいた。自分のパンを食べ終わったホラスは、ホールトの前にあるパンが半分残っているのに気づき、それに手を伸《の》ばした。

「これ、食べます？」

「ああ。手を離《はな》せ」

ホラスは抗議《こうぎ》しようとしたが、ホールトが警告《けいこく》するように首を振《ふ》ったのでやめた。ホールトが料理を食べているとみせかけながら、他の客たちの話に耳を傾《かたむ》けていることに気がついたのだ。ウィルが休憩《きゅうけい》をするために音楽がやむと、部屋じゅうに話し声が起きたのだった。

隣《となり》のテーブルに男が三人座《すわ》っていた。見かけからすると村人、おそらく商人だろう、とホラスは思った。ホラスが彼らを見ているあいだ、彼らに背中《せなか》を向けているホールトのほうが彼らに近いので、しゃべっていることを聞いていた。それもむずかしいことではなかった。部屋は暑くて煙《けむ》っており、騒《さわ》がしかったので、相手に聞こえるように声を張《は》りあげなければならなかったからだ。

「ひどい話を聞いたぞ」とはげの男がしゃべっている。シャツの前に小麦粉《こむぎこ》がついているところからすると、地元の粉屋かパン屋だろう、とホラスは思った。またホールトが警告《けいこく》するように首をふったので、自分が隣《となり》のテーブルをじっと見ていたことに気づいた。あわてて皿《さら》のほうに目を落とすと、ちょうどホールトがテーブルごしにパンの皮を彼《かれ》のほうに差《さ》しだしてきた。笑《え》みを浮《う》かべてホラスはそれを受け取り、それで皿にあったシチューの残《のこ》りをおおげさに拭《ぬぐ》った。

「四人殺《ころ》されたそうだ。おそろしいことだ。女房《にょうぼう》の弟がつい三日前にあそこに行ったんだよ。たまたま昨日《きのう》あそこに行っていたら、弟も殺《ころ》されていたかもしれん」

ホールトはコーヒーに口をつけるふりをした。彼はふり返って地元の男たちからもっと情報《じょうほう》を聞きたい誘惑《ゆうわく》にかられた。だが、いままでのところ、彼もホラスもこの部屋でほとんど気づかれていなかった。地元の人間は自分たちだけだと自由にしゃべるだろうが、そこによそ者が入ると事情《じじょう》はまったく変《か》わってくるかもしれない。

「マウントシャノンにいる宗教《しゅうきょう》のやつらをどう思う？」べつの男がきいた。ホラスはちらっとその男を見た。はげ頭の粉屋かパン屋より何歳か若《わか》かった。おそらく何らかの商売人だろう。戦士《せんし》ではない、とホラスは思った。

ふたりの仲間《なかま》がばかにしたように鼻を鳴らした。

「というか、インチキ宗教《しゅうきょう》だぜ！」とそれまでしゃべっていなかった三番目の男がいった。はげの男もすぐにうなずいた。

「そうとも！　マウントシャノンを安全に守ることができるなんていいやがって。あんな宗教のやつらの神が守ってくれるだなんて、ちゃんちゃらおかしいよ。それもまあ、だれかが住人をこん棒《ぼう》でたたきのめすまでのことさ」

「それでも」と、仲間の態度《たいど》に納得《なっとく》しない様子で商売人風《ふう》の男がいった。「マウントシャノンはこれまでのところ被害《ひがい》を受けてないぞ。ダフィの浅瀬《あさせ》で四人が殺《ころ》され、残《のこ》りの者も恐《おそ》れをなしてどこかへ逃《に》げてしまったというのに」

「マウントシャノンには百人以上《いじょう》もの住人がいる」とはげの男が説明《せつめい》した。「ダフィの浅瀬には三、四軒しか家がないんだぞ。そもそも住人は十人ちょっとだ。大《おお》きな村ならそれほど恐れることもないさ。マウントシャノンみたいな」

「クレイケニスもそうだ」インチキ宗教だと賛成《さんせい》したもうひとりの男がいった。

「そうとも」とはげの男。「請《う》け合ってもいいが、おれたちはここにいれば安全だ。デニスと手下の見張《みは》り人が、村によそ者が入らないように目を光らせてくれている」

男がそういったとき、ちらりと目を上げたので、隣《となり》のテーブルにホールトとホラスがいることに初《はじ》めて気づいた。男が連《つ》れの男たちに警告《けいこく》の言葉をつぶやいたので、ふたりともふり返って自分たちの後ろにいるよそ者に目をやった。それから三人はテーブルに身を乗《の》りだして小声で会話をつづけたので、話は部屋の喧騒《けんそう》にまぎれて聞きとれなくなった。ホールトはホラスに向かって目を丸くしてみせたので、ホラスもかすかに肩《かた》をすくめた。いまはこれ以上《いじょう》聞くのは無理《むり》だった。

数分後、ウィルが新しい歌《うた》の出だしのコードを鳴らしたので、店じゅうが注目した。客たちは話をやめ、椅子《いす》に座《すわ》りなおして耳を澄《す》ました。給仕係《きゅうじがかり》の娘《むすめ》が皿《さら》を下げに来て、コーヒーのおかわりがいるかと聞いてきたが、ホールトは首をふってテーブルの上に食事代としてコインをひと握《にぎ》り置《お》いた。そしてホラスを見てあごをしゃくった。

「行くぞ」

ふたりは立ちあがり、人混《ひとご》みを縫《ぬ》って出口に向かった。例《れい》のはげの男がしばらくふたりの後を目で追っていた。が、やがてこのふたりにはあやしいところはないと判断《はんだん》したのか、注意を音楽のほうにもどした。

外では、馬をつれてきてまたがるふたりに、ふたたび身を切るような冷《つめ》たい風《かぜ》が吹《ふ》きつけた。

ホラスはぶるっと身をふるわせ、マントの中にもぐりこんだ。

「ぼくたちも部屋をとったほうがよかったですね。外はひどく寒いです」と彼《かれ》はいった。

ホールトは首をふった。「こうすれば、我々《われわれ》のことは三十分もしないうちにわすれられる。宿に残《のこ》ったら、もっと多くの人間が我々のことに気づくだろう。すると、もっと多くの人間が我々について質問《しつもん》するはずだ。キャンプのたき火にもどればすぐに暖《あたた》かくなるさ」

ホラスはきびしい顔をした相棒《あいぼう》にほほえみかけた。

「気づかれるのってそんなに悪いことですか、ホールト？」

ホールトは勢《いきお》いよくうなずいた。「わたしにとってはそうだ」

ふたりは先の見張《みは》り場所を通りすぎ、当番についている男たちにうなずいて挨拶《あいさつ》した。今回は、だれも退避所《たいひじょ》の中の火床《ひどこ》で燃《も》えている火からはなれてわざわざ風の吹く外まで出てくる必要《ひつよう》があるとは感じなかったようだ。ホールトが予言したように、一時間《じかん》もしないうちにクレイケニスにふたりがいたことは忘《わす》れ去られてしまった。

ranger's apprentice 17

翌朝《よくあさ》、ホールトとホラスがキャンプ・ファイアーのそばで座《すわ》っていると、アベラールが歓迎《かんげい》するようにいなないた。しばらくすると、ウィルとタグがホールトたちがキャンプをしている空《あ》き地にやってきた。ウィルはふたつの小さなテントに目をやった。高さが一メートル、長さが二メートルあるかないかの大《おお》きさだ。夜のうちに雨が降《ふ》ったので、キャンバス地には水《すい》滴《てき》がついていた。

「暖《あたた》かくぐっすりねむったようですね?」とウィルはにやにやしながらいった。

ホールトがうなるような声でいった。「すくなくともおれたちは、南京虫《なんきんむし》に食われるようなことはなかったさ」

ウィルの笑《え》みがすこし引いた。

「ええ。あのグリーン・ハーパーの宿は春に徹底的《てっていてき》に大掃除《おおそうじ》したほうがいいかもしれません。たしかに南京虫《なんきんむし》に一ヵ所か二ヵ所食われたかも」そういいながら、ウィルは脇腹《わきばら》のかゆい場所をポリポリとかいた。ホールトは満足《まんぞく》げな笑《え》みをかくしてたき火を見つめた。

ウィルは馬から降《お》り、タグの鞍《くら》を外すと草《くさ》を食《は》めるようにしてやった。そしてふたりに仲間《なかま》入りして、火のそばに座《すわ》った。炭火の上にはコーヒーポットが置《お》いてあった。

「それでも、ハーパーの朝食はおいしかったですよ。ベーコン、ソーセージ、マッシュルームに焼《や》きたてのパン。寒い朝に元気づけてくれるのにもってこいの朝食でしたよ」

枯《か》れ枝《えだ》で炭火をつっついていたホラスのほうから、低《ひく》いうなり声が聞こえた。そのうなり声が、ホラスの口から出たものなのか彼《かれ》の胃《い》から出たものなのか、ウィルにはよくわからなかった。キャンプでの朝食はかたくなりかけた平パンをたき火であぶり、干《ほ》し肉と一緒《いっしょ》に食べるというつつましいものだったのだ。

「粗食《そしょく》が人格《じんかく》を形成する」とホールトが悟《さと》ったようにいった。ホラスが悲しげにホールトを見た。昨晩《さくばん》食《た》べたたっぷりの羊《ひつじ》のシチューはすでにおぼろげな記憶《きおく》でしかなかった。

「粗食は空腹《くうふく》をも形成しますよ」とホラス。ウィルはしばらく待ってから、布巾《ふきん》でくるんだずっしりした包《つつ》みをホラスのそばにぽんと投げた。

「ありがたいことに、厨房係《ちゅうぼうがかり》の女の子がお弁当用《べんとうよう》にとわたしてくれたんだ。音楽が好《す》きな子みたいだ」

ホラスが夢中《むちゅう》で包みを開《ひら》くと、中からまだ温かい料理《りょうり》が出てきた。彼《かれ》は火のそばに置《お》いてあった自分の皿《さら》にその大部分を移《うつ》し、フォークに手を伸《の》ばした。が、ホールトが同《おな》じように自分の分のベーコンとソーセージをとり、焼《や》き立てでやわらかいパンをむしりとっているのを見て、ホラスは動きを止めた。

「粗食《そしょく》が人格《じんかく》を形成するっていってたんじゃないんですか？」無理《むり》してまじめな顔をしながらウィルがいった。ホールトはえらそうな顔をしてウィルを見た。

「わたしはすでに人格ができている。その人格を分けあたえなければならんのだよ。人格を形成しなければならんのは、きみたちふたりのような若者《わかもの》だよ」

「ぼくの人格形成《じんかくけいせい》は明日でいいです」ホラスは口いっぱい食べ物をほおばりながらいった。「すごくうまいよ、ウィル。孫ができたときには、全員におまえの名前をつけるよ」

ウィルは友人にほほえみかけ、たき火のそばに腰《こし》をおろして自分のためにカップにコーヒーを注いだ。そこにはちみつを入れて、おいしそうに飲んだ。

「ああ、おいしい。あの宿屋はベーコンとソーセージはなかなかのものだけど、コーヒーはこれとは比《くら》べ物になりませんよ、ホールト」

ホールトはうなるような声をたてたが、食べ物をほおばりすぎて言葉にならなかった。彼《かれ》は自分が取った分を食べ終え、座《すわ》りなおして腹《はら》をさすった。それから抑《おさ》えきれずにまた身を乗《の》りだして、カリカリのベーコンをもうひと切れつまんだ。

「で、あの宿屋でなにか耳にしたか？」ベーコンを食べ終えてからきいた。

ウィルはうなずいた。「話の中心はダフィの浅瀬《あさせ》という場所への攻撃《こうげき》のことでした。ここから十キロほどの川沿《かわぞ》いの小さな集落です」

「ああ、我々《われわれ》もその話を聞いた」とホールト。「マウントシャノンという村のことは何か聞いたか？」

ウィルはカップのコーヒーを飲み干《ほ》すと、滓《おり》を火の中に放りこんでから答えた。

「ええ。かなりの数の人がそのことを話していました。例《れい》の教団《きょうだん》はそこに本部を作っているようです」

「やつらはダフィの浅瀬で起こったようなことからマウントシャノンを守ることができるといっているらしい」とホラスが口をはさんだ。昨夜《ゆうべ》ははっきりとは聞き取れなかったのだが、キャンプに帰りついてからこの件《けん》をホールトと話し合ったのだった。

「ぼくも同《おな》じようなことを聞きました。やつらが主張《しゅちょう》していることに価値《かち》があるのかどうかで意見が分かれているようです」とウィルがいうと、ホールトがするどい目で見た。

「たいていの人はどう考えているんだ？ 何らかの感触《かんしょく》はつかめたのか？」

ウィルは肩《かた》をすくめた。「二対一で反対のほうが多いですかね。ぼくが話した人や、話しているのを聞いた人の大半は、マウントシャノンは自分たちで守れると考えているようでした。どうやらかなり大《おお》きな村のようですよ。ぼくがうたうのを終えてからも、彼《かれ》らはそのことをずいぶん話していました」

ホールトは短く笑《わら》った。「旅芸人《たびげいにん》になれるというのは便利《べんり》なことだな。人々《ひとびと》はおまえのことを自分たちの仲間《なかま》だと考えているようだ。だからおまえの前だといろいろなことをずいぶん開《あ》けっぴろげにしゃべるのだ。ほかにもなにかあったか？」

ウィルは考えこんだ。自分が手に入れたつぎの情報《じょうほう》にホールトがどのように反応《はんのう》するかわからなかったのだ。が、ことのうわべをよく見せてもしかたがない、と心を決めた。

「フェリス王はたよりにならない、というのが一般的《いっぱんてき》な意見です。国王を尊敬《そんけい》している人はほとんどいません。国王にクロンメルが陥《おちい》っているこの窮地《きゅうち》を収拾《しゅうしゅう》する能力《のうりょく》があると考える者はだれもいないようです。アウトサイダーズがそれに応《こた》えてくれると考えている者は、とくにそう考えているみたいです。そうではない者の意見をゆるがせるものがなにかあるとしたら、それはフェリス王が弱くて無力だという事実です。その点ではみんな一致《いっち》しています」ウィルはそこで言葉を切ってからつけ加《くわ》えた。「すみません、ホールト。だけど、みんなはそう見ているのです」

ホールトは肩《かた》をすくめた。「そう聞いてもおどろかないよ。長年フェリスは国王でいるということだけを考えていて、国王らしくふるまうことを怠《おこた》ってきたのだからな。彼《かれ》は最初《さいしょ》からそうだったよ」ホールトが苦々《にがにが》しい声でいったので、ウィルはホールトの兄弟について否定的《ひていてき》な情報《じょうほう》を知らせなければならなかったことを残念《ざんねん》に思った。

ホラスは広げた布巾《ふきん》にまだなにか残《のこ》っていないか調べてから、もっと座《すわ》り心地のいい姿勢《しせい》をとった。

「ホールト」と真剣《しんけん》な声でいった。「そろそろあなたたち兄弟のことをもっと話してくれてもいいいんじゃないですか」

その話しぶりには、朝食のことをしゃべっていたときの軽い口調はもうまったくなかった。これは真剣なことなのだった。だが、彼の言葉には謝罪《しゃざい》もなかった。自分がホールトの過去《かこ》にふみこんでいることはわかっていたが、そろそろ自分とウィルがフェリス王のこと、そして王と兄弟との関係《かんけい》をすべて教えてもらうころあいだと思ったのだ。ウィルとホラスはクロンメルで潜在的《せんざいてき》に危険《きけん》な状況《じょうきょう》におり、ホラスはこのような状況についてできるだけ多くのことを理解《りかい》しておくことが重要《じゅうよう》だと思ったのだ。

ここまで考えて、長年このふたりのレンジャーとつき合ってきたからこそ、このように思い至《いた》ったのだということに気づいた。ホラスがふと見ると、ホールトがあの冷静《れいせい》で真剣《しんけん》な目で自分のことを見つめていた。

「そうだな。きみのいうとおりだ。きみたちは現在《げんざい》の状況の背後《はいご》にある事実をすべて知っているべきだ。まずはじめに、きみたちが知っておくべき事実をひとつ。フェリスとわたしは、ただ兄弟というだけではないのだ。わたしたちは双子なのだよ。だから、セルジーであのアウトサイダーズの指導者《しどうしゃ》がわたしのことを見た顔だと思ったのだ。彼《かれ》はクロンメルにしばらくいたから、フェリスに何度か会ったことがあるのだろう」

「双子ですって？」これを聞いてウィルはびっくりした。これまでホールトと何年も一緒《いっしょ》に過《す》ごしてきたが、自分の師《し》が双子であることはおろか、兄弟がいることさえ一度も聞いたことがなかった。

「一卵性双生児《いちらんせいそうせいじ》なんだ。我々《われわれ》は七分差《さ》で生まれた」

「で、あなたが弟なんですか？」とホラスがいった。そして首をふった。「おかしいですよね。でも七分間の差が逆《ぎゃく》だったら、いまごろあなたがクロンメルの国王で、フェリスは……」

ここでホラスは何といっていいのかわからなくて言葉を切った。「フェリスがレンジャーだったなんて」というところだったのだ。だが、いまの王が煮《に》えきらず無能《むのう》だといわれていることを思い出して、それなら決してレンジャーにはなれないことに気づいたのだ。ホールトは、ホラスの頭の中に突然疑問《とつぜんぎもん》が生じたのを見てとって、彼《かれ》を見つめた。

「まさしく」とホールトは静《しず》かにいった。「フェリスはなにになっていただろう？だが、きみは勘《かん》ちがいをしているよ、ホラス。じつは、わたしのほうが先に生まれたのだ。フェリスはわたしの弟だ」

ホールトがいったことが染《し》みこんでくるにつれて、ホラスは顔をしかめた。だが、その疑問を口に出してきいたのはウィルのほうだった。

「じゃあ、なにが起こったのですか？　ほんとうだったら長男であるあなたが国王になるはずでしょう？　それともここヒベルニアではそうではないのですか？」

「いや、ここでもほかのところと同《おな》じくそうだよ。だが、問題があったのだ。弟はこの七分間がくやしくてならなかった。彼《かれ》は相続権《そうぞくけん》をだましとられたと感じていたのだ。わたしにだまし取られた、とね」

ホラスは信《しん》じられないというふうに首をふった。「そんなばかな。最初《さいしょ》に生まれたのはあなたのせいじゃないのに」

ホールトはホラスに悲しげにほほえんだ。なんと正直な若者《わかもの》なのだ、と思ったのだ。なんと率直《そっちょく》で、なんと欺瞞《ぎまん》や嫉妬心《しっとしん》から解《と》き放たれていることか、と。ホラスのような男がもっとたくさんいて、弟のような人間がもっとすくなかったら、この世はもっといい場所になるのだが、とホールトは思った。そう思うと悲しくなったが、ほんとうにそのとおりだということに気がついた。

「彼はそれをわたしのせいにして責《せ》めることにしたんだ。そうしたほうが、わたしを殺《ころ》そうとしたときにやりやすいからな」

「あなたを殺そうとした？」信じられない思いにウィルは声を荒《あら》げた。「自分の兄弟を？　自分の双子の兄弟を？」

「自分の兄をな」とホールトがつけ足した。彼《かれ》は煙《けむり》を出している熾火《おきび》をじっとみつめながら、ずっと昔のことを思い出していた。「わかると思うが、このことを話すのはあまり楽しくないのだ」ホールトがそういい出すと、ウィルもホラスもただちに反応《はんのう》した。

「じゃあ話さないでください！」とウィル。

「ぼくたちにはまったく関係《かんけい》のないことですから」とホラスも賛成《さんせい》した。「そのままにしておいていいですよ、ホールト」

しかしホールトは目を上げて、ふたりの顔に順《じゅん》に目をやった。このふたりのことを、わたしは命を託《たく》せるほど信頼《しんらい》している、と彼は思った。だが、自分の弟はどうだ？　そう考えて、彼は苦笑《くしょう》の声をすこしもらすと、話をつづけた。

「いや。きみたちにはこのことを知っておいてもらわなければ、と思う。それに、わたしとしてもこのことに向き合わなければならない。わたしはあまりに長いあいだずっと逃《に》げてきていた」それでもふたりがあまり聞きたくないという様子に気づいたので、ホールトはふたりをはげますようにいった。

「きみたちには知っておいてもらわないと困《こま》るのだ、ほんとうに。きみたちにとっても重要《じゅうよう》なことになる。だから、できるだけ早く面倒《めんどう》を起こさずにこの件《けん》を片《かた》づけさせてくれ。フェリスは、王冠《おうかん》は正当に自分のものだと信《しん》じていた。彼《かれ》がどうしてそう信じこんでいたのか、わたしにはまったくわからん。だが彼はそう信じていたのだ。両親が彼のほうをかわいがっていたからかもしれない。そうなったのは、両親がわたしよりも彼を気にかけてやらなければならないと感じていたからかもしれない。結局《けっきょく》のところ、わたしは国王になるのだから、彼にはその埋《う》め合わせのようなものが必要《ひつよう》だと両親は感じていたのだろう。それに加《くわ》えて、フェリスが開《あ》けっぴろげで愛想《あいそ》がよくて陽気だったのに対して、わたしは……そうだな、ごらんのとおりのわたしだったからかな。

我々《われわれ》が十六歳になったとき、彼はわたしに毒《どく》を盛《も》ろうとした。だが幸い、彼が毒の量《りょう》をまちがえたので、わたしはひどい病気になっただけで助かった」ホールトは苦笑《にがわら》いを浮《う》かべた。「だから、わたしはいまでもエビの皿《さら》をまともに見ることができないのだよ」

「だけど、ご両親は……なにもなさらなかったのですか?」抗議《こうぎ》するようにウィルがいった。

ホールトは首をふった。「両親は知らなかったのだ。わたしも知らなかった。あとになってわかったのだ。わたしはエビが腐《くさ》っていて、生きのびられただけでも運がよかったと思ったのだ。

次は半年後だった。城《しろ》の庭を歩いていたら、わたしの五十センチ後ろの地面に屋根の瓦《かわら》がなだれ落ちてきた。瓦が飛《と》び散《ち》ってわたしは足にひどいけがを負った。だが、彼《かれ》の意図からは外れて、瓦はわたしには命中しなかった。わたしの真上の狭間胸壁《はざまきょうへき》にフェリスがいるのが見えた。彼はすぐに後ろに逃《に》げこんだが、すこしおそかったというわけだ。最悪《さいあく》だったのは、彼の顔の表情《ひょうじょう》が見えたことだ。自分の兄弟が間一髪で死を免《まぬが》れたのを目撃《もくげき》したばかりだとしたら、心配そうな顔をしていると思うだろう。ところがフェリスは激怒《げきど》していたのだ。

彼がわたしを殺《ころ》そうとしているというはっきりした証拠《しょうこ》はなかった。それに当時、わたしの両親は絶《た》えずいい争《あらそ》っていた。ふたりは決して仲《なか》のいい夫婦《ふうふ》ではなかったのだ。両親の生活の中で唯一明《ゆいいつあか》るいことが、楽しげな若《わか》いフェリスだった。だから、わたしとしては彼のことを責《せ》めて両親の気持ちを台無《だいな》しにしてしまうことができなかったのだ。わたしのことを唯一信《しん》じてくれていたのが、妹だった。妹はなにが起こっているのかわかっていた」

ホラスとウィルはおどろいて顔を見合わせた。ふたりはホールトについてこの数分間でこれまでの五、六年間に知っていた以上《いじょう》のことを知った。

「妹さんがいるのですか？」とウィルがきいた。だが、ホールトは悲しげに首をふった。

「いた。だが数年前に死んだよ。妹には息子がいるはずだ」彼《かれ》は妹のことを考えていたのか、しばらく言葉を切っていたが、やがて首をふり、話をつづけた。

「最後《さいご》は例《れい》の屋根事件《やねじけん》から一年後。父親が死に瀕《ひん》していたときのことだ。フェリスはすばやく行動しなければならないとわかっていた。我々《われわれ》は鮭釣《さけつ》りをしていて、わたしはボートの縁《ふち》から身を乗《の》り出してもつれた釣り糸をほどいていた。背中《せなか》を強くおされたと思った瞬間《しゅんかん》、わたしは水の中にいた。浮《う》きあがると、フェリスがわたしのほうにオールを差《さ》しだそうとしていた。最初《さいしょ》、彼が助けようとしてくれているのだ、と思った。だが、そのオールがわたしを打ったとき、彼がなにをしているのかがわかった」

　無意識《むいしき》のうちにホールトは右肩《みぎかた》をなでた。あれから長い年月がたっているというのに、まだその衝撃《しょうげき》の痛《いた》みを感じるかのように。ウィルとホラスはぞっとしたが、どちらもなにもいわなかった。これまで長年かくしてきた心の闇《やみ》から魂《たましい》を解放《かいほう》するために、ホールトは話を終えなければならない、とわかっていたからだ。

「フェリスはふたたびわたしをオールで殴《なぐ》ろうとした。が、わたしは水中にもぐり、土手目がけて泳いだ。きわどかったが、なんとか岸に上がることができた。あれは事故《じこ》だったといいはりながら、フェリスはボートでわたしを追いかけてきた。そして、自分がわたしを殺《ころ》そうとしたことなどなかったかのようなふりをして、わたしにだいじょうぶかときいた」

そのときのことを思い出して、ホールトは不快《ふかい》そうに鼻を鳴らした。「わたしはそのとき、彼《かれ》は決してあきらめないだろう、とわかったのだ。わたしが安全でいるためには、ふたつのうちのどちらかをしなければならなかった。彼を殺すか、国を去るかだ。たとえわたしが王位継承《おういけいしょう》を放棄《ほうき》してわきに退《しりぞ》いたとしても、彼が決してわたしのことを信《しん》じないことはわかっていた。将来《しょうらい》きっとまた彼から王冠《おうかん》を奪《うば》い返そうとすると考えるはずだ。彼にとって王位は、わたしが考えているよりもずっと価値《かち》のあるものだったのだろう。兄弟の命を奪ってもいいほど価値のあるものなのだろう、と。

わたしは彼にそう話して、国を出た」ホールトは自分の前で心配そうな顔をしているふたりの若者《わかもの》にほほえみかけ、つけ加《くわ》えた。「その後のことを考えてみると、あのときそうしてよかったと思うよ」

若者ふたりは首をふった。ふたりにとってかけがえのない、このきびしい顔をしたレンジャーに同情《どうじょう》をしめす言葉など見あたらなかった。やがて、ホールトは自分たちからの言葉など必要《ひつよう》としていないことに彼《かれ》らは気づいた。自分たちがどれほど彼のことを思いやっているかホールトはわかっていた。

「きみたちも気づいていたかもしれないが」と、ホールトはその場の雰囲気《ふんいき》を軽くしようとしていった。「わたしは王族や世襲《せしゅう》の権力《けんりょく》というものにあきらかな反感をずっと持ってきた。父親が国王だったからといって、必《かなら》ずしもその人物が立派《りっぱ》な国王になるということにはならない。そうではないことのほうが多い。わたしは、エラクのような人間が選挙《せんきょ》で選《えら》ばれるスカンディアのやり方のほうがいいと思っている」

「だけど、ダンカン王はりっぱな国王ですよ」とホラスが静《しず》かにいった。

ホールトはホラスを見てうなずいた。「そうだ。何事にも例外《れいがい》というものはあるさ。ダンカン王はりっぱな王だ。そしてその娘《むすめ》もすばらしい女王になるだろう。だからこそ我々《われわれ》みんなが彼らに仕《つか》えているのだ。フェリスについていえば、正直にいうが、もしこのテニソンとかいう人物が彼をクロンメルの王座《おうざ》から引きずりおろしたとしても、わたしはちっとも心を痛《いた》めないだろうな。だが、そうなったらアラルエンが危険《きけん》にさらされる。だから我々はフェリスを下支《したざさ》えしなければならんのだ」

「どんなに不愉快《ふゆかい》でも、というわけですね」とウィル。

「大義《たいぎ》のためにはそうすることもあるってことだ」とホールトがいった。それから立ち上がると、自分がしゃべっているあいだにあたりにたれこめてしまった憂鬱《ゆううつ》な雲を払《はら》うかのように、ほこりを払った。そして、よりきびきびとした口調でつづけた。

「そろそろ行動を起こすころあいだ。ウィル、おまえにはダフィの浅瀬《あさせ》へ行ってあの連中《れんちゅう》の様子をさぐってもらいたい。連中のキャンプ地まで追跡《ついせき》して、やつらのことを調べてくれ。人数、武器《ぶき》の様子などを。やつらの計画がぼんやりとでもわかれば上出来だ。だが、気をつけろよ。我々《われわれ》がおまえの救出《きゅうしゅつ》に出向かなきゃならんようなことにはなってほしくない。あの連中を見くびるな。やつらは何の訓練《くんれん》も受けていない一般人《いっぱんじん》のように見えるかもしれんが、こういうことをもう何年もやってきているのだ。自分たちがなにをなすべきかはわかっているはずだ」

ウィルはわかったというようにうなずいた。それから自分の荷物を集め始めると、タグに向かって口笛《くちぶえ》を吹《ふ》いた。タグは鞍《くら》を載《の》せてもらうためにすぐにやってきた。

「ここでもう一度集合しますか？」とウィルがきいた。

ホールトは首をふった。「いや、マウントシャノンで会おう。ホラスとわたしはそのテニソンとやらの様子を見にいくことにする」

18

ダフィの浅瀬《あさせ》は川が長くゆっくりと湾曲《わんきょく》したところにあった。何百年ものあいだに、湾曲部《わんきょくぶ》を流れる水が川岸を削《けず》りとり、浸食して、その結果《けっか》川の幅《はば》が徐々《じょじょ》に広くなっていった。そのために流れる水の範囲《はんい》も大《おお》きくなり、それに従《したが》って速度や深さも減《げん》じていき、旅人が渡《わた》る浅瀬になったのだった。旅人たちがどうして他の場所で休憩《きゅうけい》をとらずにここを選《えら》んだのかについて理《り》にかなった理由はなかったが、旅人というものは休憩したり食事をしたりするのに、ランドマーク的《てき》な場所や特《とく》に目立った特徴《とくちょう》のある場所を探《さが》しがちだった。広々とした平らな草地の土手が広がり、柳《やなぎ》の木立《こだち》が日陰を投げかけるダフィの浅瀬は、そのような意味で理想的《りそうてき》な場所だった。

よくあることだが、旅人たちがこの場所に寄《よ》ってくるようになった結果、そこに彼《かれ》らの必要《ひつよう》を満《み》たす小さな集落ができあがっていった。浅瀬の片側《かたがわ》の木々《きぎ》が切られ、何軒《なんけん》かの建物《たてもの》が建《た》った。

いや、建っていたのだった。ウィルは馬から降《お》りてあたりを眺《なが》めながら歩いていった。黒く焦《こ》げた、かつて建物群《たてものぐん》であったものをくわしく調べた。ところどころまだ煙《けむり》が上がっていた。旅人たちに食事や飲み物を出していたいちばん大《おお》きな建物は、長年のあいだに徐々《じょじょ》に建て増《ま》ししていっただだっ広《ぴろ》い平屋だった。望《のぞ》む者には一夜の宿も提供《ていきょう》していたのだろう、とウィルは思ったが、実際《じっさい》そのとおりだった。いまではこの建物も半分も残《のこ》っておらず、残りは黒ずんだ灰《はい》の山になっていた。かやぶきの屋根はもちろん跡形《あとかた》もなかった。建物中を襲《おそ》った火の熱《ねつ》のせいで泥《どろ》やしっくいでできた壁《かべ》にはひび割《わ》れができ、くずれ落ちていた。だが、木の枠組《わくぐ》みがいくつかそのままの場所に残っていた。炭のようになって残っているベッド、テーブル、椅子《いす》、そのほかの家具の上で不安定《ふあんてい》にぐらぐらしている黒焦《くろこ》げの梁《はり》や支柱《しちゅう》などの家の骨格《こっかく》が。ある部屋に半分焼け焦げている樽《たる》がいくつかあった。ここは食堂《しょくどう》だったにちがいない。ここでのどのかわいた旅人たちがエールのグラス片手《かたて》にくつろいでいたのだろう、とウィルは思った。火事というものは気まぐれなもので、この部屋のひと隅《すみ》は比較的無傷《ひかくてきむきず》で残っており、焼《や》け落ちたバーのカウンターだったところの後ろの棚《たな》の上にはまだ黒っぽい瓶《びん》が数本並《すうほんなら》んでいた。ウィルは慎重《しんちょう》に灰《はい》とがれきの中を進んでいき、中から一本を手に取った。栓《せん》を抜《ぬ》いてコルクのにおいを嗅《か》ぎ、安物のブランデーの強烈《きょうれつ》なにおいに鼻にしわを寄《よ》せた。彼《かれ》はふたたび栓をして、棚《たな》にもどそうとしたが、そのときある考えが浮《う》かんだ。あとでこれが役に立つかもしれない、そう思って彼はそのびんを内ポケットに入れた。

ウィルは外に出て、焼《や》けくずれた中央の建物《たてもの》の周辺《しゅうへん》を歩き、ほかの三軒の破壊《はかい》された建物に注意を向けた。ひとつは馬小屋だったようで、母屋の裏側《うらがわ》に位置《いち》していた。そこにはなにも残《のこ》っていなかった。母屋のある部分を救《すく》った大雨によってもここの炎《ほのお》が消されることはなかったようで、ものすごい勢《いきお》いで焼きつくされていた。

「おそらく麦わらがいっぱいあったのだろう」とウィルはひとりごちた。乾燥《かんそう》しきった干《ほ》し草《くさ》は完璧《かんぺき》な燃料《ねんりょう》になり、炎を鎮《しず》めようとする雨をものともしなかったのだろう。

焼け落ちた馬小屋の向こうに、それより小さい建物がふたつあった。一軒の正面に石の炉《ろ》があり、そこにハンマー、錐《きり》、やっとこなどの鍛冶屋《かじや》の道具一式が散《ち》らかっていた。鍛冶屋がここに店を構《かま》えるのが理《り》にかなっていることに、ウィルは気づいた。馬車の修《しゅう》理《り》、馬の蹄鉄《ていてつ》や馬具の修繕《しゅうぜん》などを必要《ひつよう》とする旅人たちが通るので、商売にもってこいの場所だったのだ。もうひとつの建物はおそらく住居《じゅうきょ》だったのだろう。たぶん鍛冶屋とその家族のものと思われた。それもいまではほとんど残《のこ》っていなかった。この小さな集落には、打ち捨《す》てられた生気のない寂寥感《せきりょうかん》がただよっていた。

生気のないという言葉が頭に浮《う》かんだとき、ウィルはほかのことに気づいた。いまではなじみになってしまった、腐《くさ》りゆく死体のすえたにおいだ。鍛冶屋《かじや》の裏《うら》のほうに進んでいくと、その後ろの小さな牧草地に何頭かの死骸《しがい》が見えてきた。ほとんどは羊《ひつじ》だった。だがうずくまった毛だらけの死骸もひとつあった。その羊たちの番をしていた犬のものだ。

攻撃《こうげき》から生き残った者たちは四人の犠牲者《ぎせいしゃ》を埋《う》めるか、連《つ》れていったにちがいない。だが、動物の死骸まで焼却したり処分《しょぶん》したりする時間《じかん》はなかったのだ。

「彼《かれ》らを非難《ひなん》することはできないよ」といいながら、ウィルは母屋のほうにもどった。そこでは焼《や》け焦《こ》げた木材《もくざい》と灰《はい》の強いにおいが、不快《ふかい》な腐敗臭《ふはいしゅう》をおおいつくしていた。彼は痕跡《こんせき》を求《もと》めてあたりを見まわしていたが、川へと続《つづ》くなだらかな草地の斜面《しゃめん》に大《おお》きな赤褐色のしみを見つけて立ちどまった。

血だ。

その場所にはほかにも目を引くものがあった。足跡《あしあと》だ。数日が経《た》っているのでいままでは消えかかっていた。それから川から数頭の馬が上がってきたことをしめす跡《あと》もあった。ひづめの跡は深く、やわらかい地面にはっきりと見てとれた。歩いている馬が残《のこ》すものよりもはるかに深かった。この馬たちは全速力で走っていたのだ。その中の一頭は、まだ大《おお》きな血の跡が残っている草地のすぐそばを駆《か》け抜《ぬ》けていた。

ウィルは川から主《おも》な建物《たてもの》へと見わたし、なにが起こったのかを思い描《えが》いた。侵略者《しんりゃくしゃ》は馬に乗《の》った男数人に率《ひき》いられて川を越《こ》え、ゆるやかな斜面《しゃめん》を駆け上がって広々とした草地に突進《とっしん》してきたのだ。ダフィの浅瀬《あさせ》の地元の人間がひとり、彼《かれ》らを止めようと――あるいはほかの者たちが逃《に》げようとするあいだ時間稼《じかんかせ》ぎをしようと、彼らに立ち向かっていった。そしてここで切られたのだ。

ウィルがまさにそのあたりを調べると、数メートル先に背《せ》の高い草《くさ》の下にかくれるようにして鎌《かま》が転がっているのがみつかった。彼はその鎌をブーツのつま先でひっくり返した。湾曲《わんきょく》した刃《は》のところにはすでにすこし錆《さび》が出ていた。ウィルは首をふった。まにあわせの武器《ぶき》では意を決して襲《おそ》ってきた侵略者に立ち向かうチャンスなどほとんどなかっただろう。あっという間《ま》に切られてしまったはずだ。柄《え》の短い鎌よりもずっと遠くまで届《とど》く剣《けん》か槍《やり》のような武器でやられたのだろう。決死の覚悟《かくご》で向かっていった勇敢《ゆうかん》な守り人は自分自身を守ることもかなわなかったのだ。

　ウィルはひづめの跡《あと》を数メートル先まで辿《たど》っていった。一頭の馬が右の方に迂回《うかい》していっていたのでそれを辿っていくと、またかわいた赤褐色の血の跡があった。片《かた》ひざをついて地面をもっとくわしく調べると、草地と泥《どろ》のところにかすかな足跡《あしあと》があるのに気づいた。小さな足跡だった。子どもだ。

　ウィルは目を閉《と》じた。頭の中にその光景《こうけい》が見えてきた。叫《さけ》び声をあげて疾走《しっそう》してくる男たちに恐《おそ》れをなした少年か少女が、木立《こだち》の中に走って逃《に》げようとしていた。侵略者《しんりゃくしゃ》たちのひとりが列からとびだしてきて、その逃げる小さな人物を追いかける。やがて男は犠牲者《ぎせいしゃ》に後ろから切りつけた。情《なさ》け容赦《ようしゃ》もなく。その子を逃がしてやることもできたのに。小さな子どもが彼《かれ》らにどんな危害《きがい》をもたらすというのか？　だが、男はそうはしなかった。この残虐非道《ざんぎゃくひどう》がすくなくとも表面上は宗教《しゅうきょう》という名のもとに行われたのだということに気づき、ウィルはぎゅっと唇《くちびる》をかんだ。

「おまえたちの神がおまえたちを守ってくれるよう祈《いの》ることだな」とウィルは静《しず》かにいった。彼らの足跡を見ようとしゃがんでいた姿勢《しせい》から彼は立ちあがった。ここであった出来事をこれ以上《いじょう》調べても意味がなかった。おおまかなことはわかったので、細部もある程度《ていど》思《おも》い描《えが》くことができた。いまはこの殺《ころ》し屋たちの跡《あと》をやつらのかくれ家までたどっていくときだった。それがどこであろうと。

ウィルはタグにまたがりタグを川の中へと進めた。侵略者《しんりゃくしゃ》たちは対岸からやってきていた。だからおそらくそちらにもどったのだろう。水はタグの腹《はら》のあたりまでしかなく、流れもさして速くなかった。タグは水しぶきをあげながらやすやすと砂地《すなち》の底《そこ》を横切り対岸に着いた。鞍《くら》から身をのりだしてウィルは一行がもどっていった跡が見あたらないかと探《さが》していた。

それはすぐにみつかった。大人数の一行だ、おそらく二十人から三十人だろう、とウィルは見積《みつ》もった。ここ何日間かにこの浅瀬《あさせ》を渡《わた》った最大《さいだい》のグループにちがいないだろうから、その跡を追うのはかんたんだった。さらに、彼《かれ》らは自分たちが通っていった跡を消そうともしていなかった。それをしていたら、レンジャーの追跡《ついせき》の技術《ぎじゅつ》をもたない者なら彼らのあとをつけることはできなかっただろう。

それとも侵略者たちはたんに、だれもあえて自分たちのあとをつけてこようとはしないだろうと思っていたのかもしれない。

今回の場合、その可能性《かのうせい》がいちばんありそうだ、とウィルは思った。彼《かれ》らはここ何カ月ものあいだ、ほぼ抵抗《ていこう》にもあわずに、ヒベルニアのあちこちを侵略《しんりゃく》し、殺戮《さつりく》を犯《おか》し、火をつけてきたのだ。だから、自分たちの脅威《きょうい》になるものなどどこにもいない、と彼らが考えはじめたとしてももっともなことだった。ウィルはひとりきびしい笑《え》みを浮《う》かべながら、南西へとつづくひづめの跡《あと》と足跡《あしあと》を辿《たど》っていった。

「とにかくそう信《しん》じよう」と彼はいった。思いがけず主人の声が聞こえたので、タグが何事かとふり返った。ウィルはあらいたてがみのある首筋《くびすじ》を安心させるようにたたいていった。

「何でもないよ。無視《むし》してくれ」

タグはすばやく首をふりあげた。〈いいですよ。またしゃべりたくなったら知らせてください〉

侵略者《しんりゃくしゃ》の一行はせまい山道に入っていったので、ぬかるんだ地面についた足跡をいちいち探《さが》す必要《ひつよう》がすくなくなってきた。だから、山道の分岐点《ぶんきてん》に来たときに調べる時《じ》間《かん》はたっぷりある。しばらくは、一行が通ったことをしめす時折ある印《しるし》——枝《えだ》が折《お》れていたり、小枝《こえだ》に服の糸がひっかかっていたり、またある地点ではかわいた馬の糞《ふん》があったり、など――に気をとめながら、ただ彼《かれ》らの行った道を辿《たど》っていけばよかった。このような追跡《ついせき》なら目をつぶっていてもできる、とウィルは思った。

ついに道が分岐《ぶんき》しているところに出た。一行はふたつの山道のうちのせまいほうを選《えら》び、左側《ひだりがわ》に行ったことがわかった。地面は徐々《じょじょ》に上り坂になり、登るにつれて頭上をうっそうとおおっている木々《きぎ》にすこしではあるがすき間《ま》が出てきた。半ばあたりまできたとき、そそり立つ崖《がけ》が見えてきた。そろそろこの追跡も終わりにさしかかっている、とウィルは感じた。侵略者《しんりゃくしゃ》たちがあの崖を登っていったとは思えなかったのだ。自分たちが追われているなど思ってもいないときに、そんなことはしないだろう。自分たちの足跡《あしあと》を消す試《こころ》みもしなかったのだから、あのほかを寄《よ》せつけないような黒い崖にあえて登るようなことはしないはずだ。もっとも、そうしていたらまず難攻不落《なんこうふらく》の聖域《せいいき》を手にすることができただろうが。

ウィルはあたりの空気をくんくんかぎながら、タグの手綱《たづな》を引いた。かすかな風《かぜ》に乗《の》ってなにかのにおいがしたのだ。なにか意外な、なにか場ちがいなもののにおいが。彼は顔を左右に向けながら、まだ鼻をくんくんさせてその正体を知ろうとした。わかった。

煙《けむり》だ。いや、むしろ灰《はい》のにおいといったほうがいいかもしれない。キャンプのたき火を消したあとのぬれた灰のにおいだ。

進むにつれて、そのにおいはますます強くなり鼻をつくようになってきた。山道の百メートルほど先に、その出所《でどころ》があった。道が広がって空《あ》き地のようになっているところだ。侵略者《しんりゃくしゃ》たちが夜にここでキャンプをした証拠《しょうこ》があちこちにあった。たき火をした跡《あと》の黒ずんだ円形が四つあったし、男たちが毛布《もうふ》にくるまって眠《ねむ》ったのだろう、草地がその部分だけ平らになっていた。一行の六頭ほどの馬がつながれていた場所にはまたもや糞《ふん》が残《のこ》されていた。

ウィルは木の切り株《かぶ》に腰《こし》をかけてその光景《こうけい》を見ながら考えていた。そのウィルをタグはかしこそうな目で見守っていた。

「やつらはここでキャンプしたんだ。ということは、やつらの最終目的地《もくてきち》はすぐそこというわけではないんだ」とウィルはいった。先ほど見た崖《がけ》のことを考えると、ここでキャンプをしたのは理《り》にかなっている。あの崖まではこの地点から馬でたっぷり半日はかかるにちがいない。彼《かれ》らがここに着いたときに夕闇《ゆうやみ》がせまってきていたとしたら、ここはキャンプするのに理想的《りそうてき》な場所だろう。

「すくなくともぼくたちは正しい道を来たってわけだ」ウィルがタグにいうと、タグは首をかたむけた。

〈最初《さいしょ》からそう思ってましたよ〉

ウィルはタグににやっと笑《わら》いかけた。タグの無言《むごん》のメッセージを自分はどれほど正確《せいかく》に受けとっているのだろう、と思うことがときどきあった。そして、ほかのレンジャーたちもひとりっきりのときにやはり愛馬《あいば》に話しかけたりするのだろうか、と思った。ホールトだってそうしているのではないか、とうすうす感じてはいたが、その証拠《しょうこ》は一度も見たことがなかった。

彼《かれ》は立ち上がって空《そら》を見あげた。日が暮《く》れるまでにまだ三、四時間《じかん》はありそうだ。この山道がこれまでのようにかんたんに辿《たど》れるのなら、夜までに侵略者《しんりゃくしゃ》たちのキャンプ地に到着《とうちゃく》できるはずだ。

ウィルは馬に乗《の》って進んでいった。道はすこし広くなった。いまも徐々《じょじょ》に登りの坂道になっていたが、先ほどまでほどくねくねとは曲がっていなかった。だからゆっくり進んでいく必要《ひつよう》はなかった。道が先まで見通せた。この一、二時間のあいだに侵略者たちに追いつくことはないはずだった。彼らはすくなくとも二日は先に行っているはずだったから。ウィルはその距離《きょり》を縮めるためにタグに軽く駆《か》け足をさせた。

ゆっくりと時間《じかん》がたっていくにつれて、黒い崖《がけ》が近くなってきた。夕方になると、太陽が崖の後ろ側《がわ》に沈《しず》み、あたり一面に影《かげ》を投げかけた。崖まで馬であと一時間ほどだと見積《みつ》もったところで、ウィルはタグをゆっくり止めさせた。そして馬から降《お》りると、タグを十分ほど休ませた。タグが飲めるように、水筒《すいとう》から小さな折《お》り畳《たた》み式の革《かわ》のバケツに水を入れる。自分もひと口水を飲み、乾燥《かんそう》した燻製牛肉《くんせいぎゅうにく》をひと切れかんだ。このような携帯食にホラスが文句《もんく》をいっていたことを思い出しながら、ウィルは静《しず》かに笑《え》みを浮《う》かべた。ウィルは牛肉の燻製の味がけっこう好《す》きだった。もちろん、かみ心地となると話はべつだったが。味は気に入っていたとしても、そのかたさは古いブーツ並《な》みだった。

彼《かれ》はふたたびタグにまたがり、進んでいった。ここからは慎重《しんちょう》に進まなくてはならない。これまで見てきたことから判断《はんだん》すると、侵略者《しんりゃくしゃ》たちが彼らの本部の周辺《しゅうへん》に見張《みは》りを配置《はいち》しているとはまず思えなかったが、注意をするにこしたことはない。ウィルがタグに合図をすると、タグは訓練《くんれん》されているとおりに忍《しの》び足で進みはじめた。しめった地面の上でひづめの音はほとんどしなかった。

ここでもウィルに警告《けいこく》をあたえたのは鼻だった。生っぽい木を燃《も》やした際《さい》の、鼻をつくような煙《けむり》のにおいが木々《きぎ》のあいだから漂《ただよ》ってきた。彼《かれ》らはえぐれた小渓谷《しょうけいこく》の尾根《おね》づたいに進んできていたが、黒い崖《がけ》はもう目の前で手を伸《の》ばせば届《とど》くように思えた。高さはわずか百か二百メートルほどか。ウィルがこれまで出会った崖の中でも最大《さいだい》のものというわけではなかった。だが、崖の両脇《りょうわき》は切り立っていて、黒い岩が光っていた。もし頂上《ちょうじょう》に向けて巻《ま》いて行く細い道がついていなければ、とても登ることはできない。煙のにおいが強くなってきて、ウィルは人の話し声が聞こえたような気がした。彼はタグを止め、鞍《くら》からおりた。

「ここにいて」そういうと、山道のつぎのカーブのほうに静《しず》かに進んでいった。その朝キャンプ地を発《た》つときに、ウィルはレンジャー・マントを身に着けてきていた。彼の姿《すがた》がほとんど見分けられないようなたよりない夕方の光を利用《りよう》して、ウィルは幽霊《ゆうれい》のように木々のあいだに紛《まぎ》れこんだ。

カーブ地点で木々の影《かげ》の中にたたずみ、幅《はば》の広い谷ごしに向こうを見ると崖のふもとに開《ひら》けた場所があった。テントが乱雑《らんざつ》にいくつも張《は》られ、そのあいだでたき火が燃《も》えている。テントのあいだを行き来したり、火を囲《かこ》んで座《すわ》っている男たちの姿が見えた。ウィルが見積《みつ》もったところ、眼下《がんか》で、すくなくとも百五十人ほどの男たちがキャンプをしていた。武装《ぶそう》している男たちが見える。クレイケニスの住人が襲撃《しゅうげき》の脅威《きょうい》をはねつけ、これだけ人数がいるのだからだいじょうぶだと自信《じしん》を持っていたことをウィルは思い出していた。もしこれだけの規模《きぼ》の一団がクレイケニスのような村を襲撃したら、住人にはほとんど抵抗《ていこう》する機会《きかい》もないだろう。

ウィルは背中《せなか》を木にもたせかけてすべるように地面に腰《こし》をおろし、夜になるまで一時間《かん》ほどキャンプの様子を見ていた。キャンプ地のまん中に、いちばん大《おお》きなテントがあることがわかってきた。大勢《おおぜい》の男たちがそこに出たり入ったりしていることからすると、指導者《しどうしゃ》の本部にちがいない。同《おな》じく重要《じゅうよう》なこととして、日が暮《く》れかかったころに哨戒線《しょうかいせん》が設営《せつえい》された。広がった地面が再《ふたた》び森と接《せっ》するあたりに見張《みは》り人たちが半円形に配置《はいち》されている。自信過剰《じしんかじょう》とも思えるこの一団でさえ、やはりなんらかの警護《けいご》をしなければ安心して夜を過《す》ごせないのだろう。

ひとりの男がほかの者たちよりもすこし森の奥《おく》のほうに移動《いどう》していったことにウィルは気づいた。ウィルは高い位置《いち》にいるので、男のことが容易《ようい》に見てとれた。仲間《なかま》の見張り人たちからはこの男の姿《すがた》が見えないこともわかった。ひょっとしたら男は見張りの時間のあいだ、もっと居心地《いごこち》よく過ごせる場所をみつけたのかもしれない。あるいは、自分がずっと見張《みは》りの指揮官《しきかん》から見られない場所を好《この》んだのかもしれない。

いずれにしても、この男の行動はまちがいだった。ウィルはそれを利用《りよう》しようと思った。

rangers apprentice 19

ウィルがダフィの浅瀬《あさせ》へと発《た》っていった後、ホールトとホラスはキャンプをたたみ、マウントシャノン目指して北西に進む街道を行った。道中、ほんの少数の旅人しか見なかった。くたびれて老《お》いた馬に乗《の》った男がひとりと、ラバに引かせた荷車の横を歩いている商人の小集団《しょうしゅうだん》だけだ。

商人たちのそばを通りすぎるときに、ホールトは彼《かれ》らにていねいに挨拶《あいさつ》をした。だが、何の返事もなかった。四組の目が馬に乗っているふたりをうさんくさそうに追っただけだった。ホールトの弓《ゆみ》と、ホラスが剣《けん》をさげ軍馬《ぐんば》に乗っているということが、彼らの不信のじゅうぶんな理由だった。

ホールトがため息をついたのでホラスは何事かという目でホールトを見た。こんなにかんたんに感情《かんじょう》を表わすなんて、ホールトらしくもない。

「どうしたんです?」

「ああ、ちょっと考えていただけだ。ここは以前《いぜん》はとても親しみやすい場所だったのだよ。人々《ひとびと》が会ったら、路上で立ち止まっておしゃべりをしたものだ。そしてこのような街道は旅人であふれかえっていた。みんな大事な用をするためにあちこちに行く途中《とちゅう》でな。それがいまはどうだ」

ホールトはずっとだれもいない道路をしめした。彼《かれ》らのいる場所は道路が前方にまっすぐに延《の》び、ホラスはどちらの方角にも一キロほど先まで見わたすことができた。彼らの前方も道路はがらがらだった。後方にはのろい荷馬車とそれにつきそう者が四人いるだけで、その姿《すがた》もどんどん小さくなっていった。

ホールトたちがマウントシャノンに近づくにつれて交通量が増《ふ》えていくと思っていたのだとしたら、がっかりしただろう。彼らの前にまっすぐに延びている幅《はば》が広くほこりっぽい街道はずっとがらんとしたままだった。

道路の両側《りょうがわ》の森は徐々《じょじょ》に広々とした農地に変《か》わっていった。このあたりの農地は、彼らが最初《さいしょ》にクロンメルに着いたころに通りすぎた農地よりはわずかだがいい状態《じょうたい》だった。それに農地も打ち捨《す》てられてはいなかった。ときおり農家の敷地《しきち》の中を動きまわる人の姿が見受けられた。もっとも、農家の庭にはいまではもうなじみになったバリケードが築《きず》かれていたし、農家の建物《たてもの》から遠く離《はな》れたところで動いている人影《ひとかげ》はまずなかった。

「ここでは事態《じたい》はそれほど悪くはないようですね」とホラスがいった。

「これまでのところ、この地域《ちいき》は襲撃《しゅうげき》されていないからな。ここはマウントシャノンのような大《おお》きな村に近いので、住人も多少自信《じしん》を持っているのだろう。それに農家もそれほど孤立《こりつ》していないしな」とホールト。

彼《かれ》らが通り過《す》ぎようとしている農家から警告《けいこく》の叫《さけ》び声があがった。ふたりが見ると、それまで干《ほ》し草《くさ》を積《つ》み重ねていた畑から、バリケードを築いた農家の壁《かべ》の後ろに避難《ひなん》しようとふたりの男が走っていた。男たちがまだ干し草を積みあげるのに用いる大きなフォークを持っていることにホールトは気づいた。

「自信といってもほんのすこしだ。すごくというわけではない」

マウントシャノンは比較的大《ひかくてきおお》きいとはいっても、クレイケニスと似《に》たような村だった。ひとつのメインストリートに村の主要《しゅよう》な建物が集まっている。宿屋、そこそこの大きさの村の中心にはどこにでもあるようなさまざまな商店――鍛冶屋《かじや》、車輪修理屋《しゃりんしゅうりや》、蹄鉄屋《ていてつや》、道具屋、馬具屋、それから村の女性《じょせい》たちが布《ぬの》や毛糸、乾物食品などが買え、男たちは種子、道具類《どうぐるい》、油のほか畑で作業する上で必要《ひつよう》な諸々《もろもろ》のものを買うことができるようなよろず屋――があった。

もちろんよろず屋はとりあえずのもので、主《おも》な売り買いは毎週出る市場で行われていた。

路地がいくつもメインストリートから出ており、街道と多少なりとも平行に走っている網《あみ》の目のような裏道《うらみち》とをつないでいた。路地には家々《いえいえ》が並《なら》んでおり、そこに村の住人が住んでいた。クレイケニスと同《おな》じく、家々の大半は平屋で、屋根はかやぶき、木で枠《わく》組《ぐ》みをした上にしっくい壁《かべ》を塗《ぬ》りこんだ作りだった。宿屋は二階建てだったが、蹄鉄屋《ていてつや》もそうだった。蹄鉄屋の二階は干《ほ》し草《くさ》を置《お》いておく屋根裏《やねうら》になっており、重い干し草の梱《こり》を出し入れするためのクレーンのようなものが外に突《つ》きでていた。

ふたりが村に近づいていったとき、また検問《けんもん》を受けなければならなかった。ここにバリケードはなかったが、村に入るところで小川が道路と直角に流れており、小川にかかる橋のところに監視所《かんしじょ》が作られていた。クレイケニスと同じく、監視所はキャンバス地で作られたかんたんなテント仕立てで、中に椅子《いす》とベッドがふたつずつあり、夜に暖《だん》を取るために炭火の燃《も》える火鉢《ひばち》が置かれていた。村の監視人《かんしにん》のメンバーふたりが配属《はいぞく》されており、ふたりとも重いこん棒《ぼう》と腰《こし》にぶら下げた長めの短刀で武装《ぶそう》していた。彼《かれ》らは新たにやってきた者をうさんくさそうに見ながら、道路へと出てきた。前と同《おな》じように、ホールトはフードを後ろに払《はら》って顔を見せた。

「マウントシャノンに何の用だ？」とふたりのうち背《せ》が高いほうの男がきいた。ホラスは男たちをじろじろ見た。ふたりとも大柄《おおがら》でおそらくけんかも強そうだった。だが武器《ぶき》をへんに気にしているところから見て、戦《たたか》いを第一の仕事にしているのではないのがホラスにはすぐにわかった。彼《かれ》らは戦士《せんし》ではない。

「羊《ひつじ》を買おうと思ってね」とホールトはいった。「雄《おす》の羊を一頭と雌《めす》を二頭。繁殖用《はんしょくよう》の羊を準備《じゅんび》しなおさなければならんのでね。ここで市場が開《ひら》かれるんでしょう？」

男はうなずいていった。「土曜だ。一日早かったな」

ホールトは肩《かた》をすくめた。「我々《われわれ》はバリガンノンから来たんでさぁ」としばらく前からアウトサイダーズが活動しているかなり南の地区の名前を出していった。「一日遅れてしまうよりは、一日早く着くほうがいい」

村の名前を聞いて見張《みは》りの男はなにかを考えているように顔をしかめた。南でなにが起こっているのかうわさを耳にしていたのだ。みんながそのうわさを聞いていた。だが厄介《やっかい》ごとが起きている地区から実際《じっさい》やってきたという人物を目にするのは、ここ何週間かでホールトが初《はじ》めてだったのだ。

「バリガンノンではどんな様子だ?」と男はきいた。

ホールトは男を物悲しそうな目で見た。「さっきもいったように、わしは繁殖用《はんしょくよう》の羊《ひつじ》を補充《ほじゅう》しなければならんのです。うちの羊みんなが同時に年取って死んだということではないんでさぁ」

見張《みは》りの男はわかるというようにうなずいた。「南のほうでひどいことが起きたって話は聞いてるよ」男は今度はホラスに目をやった。クレイケニスの男と同《おな》じように、この男もこの肩幅《かたはば》の広い若者《わかもの》の顔つきが、農民《のうみん》でも樵《きこり》でもなさそうなことに気づいた。そのうえ若者の腰《こし》には長い剣《けん》が下げられており、鞍《くら》の後ろ側《がわ》には丸い盾《たて》が留《と》めつけられていた。「で、こいつは何者だ?」と男がきいた。

「甥《おい》のマイケルでさぁ。いいやつですよ」とホールトがいった。

もうひとりの男が初めて口を開《ひら》いた。「で、おまえも農夫《のうふ》なのかい、マイケル?」

ホラスは彼《かれ》を冷《つめ》たい目で見て「兵隊だ」と短く答えた。「兵隊が市場でなにをしようっていうんだ?」とその男がきいた。

ホールトがあわてて返事をした。ホラスのアクセントは外国人のものだったので、ホラスにこれ以上《いじょう》へんなしゃべり方をしてほしくなかったのだ。

「わしは確実《かくじつ》に羊《ひつじ》を家に連《つ》れ帰ることができるようにここに来たんでさぁ。マイケルにはわしが確実に家に帰れるように一緒《いっしょ》に来てもらったんで」

見張《みは》りの男は検討《けんとう》するようにしばらくふたりを見ていた。筋《すじ》はとおっている、と男は思った。「たしかにこいつはそういう役に立ちそうな男ではあるな」そういいながら、男の顔にかすかな笑《え》みが広がった。

ホラスはなにもいわなかった。ただ男の目をじっと見て一度うなずいた。力強くて無《む》口《くち》なタイプなんだ、と男は思った。

ふたりの見張り人は満足《まんぞく》したようだった。ふたりとも道路のわきに引き下がると、腕《うで》をふってホールトとホラスを村に通した。

「入っていいぞ」と最初《さいしょ》にしゃべったほうの男がいった。「メインストリートに宿屋がある。それとも節約したいのなら、村の反対側《はんたいがわ》にある市《いち》の立つ広場でテントを張《は》ってもいいぞ。だが、ここにいるあいだに面倒《めんどう》なことは起こさないでくれよ」最後《さいご》の言葉を思い出したようにつけ足した。これは見張り人すべてがいわなければならないと思っている言葉のようだ、とホラスは思った。ふたりが仮《かり》に杖《つえ》にすがって歩く八十歳のよぼよぼの年寄《としよ》りだったとしても、彼《かれ》はそういっただろう。

ホールトは指を額《ひたい》にあてる略式《りゃくしき》の挨拶《あいさつ》をしてからアベラールをうながして前に進んだ。それから立ち止まり、そのことがふと頭によぎったというように、詰所《つめしょ》にもどりかけていたふたりの男に声をかけた。

「ひとつ聞きたいんですがな」そういうと、男たちはふり返ってホールトのほうを見た。「道中テニソンとかいう男のことを耳にしたんですが、この男は宣教師《せんきょうし》かなにかですかな?」

見張《みは》り人たちは疑《うたが》わしそうに目配せをした。「ああ」とリーダーのほうがいった。「まあ、一種《いっしゅ》の宣教師だろうな」そのいい方には皮肉っぽい響《ひび》きがあった。

「その男は……」とホールトがいいかけると、二番目の男が全部をいわせずに答えた。

「やつはここにいるよ。やつとその信者も市《いち》の立つ広場にいる。聞きたいのなら、やつの説教《せっきょう》を、たぶん今日の午後にも聞けるだろうよ」

「おそらく」と男の仲間《なかま》が今度は皮肉をかくしもせずにいった。「やつの説教は毎日午後に聞けるだろうよ」

彼らの言葉について考えているふうをよそおいながらも、ホールトは無関心《むかんしん》な表情《ひょうじょう》を維持《いじ》していた。「じゃあ聞いてみるかな」そういってホラスを見た。「退屈《たいくつ》を打ち破《やぶ》ってくれるだろうよ、マイケル」

「あんたたちの鼓膜《こまく》を打ち破ってくれる、といったほうがいいかもな」と二番目の見張《みは》り人がいった。「わたしにいわせれば、宿屋にいたほうがいいと思うがね」

「かもしれませんな。だが、我々《われわれ》はいずれにしてもあの男の話を聞いてみるつもりですよ」

ホールトは男たちにもう一度うなずくとアベラールを進めた。道路から数メートルはなれたところでずっと待っていたホラスも、彼《かれ》に並《なら》んだ。

第五部　偵察《ていさつ》

ranger's apprentice 20

まだ日が暮《く》れきらないうちに、ウィルはタグのところまでもどり、自分がキャンプをする場所を探《さが》しながら来た道をもどっていった。彼《かれ》らが立ち止まったところから二百メートルほどもどったところの、道のわきから少し入ったところに空《あ》き地がみつかった。大《おお》きな木が倒《たお》れていた。幹《みき》をおおっている苔《こけ》から判断《はんだん》すると数年前に倒れたのだろう。その木が倒れたときに、まわりにあったそれより小さい木数本も一緒《いっしょ》に倒れたので、そのあたりが開《ひら》けた場所になっていたのだ。理想的《りそうてき》な場所だった。道からそれほど離《はな》れていないのに、ほとんど気づかれることはない。もしウィルがキャンプ地を探していなければ、彼にしても道をまっすぐに進んでいったはずだ。たまにここを通る旅人の大半も同《おな》じだろう、とウィルは考えた。

彼は道路の端《はし》に生い茂《しげ》っている木々《きぎ》と腰《こし》くらいまで丈《たけ》のある草《くさ》の中にタグを分け入ら

せて進んでいきながら、あたりを見まわしてその場所を調べた。ここからは道路はほとんど見えなかった。ということはこの空《あ》き地も道路にいる人からは見えないということだ。四、五メートル四方ほどの空き地になっているので、彼《かれ》ひとりがキャンプするには十分すぎるくらいだ。

だからといってりっぱなキャンプができるという意味ではない、とウィルは思った。テントも火もないのだ。それでもタグが食べる草《くさ》は生い茂《しげ》っている。ウィルのほんとうの目的《もくてき》はタグの姿《すがた》が見えない場所だったのだ。

彼はタグにもう一度水をあたえ、それから手で「フリー」の合図をした。食べたかったら草を食べていい、という意味だ。タグは鼻を地面に向けて空き地を動きまわり、この草の質《しつ》を値踏《ねぶ》みしていた。どうやらお気に召《め》したようで、タグはびっしりと茂った草の束《たば》を地面から食いちぎり、馬特有のすりつぶすような音を立ててかみはじめた。

「鞍《くら》を外してやれなくてごめんよ。急いで移動《いどう》しなければならないかもしれないからね」とウィルはいった。

タグはちらりとウィルを見た。耳をピンと立て、目はかしこそうに輝《かがや》いている。

〈だいじょうぶですよ〉

長年の経験《けいけん》から、それなりの理由がないかぎりはウィルが自分に居心地《いごこち》の悪い思いをさせるはずがないことを、タグはよくわかっていたのだ。ウィルは背中《せなか》を倒木《とうぼく》の幹《みき》にもたせかけ、両ひざを引きよせて腰《こし》をおろした。すぐにあの見張《みは》り場所にもどらなければ、と思った。いつ見張り人たちが交代するのかを知りたかったのだ。だれが彼《かれ》が選《えら》んだ男と交代するにせよ、その男がそのまま同《おな》じ場所にいてくれればいいのだが。男が場所をはなれる理由などないと思ったが、なにがどうなるかはわからない。

あたりがうす暗くなってきたので、ウィルは立ちあがった。とたんにタグが頭をあげ、耳をぴんと立てて、ウィルが自分にまたがれるよう前に一歩出る用意をした。だがウィルは首をふった。

「ここに残《のこ》ってくれ」そういってから、ひと言命令《めいれい》した。「サイレント」

タグはその命令を理解《りかい》した。それはタグがレンジャー隊《たい》の馬の調教師《ちょうきょうし》、ボブ爺《じい》さんの訓練《くんれん》を受けていたときにたたきこまれた多くの命令のひとつだった。「サイレント」とは、タグが近くから——いまの場合《ばあい》道沿《みちぞ》いにということになるが——物音が聞こえてきたら、その場でじっとして物音を立てない、という意味だった。そうすれば、あたりが暗くなってくることも相まって、通行人もまさか道路から数メートルのところに小柄《こがら》な馬がいるなどとは思いもしないだろう。

マントを手にして、ウィルは小道のほうに移動《いどう》した。森の切れ目のところまでくると立ち止まり、だれかが近づいてきていないか道の両側《りょうがわ》に耳をすました。それからすばやく小道を横断《おうだん》して、反対側《はんたいがわ》の森に入った。そして小道から数メートル入ったところを道と平行して進んでいった。

もしだれかに見られたとしても、その人はなにか灰色《はいいろ》の影《かげ》が開《ひら》けた道路をすばやく横切り、森の中に消えていったとしか思わなかっただろう。それさえ終わってしまえば、音もなく動くレンジャーの姿《すがた》を見ることはないはずだ。

ウィルは前にいた見張《みは》り場所にもどり、そこに身を落ちつけた。見張り人たちが配置《はいち》についてから三時間《じかん》たったかどうかだったので、同《おな》じ見張り人たちがまだその場にいるだろうと思った。人間というものは習慣《しゅうかん》にしばられるものだが、たいてい見張当番《みはりとうばん》の割《わ》り当て時間は四時間だった。なぜそうなっているのかはウィルにはわからなかった。ウィルなりの考えでは、三時間のほうがいいように思えた。暗闇《くらやみ》をにらみつけて四時間もすごすと、最後《さいご》のほうにはたいていの見張り人はだれてきてしまう。もちろん、三時《じ》間制《かんせい》にするためにはひと晩《ばん》にもっと多くの見張り人が必要《ひつよう》になる。それに、ウィルが感じていたように、ここに見張《みは》り人を置《お》くのは実際《じっさい》になにかが起こると考えているというよりは単《たん》なる形式だった。この侵略者《しんりゃくしゃ》たちは自分たちが攻撃《こうげき》されるとか、だれかが侵入《しんにゅう》してくるなど思ってもいないのだった。

だからこそウィルはダフィの浅瀬《あさせ》からブランデーが半分残っている瓶《びん》を持ってきたのだった。彼《かれ》は内ポケットを触《さわ》って、その酒びんがあることをたしかめた。敵《てき》のキャンプ地に入り込《こ》むつもりなら、見張り人のひとりを——おそらく先に目をつけておいた男になるだろうが——どかさなければならない。もちろん、必要《ひつよう》とあれば、暴力《ぼうりょく》に訴《うった》えることをしないで見張りを突破《とっぱ》することはできる。だがそうするためにはかなり長い時間《じかん》がかかる。ウィルを待ちかまえているような開《ひら》けた場所を相手に気づかれずに横切るのは、ゆっくりと長い時間をかけなくてはならないのだ。しかも背後《はいご》のたき火のせいで影《かげ》ができてしまうだろう。

だから、もっとも早くて安全な方法《ほうほう》は見張り人のひとりをどかし、そこにできたすき間《ま》から忍《しの》びこむことだった。だが、そうするとべつの問題が起こる。ウィルは自分がここに来たことを敵に知られたくなかったが、見張り人のひとりが意識《いしき》を失《うしな》っていれば、だれかがキャンプ地に侵入したことの証拠《しょうこ》になってしまう。

ただし、その見張《みは》り人が酔《よ》っぱらっていたら話はべつだ。もし見張り人がブランデーの臭《にお》いをプンプンさせ、木の下でおだやかにねむっており、その男のほうから抵抗《ていこう》したような様子もないままに発見されたとしたら、男の上官《じょうかん》たちも彼《かれ》が襲撃《しゅうげき》されたとは思わないだろう。

ウィルは眼下《がんか》に見える黒っぽい影《かげ》に目を凝《こ》らした。先にウィルは例《れい》の見張り人がいた場所を辿《たど》れるように目印《めじるし》となる地点をいくつか決めていた。いま、彼はその場所の近くでかすかな動きがあることに気づいた。ウィルは斜面《しゃめん》を下りはじめた。カニのように横向きになって斜面を横切り、男のいる近くまで行った。

キャンプからは絶《た》えず話し声が聞こえてきた。ときおり、爆笑《ばくしょう》の声やいい合いをしていて声を荒《あら》らげたのか怒号《どごう》が混《ま》じる。ウィルが見張り線の内側《うちがわ》に入り込《こ》むのにあまり長い時間《じかん》をかけたくなかったもうひとつの理由がここにあった。男たちがまだ起きていてしゃべっているあいだにキャンプを動きまわりたかったのだ。会話を盗《ぬす》み聞きすることができれば、彼らが計画していることがすこしはわかるかもしれない。いったんキャンプの中に入れば、自由に歩きまわれる自信《じしん》があった。おかしなことだが、いったん内部に入ってしまえば、こそこそかくれようとしないほうが、呼《よ》びとめられて問いただされる可能性《かのうせい》はすくなくなるのだ。だが、もっとも危険《きけん》なのは見張《みは》り線とキャンプ地までのあいだの百メートルほどの開《ひら》けた場所だった。見張り人が立ちならぶ方向からキャンプのほうにだれかが移動《いどう》していく理由などなかった。テントが列をなしている内側《うちがわ》にいる人間は、目が炎《ほのお》でくらんでいるので、ウィルの姿《すがた》に気づくとは思えなかった。だが、暗《くら》闇《やみ》に立ち、たき火のほうをふりかえって見る見張り人には、シルエットになった彼《かれ》の姿が容易《ようい》に見えるはずだ。

足下《あしもと》の地面が平らになっているのを感じたウィルは、見張り人がいる場所に近いことを知った。影《かげ》のように木々《きぎ》のあいだにすべりこみ、さらに数メートル進んだ。そのとき、男が咳払《せきばら》いをし、足を動かす音が聞こえた。男との距離《きょり》は十メートルもはなれていないにちがいない。もういいだろう、とウィルは思った。彼は木の幹《みき》の裏側《うらがわ》にすべり込《こ》み、常《つね》にその幹が自分と相手の男とのあいだにあるようにしながら、マントにくるまって待ちの態勢《たいせい》に入った。

ほぼ一時間《じかん》はその場にいた。ぴくりとも動かず、物音も立てず、姿を見られずに。ときどき見張り人が動いたり、咳《せき》をしたりする音が聞こえた。一度か二度、男はあくびをした。その音が森の静《しず》けさの中ではっきりと聞きとれた。キャンプ地からのくぐもった声が背景《はいけい》のように絶《た》えず聞こえ、ウィルにはそれがありがたかった。そのときがきたら、もし物音を立ててしまってもこのざわめきがかくしてくれるだろう。

暗闇《くらやみ》の中で座《すわ》りながら、ウィルはこれが訓練《くんれん》の中でも最《もっと》もきつかったことを思い起こしていた。突然《とつぜん》どこかがかゆくなってそこを掻《か》きたくてたまらなくなったり、つった筋《きん》肉《にく》をやわらげようと姿勢《しせい》を変《か》えたくなったりしても、それをがまんして、動かずにずっとじっとしているという訓練だ。だからこそ、まず最初《さいしょ》に居心地《いごこち》のいい姿勢をとり、身体を完全にリラックスさせておくことが大事なのだった。そうはいっても三十分以上《いじょう》も動かずにその姿勢をとりつづけていたあとに、完全に居心地のいい姿勢などなかった。

腰《こし》をおろしたときには、下の地面はやわらかくて弾力《だんりょく》があるように思われた。彼《かれ》は落葉が厚《あつ》く層《そう》になっているのだろうと思った。だが、いまでは小枝《こえだ》か石が腰の後ろのほうにあたっていることに気づいていた。身体を片側《かたがわ》にかたむけて腰の下に手を伸《の》ばし、それを取りのぞきたくてたまらなかったが、その衝動《しょうどう》をがまんした。おそらく何の物音も立てずにそれをやりとげることはできるだろう。だが、それは負けたことになる。そうすると、やがて、今度姿勢《こんどしせい》を変えたくてたまらなくなったときに、そうやってもだいじょうぶと自分に納得《なっとく》させるのがもっとかんたんになるだろう。その後は、さらにかんたんになる。その結果《けっか》、絶《た》えず動いているということになってしまう。どんなに静《しず》かにそれができたとしても、動くのは敵《てき》にみつかるいちばん確実《かくじつ》な方法《ほうほう》なのだ。だから、彼《かれ》は動かずにじっと座《すわ》っていた。拳《こぶし》を握《にぎ》りしめ、指と腕《うで》の筋肉《きんにく》にかかる圧力《あつりょく》に意識《いしき》を集中し、腰《こし》の後ろ側《がわ》の不快《ふかい》さから気持ちをそらせようとした。この方法は功《こう》を奏《そう》した。すくなくともしばらくのあいだは。腰の下の小枝《こえだ》がふたたび気になってきたとき、今度は下《した》唇《くちびる》をそっとかんでまたそれから気持ちをそらした。

「こんなところにいたのか！　いったいどこに行ったのかと思ったぜ！」

一瞬《いっしゅん》、ウィルはすぐそばで発《はっ》せられたこの言葉が、自分に向けられたものかと思った。やがて、それが交代の見張《みは》り人で、この四時間任務《じかんにんむ》についていた男に話しかけたのだと気づいた。

もとからいた見張り人は、ほかの見張り人たちの列からすこし外れた木々《きぎ》の下にずっといた。だから、交代要員は彼を見つけるのがたいへんだったのだ。

「そろそろあらわれてもいいのにと思っていたんだ」と元からいた見張り人がいった。すこし怒《おこ》っているような口調だった。見張り人とはたいていそういうものだ。彼らはみんな交代の来るのがおそいと思っているのだ。元からいた見張り人がキャンプにもどる準備《じゅんび》をして、自分の備品《びひん》を集める小さな物音が聞こえていた。

新たに来た男は相棒《あいぼう》の不平を無視《むし》していった。「おまえが選《えら》んだかくれ場所、悪くないな」

「まあな、ここにはタリーの目が届《とど》かないしな。それが一番だ。それにもし雨が降《ふ》っても、ここだと木が多いから雨避《よ》けになる」

タリーとは見張《みは》り人の隊長《たいちょう》だろう、とウィルは思った。

「じゃあ、おれは行くぞ。今夜のめしは何だ?」と最初《さいしょ》の見張り人がいった。

「なかなかのもんだぞ。狩人《かりゅうど》たちが鹿《しか》を何頭かとガチョウを持ってきたんだ。今回だけはコックも食材を台無《だいな》しにはしなかったよ」

その場をはなれようとする見張り人は期待にうなり声をあげた。「じゃあ、さっそくいただくとするか。腹《はら》がぺこぺこだよ。じゃあ、おまえも楽しめよ」と皮肉っぽくつけ足した。

「ご親切にありがとうよ」交代の見張り人も皮肉で答えた。この男たちは同僚《どうりょう》ではあるだろうが、おたがいのそぶりから判断《はんだん》して友達《ともだち》ではないな、とウィルは思った。

ふたりが話しているあいだに、その物音を利用《りよう》してウィルは立ちあがり、彼《かれ》らにもっと近づいていった。ふたりのどちらにもこちらの姿《すがた》を見られる心配はなかった。身に着けているマントとあたりの暗闇《くらやみ》からして、それは確実《かくじつ》だった。いまや新しい見張《みは》り人との距離《きょり》は三メートルもなかった。顔はマントのフードの影《かげ》になっており、右手にはストライカーが握《にぎ》られていた。さらに近づきながら、弧《こ》を描《えが》くように見張り人の後ろにまわった。そして、帰っていく見張り人の足音が聞こえなくなるまで、木にはりつくようにして待った。予想していたとおり、新しい見張り人は、自分の道具を降《お》ろし、見通せる範囲《はんい》をたしかめたりしながらくつろぎはじめた。

落ちつく前の、男の意識《いしき》がまだ先ほどの会話に気をとられているいまこそがチャンスだ、とウィルは思った。彼《かれ》は危険《きけん》を冒《おか》して木のまわりに目をやった。男はウィルに背中《せなか》を向けて立っていた。槍《やり》を持ち、ベルトには釘《くぎ》のついたこん棒《ぼう》をぶらさげている。男のマントは丸められて地面に置《お》いてあった。おそらく夜もっと寒くなってきたら着るつもりなのだろう。それから地面から一メートルほど突《つ》き出した平らな岩の下に酒びんとマグカップが置かれていた。ウィルが前にすべりだしたとき、男が後ろに身体をかたむけ、平らな岩にもたれた。右手には槍を持っている。男は静《しず》かにため息をついた。これから退屈《たいくつ》で居心地《いごこち》のよくない時間《じかん》が四時間つづくことへのあきらめのため息だった。

ウィルは男の耳の後ろをストライカーで強く殴《なぐ》った。ため息が途中《とちゅう》からおし殺《ころ》したようなうめき声に変《か》わり、男は意識《いしき》を失《うしな》って岩からくずれ落ちるように倒《たお》れた。握《にぎ》っていた槍《やり》が手からはなれ、反対側《はんたいがわ》に倒れたが、下草《したくさ》の多い森の地面の上だったのでほとんど音はしなかった。

もし必要《ひつよう》ならもう一撃《いちげき》しよう、とウィルはストライカーを持ったまま、倒れた男を見おろしてしばらく立っていた。

だが、男は完全に意識を失っていた。両手両足がおかしな角度でだらんとし、身体中の筋肉《きんにく》が脱力《だつりょく》しているのがわかった。すくなくともあと一時間《じかん》はこのままのはずだ、とウィルは思った。キャンプ地の様子を見てまわるにはじゅうぶんな時間だ。彼《かれ》は男を転がして仰向《あおむ》けにし、男の上着《うわぎ》の両肩《りょうかた》を持つと、ぐったりした身体を木のところまで引っぱっていった。いつものことだが、このように意識がなくなると人間の身体とはなんと重いことか、と改《あらた》めておどろいた。それから男を半ば木にもたせかけるように引っぱりあげ、両手両足の位置《いち》をねむっているように見えるようにした。それから男のジャーキンの前にブランデーをふりかけた。さらに加《くわ》えて、男の口をこじあけてその中にも酒を注ぎこんだ。

一歩下がって、自分の仕事の成果《せいか》を眺《なが》めた。こうしておけば、たとえ男が意識《いしき》を回復《かいふく》して大声で叫《さけ》んでも、こぼれた酒がなにを語っているか、彼《かれ》の上官《じょうかん》たちには一目瞭然《いちもくりょうぜん》だろう。横たわっている男の横に酒瓶《さかびん》を投げ捨《す》て、ウィルはマントに身をくるむと、森から出てキャンプ場へとつづく開《ひら》けた場所へすべり出た。

地面に身をふせると、ほふく前進で進んでいった。テントの列のところまで行き着いても、最初《さいしょ》の何列かをすぎるまでは這《は》い進みつづけた。それから、ふたつのテントのあいだの影《かげ》に入ると、注意深く立ちあがり、しばらく待った。

だれかに気づかれた気配はなかった。フードを顔から払《はら》いのけ、影から一歩踏《ふ》み出すと、キャンプ地を中央の大《おお》きなテント目がけて何気《なにげ》ないふうに歩きはじめた。あるテントの外に水がいっぱい入ったバケツが置《お》いてあるのに気づくと、だれも自分のことを見ていないかあたりをうかがった。だれも見ていないのを確認《かくにん》すると、ウィルは急いでバケツをつかみ、そのまま歩きつづけた。

数メートル歩くと、三人の男とすれちがった。バケツを見て、男たちは彼が水をくみにいっていたと思ったようだ。〈常《つね》になにか目的《もくてき》があるように見えるようにしろ〉何年も前にホールトから教えてもらった。〈おまえがその場にいる理由があると思われたら、なぜそこにいるかなどと問いただされることはまずない〉と。

「またもやあなたのいうとおりでしたよ、ホールト」とウィルはひとり言《ごと》をつぶやき、さらにキャンプの奥《おく》へと進んでいった。

キャンプ地を見下ろせる場所にいたときに、ウィルはいくつかの重要《じゅうよう》な場所の目星をつけていた。調理場は乱立《らんりつ》しているテント群《ぐん》の中央にあった。それもそのはず、もし調理場がここのような大《おお》きなキャンプ地の片方《かたほう》の端《はし》にあったら、食事にありつくためにキャンプ地全体を横切らなければならない人間が出てくる。だから、ここが全員にとって最《もっと》も便利《べんり》な場所なのだった。もちろん、いちばん運がいいのは、調理場に最も近い者たちだろう。料理《りょうり》をする火からすぐのところにいるので、熱々《あつあつ》の料理を口にすることができる。だから、一団の位《くらい》が上の者ほど、テントを中心に近いところに張《は》っていた。キャンプ地の端のほうにいる者は、食事を自分たちのテントに持ち帰ったころには料理が冷《さ》めてしまうのだった。位が低《ひく》い者ほど調理場からはなれた場所にいることになる。

このことから司令官《しれいかん》のテントの場所もわかってくる。指導者《しどうしゃ》の食事が熱《あつ》く新鮮《しんせん》なまま届《とど》くように調理場に近いけれども、騒音《そうおん》や煙《けむり》がじゃまにならない程度《ていど》には距離《きょり》を置《お》いた場所、ということになる。

ウィルは調理場へ向かっていた。その場所をみつけるのはかんたんだった。百人以上《いじょう》もの男の食事を提供《ていきょう》するための火は、大《おお》きくかつ数もいくつもいる。その火から火の粉《こ》が空へと舞《ま》い上がっていたし、炎《ほのお》の明かりはキャンプ地のどこからでも見えた。

ウィルは調理場のまわりの空《あ》き地に入っていった。男たちが食事の準備《じゅんび》をしながらいそがしそうに立ち働《はたら》いていた。先ほど見張《みは》り人がいっていたとおり、何頭かのシカが金《かな》串《ぐし》に刺《さ》されて回転していた。べつのもっと小さな火のところでは、ガチョウの串《くし》がゆっくりとまわっており、回転するたびに脂《あぶら》がジュッと落ち、炎が立ちあがった。さらに、いくつもの小さな火の上には大鍋《おおなべ》がのせられている。ウィルが見ていると、火のそばで顔をほてらせ汗《あせ》をかいた係員が、バケツ一杯《ぱい》の皮をむいたジャガイモを大鍋のひとつに入れると、熱湯がとびはねるのを避《よ》けてあわてて後ろにとびのいた。

動きつづけることが大事だ、とウィルにはわかっていた。もし立ち止まってぽかんとしていたら、おそかれ早かれだれかが彼《かれ》がそこにいることを疑問《ぎもん》に思い、何者だときかれることになる。もちろんマントのフードは後ろに払《はら》っていたし、このあいまいな炎の明かりでは、マントの迷彩柄《めいさいがら》に気づかれることはなさそうだった。弓《ゆみ》と矢筒《やづつ》はタグのところに置《お》いてきており、武器《ぶき》は二本のナイフだけだった。どう見ても、彼《かれ》はキャンプ地にふつうにいる男に見えた。ただし、彼らのだれもじっと立ち止まって、まわりでなにが起きているかを見ようとはしていなかったが。ウィルはたったいまジャガイモを熱湯の中に放りこんだ男のほうに近づいていった。男はウィルを見て顔をしかめた。

「料理《りょうり》ができたら知らせるよ」と、男は不愉快《ふゆかい》そうにいった。料理人《りょうりにん》たちは男たちから嫌《いや》がらせを受けていたのだ。料理のできるのがおそいとか、そうでない場合は冷《さ》めているとか。火を入れすぎているとか、生焼けだとか、あるいはおいしくないとか。

ウィルはそうじゃないんだ、という身ぶりをし、自分が行列に割《わ》りこんで来たのではないことをしめした。そして水の入ったバケツを差《さ》しだした。

「ジョンがこの水をあんたのところに持っていけって」

確《たし》かなことがふたつだけあった。これくらい大《おお》きなキャンプでは、ジョンという名の人間が五、六人はいること。それから料理人はいつでも水を必要《ひつよう》としているということ。

料理人はまた顔をしかめた。

「あいつにそんなことたのんだおぼえはないがな」と男がいったので、ウィルは肩《かた》をすくめ、バケツを手にしたまま男に背中《せなか》を向けた。

「好《す》きにしてくれよ」ウィルがいうと、男はすぐに彼《かれ》を呼《よ》びとめた。たのまなかったかもしれないが、水はいずれ必要《ひつよう》になるのだ。そのときにわざわざくみにいく手間が省《はぶ》ける。

「じゃあ、ここに置《お》いといてくれ。持ってきてくれたってことは、たのんだのかもしれないな」

「いいよ」ウィルはバケツを置いた。料理人《りょうりにん》はしぶしぶという感じでうなずいて見せた。

「ジョンにありがとういっといてくれ」男にそういわれて、ウィルは鼻を鳴らした。

「キャンプ場をつっきってここまで運んできたのはジョンじゃないだろ」といたずらっぽくいった。

「たしかに」料理人はウィルの意味するところがわかったようだった。「料理を配るのが始まったらおれのところに来てくれ。あんたの皿《さら》に余分《よぶん》によそうからさ」

ウィルは指を額《ひたい》に触《ふ》れた。「ありがとうよ」そういってその場をはなれた。二、三歩行ってからふり返ったが、料理人はすでに彼への興味《きょうみ》を失《うしな》っていた。ウィルは司令官《しれいかん》のいる中央のテント目指してきびきびと歩いていった。そのテントまでは三十メートルもなく、はっきりと見えていた。そのテントはまわりのテントからはすこしはなれ、かすかな斜面《しゃめん》のてっぺんに張《は》られていた。正面には大《おお》きな火が燃《も》やされている。入口の両側《りょうがわ》にふたりの見張《みは》り人がいた。ウィルが見ていると、そこに三人の男が近づいてきて、見張り人に確認《かくにん》されるのを待ってから中に入っていった。そのすぐ後に、分厚《ぶあつ》いガラス製《せい》のジョッキがいくつかとワインの瓶《びん》を盆《ぼん》に載《の》せた召使《めしつか》いがあらわれた。召使いは中に入ったかと思うとまもなくまた姿《すがた》をあらわした。

ウィルはこの大テントを通りすぎ、じゅうぶんな距離《きょり》を保《たも》って空《あ》き地の反対側《はんたいがわ》にいった。目の端《はし》でテントの位置《いち》をたしかめた。もちろん正面には見張り人が立っている。だが、賭《か》けてもいいが、テントの裏側《うらがわ》は無防備《むぼうび》になっているはずだ。結局《けっきょく》のところ、ふたりの見張り人は実際《じっさい》の警備《けいび》というよりは権威《けんい》の印《しるし》にすぎないことにウィルは気づいた。このキャンプで司令官《しれいかん》が襲《おそ》われる可能性《かのうせい》などほとんどないのだから。さらに進んでいった。広がりのある場所はここで終わり、また乱雑《らんざつ》なテントが次々《つぎつぎ》と張られていた。それぞれのテントの間《あいだ》はほんの数メートルしかはなれていない。いくつかのテントを通りすぎたが、テントの入口の垂《た》れ幕《まく》は開《ひら》いており、男たちが中に入っていったり、外の土の上に座《すわ》ってしゃべったりしていた。あるグループの男たちが何だというふうにウィルを見たので、ウィルはもごもごと挨拶《あいさつ》をした。それから、人が入っておらず、明かりのついていないテントをいくつか通りすぎるまで待った。そして、すばやくあたりを見まわしてだれにも見られていないのを確認《かくにん》してから、ふたつのテントのあいだの影《かげ》になっているスペースにとびこんだ。しゃがみながら後ろ側《がわ》に移動《いどう》し、つぎのテントのあいだの通路に入る。ここでぺたりと地面にふせ、ふたたびマントのフードを引きあげた。そして影のように横たわると、つぎに自分がわたらなければならない小道を観察《かんさつ》した。そこにはほとんど動きがなかった。念《ねん》のために数分間じっとしてから、すっと立ちあがり、小道をつっきって反対側《はんたいがわ》にあるふたつのテントのあいだのすき間《ま》に入った。テントのうちのひとつには人がいて中から明かりがもれていた。中にいる人間が動きまわるとキャンバス地の上にその影が見えた。

もう一度、ウィルはこれらのテントの裏側《うらがわ》にまわった。つぎの小道に沿《そ》ってもどれば、司令官《しれいかん》のいる大テントの裏側に出るはずだった。前と同《おな》じように小道に人がいないのを確認してから立ちあがり、何気《なにげ》ないふうにいま来た道をもどっていった。

ふたたび司令テントが見えた。ほかのテントよりはるかに大《おお》きく、まわりになにもない地面に張《は》られている。思ったとおりだった。テントの列の裏側を動いてくると、やはり大テントの裏側《うらがわ》に出た。最初《さいしょ》の仮定《かてい》もやはり正しいことが立証《りっしょう》された。裏側には見張《みは》り人はいなかった。それでもテントの列から歩いて出ていって本部テントの後ろ側《がわ》に行き、だれにもみつからずに聞き耳を立てることは望《のぞ》めそうもなかった。だからさらにふたつ先のテントのあいだを左に曲がり、つぎの小道まで移動《いどう》した。

それからあたりの様子をうかがった。つぎの列のいくつかのテントの前には男たちが出ていた。だが司令テントが張《は》られている開《ひら》けた土地にもっとも近いふたつのテントはまっ暗で空《から》っぽだった。ウィルはすばやくあたりを見まわした。彼《かれ》の左側《ひだりがわ》のテントには人がいたが、垂《た》れ布《ぬの》が下げられている。その前にある小さなたき火場のそばに焚《た》きつけの薪《たきぎ》がひと束《たば》置《お》いてあった。ウィルはすばやくそれに近づくと、身をかがめ、薪の束を肩《かた》にかつぎあげた。そして薪を運びながら、座《すわ》ってしゃべっている男たちの前を通り、テントの列にそってゆっくりと歩いていった。男たちはウィルのほうを見ようともしなかった。最後《さいご》のテントのところに着くと、薪の束をすばやくおろしてたき火のそばに置いた。それから一瞬《いっしゅん》のすばやい動きでテントの列からその脇《わき》の暗い場所にすべりこみ、マントで身を包《つつ》み、ふたたびフードで顔をかくすとさっと地面に腹《はら》ばいになった。

広々としているが明かりのない地面の上を、彼はほふく前進で数メートル進んだ。しばらくすると動きを止めて、自分が近づいてきたことでなにか反応《はんのう》があったかどうかを見た。なにもない。方向をたしかめるためにちらりと上を見てから、本部テントの裏側《うらがわ》を目指して這《は》っていった。生い茂《しげ》っている草《くさ》の中をヘビのように進む。マントのまだら模様《もよう》のおかげで身体の輪郭《りんかく》がぼやけ、彼《かれ》は影《かげ》や地面のでこぼこに溶《と》けこんでいた。

慎重《しんちょう》に動いていったので本部テントまでの三十メートルを進むのに十分もかかった。あるところで、男たちのグループがテントの列から出てきて本部テントに向かっていった。男たちは四人で、彼らはウィルが筋肉《きんにく》ひとつ動かさないようにして腹《はら》ばいになっている場所に危険《きけん》なほど近づいてきた。肋骨《ろっこつ》の内側《うちがわ》で心臓《しんぞう》が早鐘《はやがね》のように打ち、その音が男たちにも聞こえたにちがいないと思った。何回経験《なんかいけいけん》しても、今回こそは数メートルはなれたところでじっと動かずに腹ばいになっていることに気づかれるにちがいない、という恐怖《きょうふ》をいつも味わう。男たちは酒に酔《よ》っていて大声でしゃべり、でこぼこの地面をふらふらしながら歩いていた。見張《みは》り人のひとりが片手《かたて》を上げて、男たちを止めた。ウィルは腹ばいになったまま、なにが起きているか見えるように頭を片方《かたほう》にひねった。

「おまえたち、いいかげんにしろよ」と見張り人がいった。まともな人間なら口答えができるような口調ではないことに気づくはずだった。だが、彼らはまともではなく、酔《よ》っ払《ぱら》いだった。

男たちは立ち止まった。わずかに身体がゆれているのがウィルにもわかった。

「パドレイグに話があるんだよ」とろれつのまわらないいい方で男たちのひとりがいった。

見張《みは》り人が首をふった。「それもいうならパドレイグ隊長《たいちょう》だろう、マーフィー。それに、わかっていると思うが、隊長のほうではおまえとは話したくないとさ」

「まっとうな不満《ふまん》をいいたくて来たんだ」とマーフィーという男が話をつづけた。「だれでもパドレイグに自分のいい分を述《の》べることはできるはずだ。おれたちはこの隊《たい》ではみんな兄弟なんだから。おたがい平等なはずだ」

マーフィーの仲間《なかま》たちがそうだそうだ、と声を合わせた。みんなが一歩前につめよったので、見張り人は槍《やり》を下げた。男たちはふたたび立ちどまった。本部テントの中から声が聞こえてきたのだ。

「この隊ではみんな平等かもしれんがな、おれは平等の上にいるんだ。そのことをよくおぼえておけ。クウィン！」

見張り人は姿勢《しせい》を正すと、本部テントのほうに向きを変《か》えた。声の主《あるじ》はあきらかにパドレイグのようだ。この殺人集団《さつじんしゅうだん》のリーダーだ、とウィルは思った。きびしい、容赦《ようしゃ》ない声——ただちに相手に服従《ふくじゅう》を強いることに慣《な》れている男の声だった。

「は、隊長《たいちょう》！」と見張《みは》り人が答えた。

「あの酔《よ》っ払《ぱら》いのばかどもにいっておけ。これ以上《いじょう》おれのじゃまをしつづけるのなら、なまくらなナイフで耳をそぎ切ってやるってな」

「かしこまりました、隊長！」クウィンはいった。それから低《ひく》い声で急いで四人の酔っ払いにいった。「おまえも聞いただろう、マーフィー！　隊長には逆《さか》らえないってことも知ってるな。さあ、ここから出ていけ！」

仲間《なかま》の前で引き下がりたくなくて、マーフィーはまだけんか腰《ごし》で身体をゆすっていた。それでもウィルにはその身ぶりから、彼《かれ》が脅《おど》しに屈《くっ》しており、反抗的《はんこうてき》なふりをしめしたあとには引き下がるだろうということがわかっていた。

「そうか、そういうことなら、隊長さまがお休みのところをじゃましても悪いからな」とマーフィーがいった。

そして大《おお》げさにお辞儀《じぎ》をすると仲間とともに踵《きびす》を返し、斜面《しゃめん》をテントの列のほうにもどっていった。

見張《みは》り人の目が酔《よ》っ払《ぱら》いたちのほうに向いていることを確認《かくにん》してから、ウィルはすばやく前にすべり出て、本部テントの後ろ側《がわ》の暗い影《かげ》に忍《しの》びこんだ。前に進み、中でしゃべっていることが聞こえるようにフードが耳にかからないように払った。

「……というわけで夜が明けたら、ドリスコル、おまえは三十人を引き連《つ》れてマウントシャノンに向かってくれ。谷側の道を行け。そのほうが近い」しゃべっているのはパドレイグだった。酔っ払いたちに耳を切り落とすぞと脅《おど》した男だ。

「三十人で足りますか?」と二番目の声がきいた。

もうひとりの男がいらいらとして答えた。「おれたちが考えていることをするには二十人でじゅうぶんだろう。だが、三十人いればよりよい成果《せいか》を出すことができる」

きっとドリスコルという名の男だろう、とウィルは思った。それからパドレイグが話をまとめた。

「そのとおりだ。それから、残《のこ》りのおまえらは夜中までには動けるよう準備《じゅんび》しておいてほしい。おれたちは尾根沿《おねぞ》いの道を使ってクレイケニスに向かう。ドリスコルとは明後日の朝、マウントシャノンへの道との交差点《こうさてん》で落ちあう。それからクレイケニスでまたひと芝居《しばい》打つ」

ドリスコルと呼《よ》ばれる男がくすくす笑《わら》った。「ショー以上《いじょう》のものだと思いますがね。あそこではおれたちを追い出すような聖職者《せいしょくしゃ》はいないから」

ほかの者たちからさざ波《なみ》のように笑いが起こった。ウィルは顔をしかめた。自分がいまなにか重要《じゅうよう》なことを聞きのがしたような、いやな感じがしたのだ。キャンバス地のテントの壁《かべ》にもうすこしにじり寄《よ》った。中からグラスが鳴る音と液体《えきたい》を注ぐ音がした。男たちが酒をつぎたしているのだ。満足《まんぞく》そうなため息がひとつかふたつ聞こえた。酒をたっぷりと飲みほした後に出るため息だ。

「なかなかいい酒をそろえているな、パドレイグ。それも当然《とうぜん》だがな」とこれまで聞いたことがない声がいった。

「あと数日もすれば、同《おな》じところからもっとやってきますよ」とパドレイグがいった。

「ドリスコルと合流すれば、ここは……」

ここがどうなるのか、ウィルが知ることはなかった。そこまでいいかけたときに、キャンプの外から警戒《けいかい》の叫《さけ》び声がしたのだ。それから怒号《どごう》が聞こえ、男たちは叫びながら森へとつづく開《ひら》けた地面のほうへ走りだした。

なにが起こったのかウィルにはわかっていた。意識《いしき》を失《うしな》って倒《たお》れている見張《みは》り人が見つかり、警戒態勢《けいかいたいせい》になったのだ。今夜はこれ以上《いじょう》のことは聞けそうもないだろう。ウィルはテントから数メートルを這《は》って後退《こうたい》した。叫《さけ》び声があがっているところにみんなの注意が向けられているとわかっていたので、身体を起こしてしゃがむ姿勢《しせい》を取り、ふたたびテントの列の中にまぎれこんだ。

ばらばらと走る男たちの後を追って、ウィルは見張《みは》りラインのほうに駆《か》けだした。あるテントを通りすぎようとしたとき、テントの外に槍《やり》が何本も重ねて置《お》かれているのが目に入った。その一本をつかむと、ほかの槍を大《おお》きな積《つ》み木をくずすように地面に散《ち》らばした。そしてキャンプ地を森から切りはなしている広々とした草地を走っていった。途中《とちゅう》何人もの他の男たちのそばを通りすぎた。混乱《こんらん》をきわめているキャンプになんとか分別《ふんべつ》をとりもどさせようとして、軍曹《ぐんそう》たちが怒鳴《どな》って命令《めいれい》しているのが聞こえてきた。だが、いまのウィルにとってはこの混乱こそまさに必要《ひつよう》としているものだった。

「こっちだ！」ウィルは特《とく》にだれにというわけでもなくそう叫ぶと、自分が見張り人を倒《たお》したところから五十メートルほどはなれた森の中の地点を指した。騒《さわ》げば騒ぐほど、自分を目立たせることになるが、その分余計《ぶんよけい》にだれも彼《かれ》の存在《そんざい》に気づかなくなる。もしだれかが実際《じっさい》に森の中まで自分を追ってきたとしても、すぐに撒《ま》いてしまう自信《じしん》はあった。

肩越《かたご》しにちらりとふり返ってみたが、だれもついてきていなかった。すでに、見張《みは》り人が当番中にねむってしまっているのが見つかっただけだ、という言葉が行きわたっていて、男たちは走る速度を落としたり、立ち止まったりしだしていた。中にはキャンプにもどっていく者さえいた。

ウィルが森にとびこんだのをだれも気づいていなかった。まもなく彼《かれ》の姿《すがた》は木々《きぎ》の下の闇《やみ》の中にのみこまれてしまった。後には、もはや役に立たないとウィルが投げ捨《す》てた槍《やり》が、背《せ》の高い草《くさ》に半ばかくれて転がっているだけだった。

木々のあいだを音も立てずに走りながら、ウィルはひとりにやっと笑《わら》った。今夜キャンプでは何人かの男たちが不幸《ふこう》な目にあうことになる。槍の持ち主《ぬし》は自分の槍はどうしたんだろうと思っているだろう。立派《りっぱ》な槍は高価《こうか》なのだ。それから焚《た》きつけの薪《たきぎ》を集めて束《たば》にした男は、仲間《なかま》にそれを盗《ぬす》まれたと知ってかんかんに腹《はら》を立てることだろう。意識《いしき》を失《うしな》った見張り人については、ウィルは同情《どうじょう》を禁《きん》じ得《え》なかった。自分は襲《おそ》われたのだ、と上官《じょうかん》を説得《せっとく》しなければならないのだ。ブランデーのにおいをプンプンさせながら。おそらく男は罰《ばっ》せられるだろう。しかも、きびしく。このような団体《だんたい》では、見張り中の居眠《いねむ》りは厳罰《げんばつ》に処《しょ》される。

そんなわけで、すくなくとも三人のならず者たちにとって今晩《こんばん》は台無《だいな》しになってしまうわけだ、とウィルは思った。

「全体として今晩の仕事は上出来だったな」とひとり言《ごと》をいった。

22

　市《いち》が立っているのは村の東の端《はし》にある広大な草地だった。北と南は開《ひら》けた農地になっている。耕《たがや》された畑もあれば、作付け中の畑もある。畑からすこしはなれたところには小さな農家も数軒見えた。草地の東側には木々《きぎ》が幅《はば》の広い帯《おび》のように生え、そこからまた森になっているのだった。

「おいでなすったぞ」ホールトが静《しず》かにいった。ホラスがホールトの視線《しせん》を追うと、草地の南西の隅《すみ》に大《おお》きな白いテントが張《は》られていた。白い長衣を着た人物が数人、大テントのまわりを動きまわって火の番をしたり食事の用意をしたりしている。

「やつらですか？」ホラスがきくと、ホールトはうなずいた。

「やつらだ」

　ふたりは大テントからすこしはなれた場所にある黒ずんだ耐火石《たいかせき》がぐるりと輪《わ》になっ

ているところに小さなテントをふたつ張《は》っていた。

「どうします？」とホラス。

ホールトは太陽を見あげた。正午をすこしすぎたころのようだ。

「まずは腹《はら》ごしらえをしよう。それから、テニソンがなにをいうか聞きにいこうじゃないか」

食事と聞いてホラスは顔を輝《かがや》かせた。「ぼくにぴったりの計画ですね」

*

午後おそくになってから、人々《ひとびと》はアウトサイダーズのキャンプに向かって進みだした。ホールトとホラスも急速に大《おお》きくなっていく人波に合流した。両側《りょうがわ》を開放した大テントの中で、エールとワインの樽《たる》をいくつも置《お》き、やってきた人すべてに気前よくそれらの入ったマグカップをふるまっているテニソンの弟子《でし》たちの姿《すがた》を目にして、ホールトは片《かた》方《ほう》の眉《まゆ》を上げた。

「これも信者を集めるひとつの方法《ほうほう》だな」とホールトはホラスにつぶやいた。飲み物にありつけるようおし合いへし合いしている人ごみにもまれながら、ふたりもじりじりと近づいていった。「自信《じしん》がなさそうな顔をしろ」とホールトがホラスにいった。

ホラスは顔をしかめた。「どうやって？」

「自分がここにいていいのかどうかわからんという顔をするんだ。自分にまるっきり自信がないというふうに」

「ええ？　だってぼく、自分がここにいていいのかどうか確信《かくしん》なんか持ってませんよ」

ホールトはため息をついた。「じゃあそんなに自信満々《じしんまんまん》に大股《おおまた》で歩くのはやめろ。いつなんどきわたしから頭をはたかれるかわからない、というような顔をしろ。そうすればびくびくしているふうに見える」

「そうするつもりなんですか？」とにやにやしながらホラスがきいた。「ぼくの頭をほんとうにはたくつもりなんですか？」

ホールトは悪意のこもった目つきでホラスのほうを向いた。だが、彼《かれ》がなにかいう前に、べつの声がふたりに話しかけてきた。

「こんにちは、友よ！　こんにちは！」その声は朗々《ろうろう》と響《ひび》く、訓練《くんれん》された演説者《えんぜつしゃ》の力強くめりはりの利《き》いた声だった。ホールトとホラスが声のほうをふり向くと、その声の持ち主《ぬし》が彼《かれ》らのほうに向かって歩いてきていた。背《せ》が高く、がっちりした体つきの男で、白い長衣を身に着けていた。右手に職杖《しょくじょう》を持っている。男の両側《りょうがわ》、数歩下がったところには、おどろくほどそっくりな人物がふたり控《ひか》えていた。彼らは身長二メートルをゆうに超《こ》える大男だった。指導者自身《しどうしゃじしん》も背の高いほうだったが、このふたりのそばでは小男に見えた。ふたりとも完全な坊主頭《ぼうずあたま》だった。ホラスはしばらくこのふたりを見ていたが、やがて話しかけてきた男のほうに注意をもどした。

男の顔は幅《はば》が広く、はっきりとした顔立ちでりっぱな鼻を持っていた。目はおどろくほど青く、はるかかなたまで見とおせ、ふつうの人には見えないものまで見えるような印象《いんしょう》をあたえた。賭《か》けてもいいが、この風貌《ふうぼう》はこの男が丹念《たんねん》につちかってきたものだ、とホラスは思った。さらに近寄《ちかよ》って見てみると、この男はりっぱな体格《たいかく》をしていたがすこし太り気味だということにホラスは気づいた。戦士《せんし》でないことはあきらかだ。帽子《ぼうし》はかぶっておらず、肩《かた》まである髪《かみ》を額《ひたい》から後ろにすき流していた。全体が白髪《はくはつ》だった。それも、ホールトのようなごま塩《しお》ではなく、全体が均一《きんいつ》に灰白色《かいはくしょく》だった。男はすばやくホールトとホラスを見定め、あきらかにリーダーであると思ったホールトのほうに話しかけた。

「この村へ新しくいらした方ですね」愛想《あいそ》のいい声であいさつしながら、男は笑《え》みを浮《う》かべた。「あなたたちが今日早くに着かれたのを見ましたよ」

ホールトはうなずいたが、男に笑みを返そうとはしなかった。「あんたは人の出入りを調査《ちょうさ》しているのかね？」

ホラスはホールトに任《まか》せてじっと黙《だま》っていた。ホールトが守りを堅《かた》くして、見知らぬ人を疑《うたが》ってかかる典型的《てんけいてき》な田舎《いなか》の人間を演《えん》じていることに、ホラスは気づいた。だが、こんなホールトの態度《たいど》にもこの男はいらだっていないようで、ホールトの辛辣《しんらつ》な受け答えをむしろ楽しんでいるようだった。

「とんでもない。わたしはただいつも新しい友に会うのを喜《よろこ》んでいるのですよ」

「我々《われわれ》が友達《ともだち》だとは知らなかったな」とホールト。

りっぱな体格《たいかく》の男はさらに笑みを広げた。「わたしは黄金《おうごん》神アルセイアスの僕《しもべ》です。すべての人はわたしの友だとアルセイアスはいっておられます。ですからわたしはすべての人の友なのです」

ホールトはやはりどうでもいいというふうに肩《かた》をすくめた。「そのアルセイアスとやらのことも聞いたことがないな。新しい神なのか？　天国のべつの場所からやってきたばかりとか?」

　男は声を立てて笑《わら》った。朗々《ろうろう》とした声だった。もしこの男のことを知らなかったら、すぐにこの男のことを好《す》きになっていただろう、といつのまにか思っている自分にホラスは気づいた。

「アルセイアスがこの国のこのあたりではあまり知られていないことは認《みと》めましょう」と男がいった。「ですが、それも今後変《か》わっていきます。ところで、わたしはテニソンといいます。黄金神《おうごんしん》アルセイアスの聖職者《せいしょくしゃ》で、ここにいるのは助手のジェラードとキリーンです。ふたりともアルセイアスの信徒ですよ」と後ろに黙《だま》って控《ひか》えているふたりの巨人《きょじん》をしめした。「あなた方を我々《われわれ》のキャンプに温《あたた》かく歓迎《かんげい》しますよ」

　ジェラードもキリーンも特別《とくべつ》温かくも歓迎しているようにも見えないな、とホールトは思った。彼《かれ》にはテニソンの言葉の裏《うら》の意味が手にとるようにわかった。〈わたしのキャンプにようこそ。あなた方が手に負えなくなったときに備《そな》えて、ここにわたしが飼《か》いならした強力な巨人を用意してありますからね〉という意味だ。

「どうぞわたしたちのおもてなしを楽しんでいってください」とテニソンはなめらかに話をつづけた。「我々の富《とみ》はすべて友と分かち合うべきだ、とアルセイアスはいっておられます」ここで男はもう一度笑みを浮《う》かべた。「ことに新しい友にはね」

ここで、男は温《あたた》かい笑《え》みでホールトとホラスを包《つつ》みこんだ。それから大テントの反対《はんたい》側《がわ》の端《はし》にある演壇《えんだん》のまわりに集まっている群衆《ぐんしゅう》のほうに目をやった。

「みんなが待っていますので、失礼《しつれい》します」と男はいった。

そして片手《かたて》を上げると、空中に弧《こ》を描《えが》くような仕草《しぐさ》をした。あきらかに祝福《しゅくふく》をあたえるものだった。それから踵《きびす》を返すと大股《おおまた》で去っていった。両側《りょうがわ》に弟子《でし》をしたがえ、群衆の中を進んでいった。あちこちで立ち止まっては祝福をあたえる短い言葉を発《はっ》したり、笑みを浮かべたりしながら。

「あれがテニソン、というわけだ」とホールトが小声でいった。「やつのこと、どう思った?」

ホラスはためらったが、やがてしぶしぶという感じで答えた。「じつをいうと、なかなかの男だなと思いました」

ホールトはうなずいた。「わたしもだよ」

テニソンが演壇に上ると、群衆からざわめきが起こった。テニソンはまわりにいる人々《ひとびと》にほほえみかけ、静《しず》かにするようにと両手をあげた。期待をこめたシーッという声が起こり、テニソンはしゃべりはじめた。彼《かれ》の朗々《ろうろう》としたよく響《ひび》く声は大テントの隅々《すみずみ》にまでよく届《とど》いたので、だれも彼の言葉を聞こうと身をのり出す必要《ひつよう》はなかった。

テニソンが非《ひ》の打ちどころのないパフォーマーであることはまちがいなかった。自分自身の経験《けいけん》を基《もと》にした冗談《じょうだん》から話をはじめた。牛の乳《ちち》しぼりをしようとしてさんざんな目にあったという話だ。このような仕事はここのような田舎《いなか》の聴衆《ちょうしゅう》にとってはあたり前にみんなができることだったので、テニソンがいかに不器用《ぶきよう》でうまくできなかったかを話すと爆笑《ばくしょう》がわき起こった。そこから彼は、人がみなさまざまな技術《ぎじゅつ》や生きる上での特《とく》技《ぎ》を持っているのは、ともに働《はたら》きそれぞれの能力《のうりょく》を最大限《さいだいげん》生《い》かす方法《ほうほう》を見出すためなのだ、ということへなめらかに話を進めた。そこから、いまみんなが経験しているような厄介《やっかい》ごとが起こったときには、人々《ひとびと》は一致《いっち》団結《だんけつ》しなければならないというところまでは短い道のりだった。

「この世には邪悪《じゃあく》な無法者《むほうもの》がおります。彼らは邪神《じゃしん》バルセンニスの僕《しもべ》です。わたしの行くところどこにでもバルセンニスの手が伸《の》びてきて、このすばらしい国の民《たみ》に悲しみと絶望《ぜつぼう》、そして死をもたらしています。やつらを打ち負かし、追い払《はら》うために我々《われわれ》が必要とする助けはどこに見出すことができるでしょうか？　この国を以前《いぜん》のような状態《じょうたい》にもどすために。だれがそのために我々《われわれ》を助けてくれるでしょうか?」

「国王ですか?」と群衆《ぐんしゅう》の中からためらいがちに声があがった。それをいったのはテニソンの信徒のひとりにちがいない、とホールトは思った。りっぱな体格《たいかく》の聖職者《せいしょくしゃ》テニソンは悲しげな笑《え》みを小さく浮《う》かべた。「国王とおっしゃいましたかな? そうですね、自分の国を正しい状態《じょうたい》にもっていかなくてはならないのは、国王であるべきだという点では、わたしもあなたの意見に賛成《さんせい》です。しかし、国王がそうしている姿《すがた》が見えますか?」

群衆の中に怒《いか》りのつぶやきがさざ波《なみ》のように起こった。テニソンはいまの言葉で痛《いた》いところを突《つ》いたのだ。だが、人々《ひとびと》の不満《ふまん》はそれを明るみに出してテニソンに賛成するほどには強くなかった。個人的《こじんてき》に、仲間内《なかまうち》でいうかぎりでは賛成だった。だが、その意見を公にする覚悟《かくご》はまだできていなかった。公に国王を批判《ひはん》するのは危険《きけん》なことだったのだ。

テニソンはしばらくこの不満がふくれあがるままにさせておき、それからふたたび口を開《ひら》いた。「わたしには国王がなにかしているとは見えません。国王の軍隊《ぐんたい》が、この国を破壊《はかい》している悪党《あくとう》や無法者《むほうもの》を追い出そうとしているようには見えません。なんといっても国王こそが権力《けんりょく》を持っている人間ではありませんか？　国王は国を守るために訓練《くんれん》された兵士《へいし》たちをだれかほかの者にまかせていますか？」

群衆《ぐんしゅう》の何ヵ所かから「いいや！」という声が響《ひび》いた。またテニソンのサクラだ、とホールトは思った。やがてその叫《さけ》び声は強さと勢《いきお》いを増《ま》していき、ますます多くの人々《ひとびと》が叫びだした。拳《こぶし》をふりあげる人もいた。テニソンが静《しず》かにするようにと両手を上げると、叫び声は徐々《じょじょ》に静まっていった。

「さて、国王というものは、どんな国王でもその臣民から忠誠《ちゅうせい》を受けるに値《あたい》します。わたしたちみんながそのことを知っています……」とテニソンははじめた。彼《かれ》のこの発言に賛成《さんせい》できないとして、ふたたび怒《いか》りのどよめきが群衆の中にわきおこった。テニソンがフェリス王を弁護《べんご》しようとしていると思ったのだ。ふたたび、テニソンは静かにするようにと両手を上げた。今度はしぶしぶという感じで群衆は静かになった。

「しかし……」そういってから、テニソンはさらに強調するようにくり返した。「しかし、です！　その忠誠というものは双方向のものでなければなりません。臣民が国王に対して忠誠を誓《ちか》わなければならないのであれば、国王のほうでも同《おな》じ忠誠を臣民に対してしめさなければなりません。そうでないとするなら……」テニソンが言葉を切ると、人々《ひとびと》は彼《かれ》がなにをいおうとしているのかを見定めようとするかのように、みな身をのりだした。「国王は臣民からの忠誠《ちゅうせい》を要求《ようきゅう》する権利《けんり》を放棄《ほうき》したことになります」

村人たちから同意の声がわきあがった。ホールトはホラスのほうに身体をかたむけ、耳もとでいった。「危険《きけん》だな。これは扇動《せんどう》だ。やつは自信満々《じしんまんまん》でやっているな」

ホラスはうなずいて、頭をホールトのほうに向けて小声で答えた。「ずいぶん場数《ばかず》をふんでいますね」

ふたたび群衆《ぐんしゅう》が落ちつくと、テニソンは話をつづけた。「この国に出没《しゅつぼつ》し、バルセニスの悪行のかぎりをつくしている無法者《むほうもの》や悪党《あくとう》、人殺《ひとごろ》しからクロンメルの住人を救《すく》うために、フェリス王はなにひとつやっていない。国王はダフィの浅瀬《あさせ》の人々のためになにをやってくれたでしょうか?」テニソンは言葉を切って、自分の前の人々の顔を答えを求《もと》めるようにながめた。

十人以上《いじょう》の人々の口からしゃがれた声が出た。「なにもやってない」

テニソンは片方《かたほう》の耳の後ろに手をあてて、首をかしげ、困《こま》ったような顔をした。

「何ですって?」彼がきくと、今度は群衆全体《ぐんしゅうぜんたい》から大声で答えが返ってきた。

「なにもやってない!」

「あの浅瀬《あさせ》で殺《ころ》された何の罪《つみ》もない十二歳の少女を、国王は助けましたか？　あの少女のためになにをやりましたか？」

「なにもやってない！」ふたたび声が響《ひび》いた。

「それもフェリス王がどうすることもできないからではないのです。それどころか、国王はそうすることを拒《こば》んでいるのです！」テニソンはどろくような声を出した。「国王には、あなたがたのために使おうと思えば使える権力《けんりょく》があるのです。それなのに国王は甘《あま》んじてダン・キルティ城《じょう》の城壁《じょうへき》の後ろにかくれ、やわらかいクッションの上でうまいものを飲み食いし、なにもしていない。自分の臣民を助けるために指一本あげようとはしないのです。国王にはあなたがたへの忠誠心《ちゅうせいしん》がないのです！」

テニソンの声は最後《さいご》の言葉へ向けてどんどん大《おお》きくなっていった。それから口をつぐむと、群衆《ぐんしゅう》を見わたした。ぽつぽつと群衆から同意の声があがった。最初《さいしょ》はためらいがちだったが、やがて確信《かくしん》に満《み》ちたものになっていった。テニソンはなにもいわなかった。そして今回は静《しず》かにするようにとの合図をしなかった。恨《うら》みがわきおこり、人々《ひとびと》が怒《いか》りにかられていくがままにさせておいた。やがて、テニソンは自分たちが静かになるのを待っているのだ、ということに人々が気づき、場内は静かになった。今度はそれまでの芝居《しばい》がかったとどろくような声からうって変《か》わって、テニソンは静《しず》かな、しかしよくとおる声で話し始めた。

「国王のほうがあなたがたに忠誠心《ちゅうせいしん》をしめしてくれないのであれば、あなたがたのほうも国王に対してなにもすることはありません」

ふたたび群衆《ぐんしゅう》から声があがったが、今回はそれをはるかにしのぐ声でテニソンがいった。

「フェリスはあなたがたを助けるためになにもやらないでしょう。あなたがたはあなたがたを守ってくれる人を見つけなければなりません！」

そのとき、群衆の中のいくつかちがった場所から同《おな》じ嘆願《たんがん》の声があがりはじめた。おかしいな、どうして彼《かれ》らはまったく同じ言葉を口にしているのだろう、とホールトは思った。

「テニソン！」彼らの叫《さけ》びが群衆の隅々《すみずみ》にまで広がっていく。「テニソン！　我々《われわれ》を守ってください！」

だが、テニソンのほうは静まるようにと両手を上げ、叫び声に対して首をふっていた。

「いや、いや、いや。信《しん》じてください。みなさん、それはわたしではないですよ。わたしはあなたがたを守ることなどできません。あなたがたの安全はアルセイアスの力とともにあるのです」

群衆《ぐんしゅう》の左側《ひだりがわ》から失望《しつぼう》のどよめきが起こった。

そのときひとりの声があがった。「おとぎ話や迷信《めいしん》なんていらない！　そんなものが悪党《あくとう》を止めてくれるわけじゃない！」

そうだそうだ、という声がほかからもあがった。だが、彼《かれ》らが主流ではないことにホールトは気づいた。群衆の大多数は不安《ふあん》そうに座《すわ》ったまま、声があがるたびにそちらを見て、だれが発言しているのかを調べ、彼らがいっていることが正しいかどうか見定めようとしていた。大多数の群衆はどちらの側《がわ》にもつきたくなさそうだった。

「我々《われわれ》は剣《けん》と兵士《へいし》が欲《ほ》しいんだ！　テニソン、絵に描《か》いた餅《もち》なんかいらない！」

「あんたが指導《しどう》してくれ！」と三番目の声があがった。「あんたが指導してくれれば、おれたちはついていく！　よそ者の神の助けなんかなくても、あの追いはぎのやつらに思い知らせてやるんだ」

よくあるパターンだということがホールトとホラスにはわかった。どちらに行こうかと思っていた群衆の大部分が、この言葉に熱心《ねっしん》にしたがった。テニソンが指導してくれ、と彼《かれ》らは叫《さけ》びだした。この地方の住民を餌食《えじき》にしている無法者《むほうもの》たちに対抗《たいこう》するために自分たちを指導《しどう》してくれ、と。群衆《ぐんしゅう》はテニソンの力強さと権威《けんい》を肌《はだ》で感じたのだ。より多くの人々《ひとびと》が加《くわ》わるにつれて、呼《よ》び声はどんどん大《おお》きくなりより強烈《きょうれつ》なものになっていった。

「神はいらない！　王もいらない！　テニソンだ！　神はいらない！　王もいらない！　テニソンだ！」

テニソンは群衆の顔を見わたして笑《え》みを浮《う》かべた。その多くの顔は興奮《こうふん》とこの場の熱《ねっ》気《き》で紅潮《こうちょう》していた。

「みなさん、そういってもらって光栄です。しかし、改《あらた》めていいましょう。それはわたしではありません！」

「いや、あんただ！」ひとりが叫ぶと何人かが賛成《さんせい》の声をあげた。だが、大多数の者は黙《だま》って座《すわ》ったままテニソンを見つめていた。

「いえ、ちがいます。どうぞわたしのいうことを信《しん》じてください。わたしは戦《たたか》いの指導《しどう》者《しゃ》ではない。わたしが持っている強さはすべて黄金《おうごん》神アルセイアスから来ているのです。全能《ぜんのう》の神です。わたしのいうことを信じてください」

ホールトはふたたびホラスのほうにのりだしてささやいた。「いやはや、やつはやり手だ。この場ですぐに彼《かれ》らを支配《しはい》してしまい、彼らを指導《しどう》すると自分からいいだすことだってできるのにな」

「それなのにどうしてそうしなかったんでしょう?」とホラス。

ホールトは唇《くちびる》をかんで考えこんだ。「田舎《いなか》の村人数百人の熱狂《ねっきょう》から得《え》る以上《いじょう》のもっと大《おお》きな評判《ひょうばん》が必要《ひつよう》なんだろう。やつは国王に挑戦《ちょうせん》しようとしている。だからもっと大きななにかが必要なのだ。超自然的《ちょうしぜんてき》ななにかが。彼らに自分が崇《あが》める神を信《しん》じさせる必要があるのだ」

いまテニソンはそれまでしゃべっていた演壇《えんだん》から降《お》りて、群衆《ぐんしゅう》の最前列に近づいてきていた。そして群衆の中を歩きながら、温《あたた》かく親身な声をかけていた。

「最初《さいしょ》にここにやってきたときに、わたしはみなさんにわたしの神を強制《きょうせい》しないと約束《やくそく》しました」と落ちついた声でいった。「わたしがこれまでに強制するようなことをしたでしょうか?」

問いかけるようにテニソンは両手を広げ、端《はし》から端まで見わたした。彼に同意するように人々《ひとびと》が首をふるのがホールトとホラスにも見えた。

「ええ、してきませんでした。なぜならそういうのはアルセイアスのやり方ではないからです。この神は人々《ひとびと》に強制《きょうせい》するのを好《この》まれないのです。あなたがたにほかにもっと好む神がいても、あるいは神というものをまったく信《しん》じていなくても、アルセイアスはあなたがたをとがめたりしません。この神は、あなたがたを急がせたり、いじめたり、怒鳴《どな》りつけたりなどせず、あなたがたの選択《せんたく》する権利《けんり》を尊重《そんちょう》しています」

「興味深《きょうみぶか》いやり方だな」とホールトが小声でいった。「たいていの伝道者は、相手が自分の教えを受け入れなかったら天罰《てんばつ》が下ると脅《おど》すのに」

「しかし、わたしはアルセイアスの力というものを知っています」とテニソンはつづけた。「このことだけはいっておきましょう。あなたがたがこの神の信者であろうとなかろうと、アルセイアスはあなたがたを守ることができます。そして実際《じっさい》この神はあなたがたを守ってくださるでしょう。わたしは単《たん》にこの神へとつなぐ媒体《ばいたい》にすぎません。覚《おぼ》えていてください。アルセイアスはあなたがたを愛《あい》しています。そうであればこそ、アルセイアスはあなたがたがわたしの意見に同意しない権利を尊重しているのです。しかし、もしあなたがたがアルセイアスを必要《ひつよう》とし、わたしがこの神を呼《よ》び出したら、この神はあなたがたがこれまで見たこともないような力を持ってやってきてくださいます」

テニソンが群衆《ぐんしゅう》の中を歩いているあいだ、草地は静《しず》まり返っていた。テニソンが前列から後ろへと行くにつれて、前列にいた者たちはふり返って彼《かれ》の姿《すがた》を見つめた。

「そして、もしあなたがたがこの神の力と慈悲《じひ》の心を目にして、この神のほうを向き、わたしたちの仲間《なかま》に入りたいと思ったら、そのときにはアルセイアスはあなたがたを二倍歓迎《かんげい》します」

「よくいってくださいました、テニソンさん！」ひとりの女性《じょせい》が叫《さけ》んだので、テニソンは彼女《かのじょ》にほほえみかけた。

「しかしそうならないことを願《ねが》いましょう。あなたがたのこの美しい村が安息の地でありつづけ、アルセイアスがここを守ってくれるよう頼《たの》まれる必要《ひつよう》などないことを」

群衆からざわめきが起こった。ホラスは自分のまわりにいる人々《ひとびと》が満足《まんぞく》している様子を感じとった。テニソンが口にしたのは興味深《きょうみぶか》い提案《ていあん》だった。〈あなたがたはわたしの神を信《しん》じる必要はない。しかしもし危険《きけん》がふりかかってきたら、それにもかかわらず神はあなたがたを守ってくれるだろう〉というのだ。これはいわゆる双方に有利《ゆうり》な状況《じょうきょう》というものだろう。テニソンがまた立ち止まって、個人《こじん》や小さなグループとしゃべっている中、群衆は徐々《じょじょ》に散《ち》らばっていった。

ホラスはホールトと目を合わせた。「この美しい村の平和を維持《いじ》するために、アルセイアスが呼《よ》ばれることになると思いますか?」

ホールトは片方《かたほう》の口角《こうかく》を上げて皮肉な笑《え》みを浮《う》かべていった。

「わたしの命を賭《か》けてもいいよ」

23

タグは小さな空《あ》き地にもどってきたウィルを小さく頭をふりあげて歓迎《かんげい》した。ウィルは馬のほうに進んでいって、そのやわらかい鼻先をなでた。

「いい子だ」と静《しず》かにいった。それにこたえてタグもそっと鼻を鳴らした。ウィルがしゃべっているのなら、自分のほうでも沈黙《ちんもく》を守る必要《ひつよう》はないと気づいたのだ。ウィルはしばらくいまの状況《じょうきょう》について考えていたが、やがて数時間《じかん》休む時間があると判断《はんだん》した。ドリスコルという男が夜明けごろに自分の襲撃隊《しゅうげきたい》を率《ひき》いて出かけるはずだった。だが、彼《かれ》らはキャンプ地を流れている川をわたり、丘陵地《きゅうりょうち》の下の平野を通っていく道を辿《たど》って、マウントシャノンまで下の道を行くのだろう。ウィルはわざわざそんなルートをとらなくてもよかった。

パドレイグが命令《めいれい》していたように二番目のグループが正午ごろに動きだし、ウィルも行くつもりの尾根伝《おねづた》いの道を行くはずだった。しかしウィルは夜が明ける前に出発するつもりだったので、彼《かれ》らに追いつかれる心配はない。そう考えて、数時間《じかん》の休息をとることに決めたのだ。なにしろ一日じゅう、しかも夜遅《おそ》くまで動きつづけていたのだから。

ウィルはタグの鞍《くら》を外した。もはや鞍を載《の》せておくという不快《ふかい》さを我慢《がまん》させる必要《ひつよう》がなくなったからだ。タグはうれしそうに体をゆすり、草《くさ》を食《は》みに動きまわった。ウィルは天蓋《てんがい》のようにおおいかぶさる梢《こずえ》ごしに空《そら》を見あげた。はっきりと星が見えた。ときどき空を雲の切れ端《はし》がよぎり、星々の姿《すがた》をかき消した。だが、雨はまず降《ふ》りそうもなかったので、ウィルは鞍の後ろに巻《ま》いてあるひとり用の小さなテントをわざわざ張《は》るのはやめておいた。今夜は外で寝《ね》よう、と思った。

冷《つめ》たい食事をとった。自分がここにいたという跡《あと》を残《のこ》したくなかったので、火をおこせなかったのだ。黙々《もくもく》とかたい干《ほ》し肉をかみながら、この仕事が終わり、おいしい温《あたた》かい食事にありつけたらうれしいだろうな、と思った。

ジャガイモがいいな、と思った。皮つきのままゆでて、それからバターと塩《しお》コショウで味つけしたものがいい。そう思うとお腹がぐーっと鳴った。ウィルは自分の手の中の食欲《しょくよく》をそそらない干し肉をいやそうにちらりと見た。その日の夕方には、この干し肉の味もなかなかのものだと思っていたのに。それが時間がたつにつれて、その魅力《みりょく》がなくなってきたようだ。

パドレイグのテントで立ち聞きした会話がウィルの頭の隅《すみ》に引っかかっていた。なにか筋《すじ》がとおらないような気がしたのだが、それが何なのかはっきりとわからなかった。それがいまわかった。

ウィルが知るかぎり、マウントシャノンはクレイケニスより比較的大《ひかくてきおお》きかった。それなのに、ドリスコルはその大きいほうの村をたった三十人で襲《おそ》うことになっていた。その後、パドレイグ率《ひき》いる五十人の隊《たい》と合流して、クレイケニスを襲うという。これでは筋がとおらない。マウントシャノンのほうにこそ大人数が必要《ひつよう》なのではないのか？

ひょっとしたら聞きちがえたのだろうか？

ウィルは水筒《すいとう》から冷《つめ》たい水を飲み、熱《あつ》くて甘《あま》いおいしいコーヒーがないことを残念《ざんねん》に思った。

いや、聞きちがえでないのはたしかだった。マウントシャノンに三十人。クレイケニスには合流した八十人だ。

彼《かれ》らが実際《じっさい》にはマウントシャノンを攻撃《こうげき》するつもりではないのだとしたら？　ひょっとしてドリスコルは予備調査《よびちょうさ》に行くのだろうか？　だが、ウィルはこの考えに首をふった。もし予備調査《よびちょうさ》だとしたら、半分の人数でじゅうぶんなはずだ。いや、もっと少なくてもいいくらいだ。

ウィルは水筒《すいとう》の栓《せん》を閉《し》め、それをかたわらに置《お》くと大《おお》きなあくびをした。多少休息をとれると決めたとたん、その日のきつい仕事や緊張《きんちょう》からの疲《つか》れがどっとおし寄《よ》せてきて、一刻《いっこく》も早く寝《ね》たくなった。毛布《もうふ》をつかみ、空《あ》き地を通り越《こ》してすばやく森の中に寝場所《ねばしょ》を確保《かくほ》した。ここなら大きな藪《やぶ》が身をかくしてくれるだろう。

ずっと気になってしかたがない例《れい》の問題が頭からはなれなかった。だが、ついにそれをふり払《はら》うとあっという間《ま》にねむりに落ちていった。

24

マウントシャノンの市《いち》の日、準備《じゅんび》は着々と整っていた。屋台を出す人々《ひとびと》の大半が来ていて店を出し、商品を並《なら》べていた夜明け直後にすこし雨が降《ふ》った。だが、時間《じかん》がたつにつれて太陽が顔を出し、しめった地面からは水蒸気《すいじょうき》があがっていた。

ホラスとホールトは朝食をとりながら、自分たちのキャンプ場所から市の準備の様子を見守っていた。市の日には最初《さいしょ》に来た者がいちばんいい商品を得《え》る、ということを村人たちは知っていたので、まだ雨の降っているころから市におし寄《よ》せていた。もとは彼《かれ》らふたりの小さなテントとアウトサイダーズの大テント以外《いがい》なにもなかった広大な草地は、いまや多くの出店、人々、芸人《げいにん》、動物、荷車、食べ物の売り子などでごったがえしていた。

テニソン一派《いっぱ》はこの人混《ひとご》みを利用《りよう》してメッセージを広めようとしていた。いつもの白い長衣を身に着けた彼《かれ》らの中の小グループが、地元の民謡《みんよう》をうたっており、ところどころにアルセイアス賛美《さんび》の歌《うた》を織《お》り交ぜていた。

歌はなかなかうまく、三部合唱を行なっていた。ホラスはホールトにそう評《ひょう》した。ホールトは肩《かた》をすくめた。「三頭のロバが耳ざわりな声で鳴いているのとそうちがわんがな。ただし、こっちのほうがやかましい」ホールトに音楽はわからないのだ。ホラスはホールトにほほえみかけた。

「それにしても、彼らはうまいですよ。ただの通りすがりの人間だったら、そばに行ってちゃんと聞きたいくらいです」

ホールトはホラスに目をやった。「そうか?」

ホラスは熱心《ねっしん》にうなずいた。「ほんとうに。彼らはりっぱなエンターテイナーですよ、ホールト」

ホールトは考えこむようにうなずいた。「油断《ゆだん》ならないやつら、といったほうがいいかもしれんがな。まあ、とにかくこれがやつらのやり方というわけだ。やつらはこうやって人々《ひとびと》の中にじわじわと入りこんでいくのだ。いとものんびりと無抵抗《むていこう》に受け入れられるようなものを出しておいて、やがて突然《とつぜん》罠《わな》をしかけるんだ」

「そうですね、優秀《ゆうしゅう》な仕掛《しか》け人ということですね。しかもやつらが仕掛けるえさはひじょうに有効《ゆうこう》ときている」ホラスがいうと、ホールトがふたたびうなずいた。

「わかってる。だからこそひじょうに危険《きけん》なのだ」ホールトは立ちあがり、ズボンの尻《しり》を払《はら》った。彼《かれ》らはテントの外のしめった地面に四角いキャンバス布《ぬの》を敷《し》いていたが、それでも尻のあたりがすこししめっているように感じた。「さあ、家畜《かちく》を見にいこう。もっともありがたいことに、これまでのところいい家畜は来ていないみたいだがな。そうでなきゃ、どれか買わなきゃいけなくなる」

「買ってもいつでも食べることができるじゃないですか」とホラスが楽しそうにいった。

ホールトは意地の悪い目でホラスをにらんだ。

「きみと話しているといつも食べることに話がいくな、そうじゃないか？」

「なにしろ成長期ですからね」と若《わか》き戦士《せんし》はいった。ホールトは鼻を鳴らし、市《いち》がたっているほうに進んでいった。

ふたりは出店や家畜を入れた囲《かこ》いのあいだをぶらぶらと歩いていった。多くの鶏《にわとり》、アヒル、ガチョウが売られていた。なかなかよさそうな豚《ぶた》もいた。だが、牛はおらず、羊《ひつじ》は貧相《ひんそう》なのがごくわずかいるだけだった。ホラスがそのことを口にした。

「ここで売られている動物は人が自分の農家のすぐそばで育てているものだ。鶏《にわとり》、アヒル、豚《ぶた》などはすべて家のすぐそばにいる。だから農民《のうみん》たちはその世話をするために畑地まで行かなくてもいい」とホールトは説明《せつめい》した。

「で、もちろん、近ごろではみんな家のそばからはなれませんものね」

「そのとおり」ホールトは羊《ひつじ》を三頭入れた囲《かこ》いのそばで立ち止まった。羊の毛には泥《どろ》がこびりついていた。ホールトは店主《てんしゅ》にうなずくと、囲いの中に入っていった。そしていちばん近くにいた羊を捕《つか》まえると、両ひざではさみこみ、口をこじあけて羊の歯をしっかりと見た。手荒《てあら》な扱《あつか》いに抵抗《ていこう》してもがいていた羊をホールトはようやく放し、両手のほこりを払《はら》って、小さく首をふりながらふたたび羊の飼《か》い主《ぬし》を見た。それから囲いから出ると、ふたりは歩きつづけた。

「で、どこが悪かったんです？」しばらくしてからホラスがきいた。

ホールトは興味深《きょうみぶか》そうな顔をホラスに向けた。「悪いって、なにが？」

ホラスは親指を先ほどの小さな羊の囲いに向けた。「あの羊の歯ですよ。なにが問題だったんですか？」

ホールトはああそのことか、というふうにすこし顔をしかめ、それから肩《かた》をすくめた。

「まったくわからん。わたしが羊《ひつじ》のなにを知っているというのだね?」

「でも……」

「たしかに羊の歯は見たよ。みんな動物を見るときにはそうしているようだからな。みんな動物の歯を見る。それからふつうは首をふって、歩き去るんだ。だからそうしたのだ」ホールトは言葉をいったん切ってから、つづけていった。「きみはあれを買ってほしかったのか?」

ホラスは身がまえるように両手を上げた。「とんでもない。ただ、何だったんだろうと思っただけですよ」

「よし」ホールトは皮肉っぽい笑《え》みを浮《う》かべた。「いや、きみの腹《はら》が減《へ》っているんじゃないかと思ったのでね」

ふたりは果物《くだもの》の屋台の前で止まり、リンゴをいくつか買った。おいしいリンゴだった。カリカリしていて果汁《かじゅう》をたっぷり含《ふく》み、甘《あま》さの中にもわずかに酸味《さんみ》があった。ふたりはリンゴをかじりながら、キャンプ道具や台所用品を並《なら》べた屋台を見てまわった。

「いい魚おろし用のナイフだな」とホールトがいった。そして店主《てんしゅ》に値段《ねだん》をきいてから、しばらく値切《ねぎ》り交渉《こうしょう》をし、だめだと立ち去るふりをした。それから値段に折《お》り合いをつけるとその刃《は》のうすいナイフを買った。店を出ながら、ホールトはホラスにいった。

「このあたりの川で鱒《ます》釣《づ》りをしよう。料理《りょうり》に変化《へんか》を持たせるために」それから言葉を切ると、近くの屋台を見回した。「鱒を捕《と》えるつもりなら、アーモンドも買わなきゃな」

「釣りをするというのと捕《つか》まえるのとは別《べつ》のことですからね」ホラスがいうと、ホールトは横目で彼《かれ》をにらんだ。

「わたしの釣りの腕《うで》をばかにしているのか？」

ホラスはホールトの視線《しせん》を受けとめた。「あなたは釣りをするというタイプじゃないですからね。釣りは上品なスポーツですよ。あなたが釣竿《つりざお》を手にして悠然《ゆうぜん》と座《すわ》っている姿《すがた》なんて想像《そうぞう》できないですよ」

「弓《ゆみ》が使えるのになんで釣竿を使わなきゃならん？」とホールトがいったので、ホラスは顔をしかめた。

「魚を矢で射《い》るんですか？」ホールトがうなずいたので、ホラスはつづけていった。

「それってスポーツっていえないんじゃないですか？」

アラルエン城《じょう》のあたりでは、王族も参加《さんか》して猟《りょう》や釣りがひんぱんに行われていた。すべてきびしいルールと慣習《かんしゅう》にのっとって行われる。紳士《しんし》たるもの、鱒釣りは釣竿と疑似《ぎじ》餌《え》でのみ行われるべきで、生餌《いきえ》を使ってはならない、とホラスは教えられていた。矢の先で突《つ》き刺《さ》すなどもってのほかだった。だが、すくなくともホールトは生餌は使わないわけだ、とホラスは苦々《にがにが》しく思った。

「スポーツをやるなんて一度もいってないぞ。魚を捕《つか》まえる、といったんだ。魚にしたところが、釣《つ》り針《ばり》で殺《ころ》されるか矢で殺されるか、そんなこと気にしちゃいないと思うね。それに、どちらでやっても味は同《おな》じだしな」

ホラスがいい返そうとしたそのとき、警戒《けいかい》の叫《さけ》び声が聞こえた。ふたりとも立ちどまった。ホールトの手は反射的《はんしゃてき》にベルトのサックスナイフにいった。ホラスは左手を剣《けん》の鞘《さや》の上部に添《そ》え、剣をすばやく抜《ぬ》くときに備《そな》えた。

まわりの人々《ひとびと》から恐怖《きょうふ》のざわめきが起こった。ふたたび叫び声があがった。今回はそれがどこからなのかがわかった。市《いち》の立つ広場の東の端《はし》をしめしている木立《こだち》からだった。話し合うまでもなく、ふたりはその方向に向かっていった。すでにいくつかの家族が反対方向にある村の避難所《ひなんじょ》のほうに走り出していた。

「始まったようだな。何であるにしろ」とホールトがいった。

ふたりは屋台のあいだを縫《ぬ》うようにして木立のほうに進んだ。一瞬《いっしゅん》、ホールトは弓《ゆみ》をとりにキャンプ地にもどろうか、と考えた。市場で新たに羊《ひつじ》を探《さが》している羊飼《ひつじか》いという図に、弓《ゆみ》は似合《にあ》わないと思っておいてきたのだ。が、取りにもどらないことに決めた。本能的《ほんのうてき》に、弓は必要《ひつよう》ないだろうと感じたのだ。なぜそのように感じたかはわからなかったが、とにかくそういう気がしたのだ。

彼《かれ》らは市《いち》の屋台が密集《みっしゅう》したところを抜《ぬ》け出てなにもない空《あ》き地に出た。

「あそこだ」とホラスがいって指さした。

木立《こだち》から数メートルのところに武装《ぶそう》した男がひとり立っていた。男の後ろに木々《きぎ》の陰《かげ》に半ばかくれるようにして、武装している男たちの姿《すがた》がさらに見えた。市の立つ場所の端《はし》にいるホールトとホラスと、木立とのあいだには村の警備員《けいびいん》が三人立っていた。彼らも武装してはいたが、その武器《ぶき》はこん棒《ぼう》、槍《やり》の持ち手の上に鎌《かま》の刃《は》をつけたもの、そしてすこし錆《さ》びた剣《けん》というもので、鎖《くさり》かたびら、剣、盾《たて》、鎚矛《つちほこ》という相手の武器にはとてもかなわないと思われた。

ふたりのアラルエン人が見守る中、村の警備員のひとりが木立の前に立っている男に挑《いど》みかかった。

「もうたくさんだ！　ここはおまえたちの来るところじゃない。踵《きびす》を返して帰りやがれ!」

よそ者は声をあげて笑《わら》った。耳ざわりな声でユーモアのかけらもなかった。

「おれにあれこれ指図をするな、この百姓《ひゃくしょう》めが! 来るのも行くのもおれの勝手だ。おれとおれの部下は、破壊《はかい》と混沌《こんとん》の神バルセンニス様にお仕《つか》えしている。そのバルセンニス様がおまえらの村に貢献《こうけん》してもらう番が来たと決められたのだ」

男がバルセンニスという名前を出すと、市《いち》のあたりにざわめきが広がった。テニソンがこの闇《やみ》と邪悪《じゃあく》の神のことを警告《けいこく》し、クロンメルを襲《おそ》っている無法と恐怖《きょうふ》の支配者《しはいしゃ》であるこの神のことを非難《ひなん》していたのを聞いていたからだ。

村の警備員《けいびいん》がさらに数人、群衆《ぐんしゅう》をかきわけてやってきた。あわてて武装《ぶそう》してきたようで、彼《かれ》らの大半はまにあわせの武器《ぶき》を手にしていた。彼らは最初《さいしょ》からいた三人の警備員の後ろにでこぼこに並《なら》んだ。その人数は十人だった。自分たちの人数でよそ者の士気《しき》をそぐつもりだったとしたら、これは失敗《しっぱい》だった。よそ者の男はふたたび笑い声をあげた。

「それでおれに対抗《たいこう》するつもりか? とがった棒《ぼう》と鎌《かま》で武装した十三人で? さっさと帰りやがれ、百姓どもが! この森の中には八十人の武装した戦士《せんし》が控《ひか》えているんだぞ。

もしおまえらが抵抗《ていこう》する気なら、おれたちはこの村の男も女も子どもも全員を殺《ころ》す。そしておれたちがほしいものを持っていく。武器《ぶき》を捨《す》てろ。そうすればいくらかは助けてやろう！　考える時間《じかん》を十秒あたえる」

ホールトはホラスに顔を近づけて低《ひく》い声でいった。「圧倒《あっとう》するほどの数で相手を怖《こわ》がらせたかったら、男たちを森の中にかくしておくか？」

ホラスは顔をしかめた。彼《かれ》もまったく同《おな》じことを考えていたのだ。「もし八十人の部下がいるのなら、ぼくだったら見せると思いますけどね。そうやって戦力《せんりょく》を見せつけるほうが、単《たん》に口でいうよりずっと怖いでしょうに」

「ということは、八十人いるというのはおそらくあいつのはったりだ」とホールトがいった。

「おそらくそうでしょう。しかし、それでもやつは警備員《けいびいん》たちより数で勝っていますよ。数えたところ、森の中に少なくとも二十人います」ここまでいってから、ホラスはつけ加《くわ》えた。「もちろん、時間があれば村はもっと人数を増《ふ》やすことはできるでしょうけど。ここに出ている男たちは、いま当番の人間だけだろうから」

「そのとおり。それなのにどうして彼らに時間をあたえるんだ？　あいつがいまやっているように？」

「もうすぐ時間《じかん》切れだぞ！　心を決めろ。脇《わき》へ避《よ》けるのか、死ぬのか！」

群衆《ぐんしゅう》の中に急に動きがあったので、ホールトはそちらのほうを見た。そしてゆっくりうなずいた。

「ああ。こういうことになるんじゃないかと思っていたよ」

ホラスもそちらに目を向けると、白い長衣姿《すがた》のがっしりしたテニソンが群衆をかき分け、最前列まで進んできていた。後ろに六人ほどの信奉者を従《したが》えている。それが先ほど歌《うた》をうたっていた女性《じょせい》ふたり男性《だんせい》四人からなるグループだということに、ホラスは気づいた。

このような恐《おそ》ろしい状況《じょうきょう》であるというのに、不思議《ふしぎ》なことにテニソンがいつも従えている巨人《きょじん》の従者《じゅうしゃ》の姿はなかった。

白い長衣の聖職者《せいしょくしゃ》はつかつかと歩いて、警備員《けいびいん》たちと無法者《むほうもの》のリーダーのあいだに立った。彼《かれ》が手にしている職杖《しょくじょう》の上部にはアウトサイダーズの一風変《か》わった二重円の印《しるし》がついていた。低《ひく》く朗々《ろうろう》としたテニソンの声は市《いち》の立つ広場全体までよく響《ひび》きわたった。

「よそ者に警告《けいこく》しておく！　この村は友好の黄金《おうごん》神、アルセイアスの保護下《ほごか》にある」

無法者《むほうもの》はもう一度声をあげて笑《わら》った。今回は純粋《じゅんすい》に面白がっているような声だった。

「ここにだれがいるっていうんだ？　また杖《つえ》を持った太ったおっさんか？　失礼《しつれい》、こわくてふるえちまったよ！」

男がしゃべっているあいだに、仲間《なかま》が何人か木立《こだち》からあらわれてきて男の後ろにずらりと並《なら》んだ。全部で十五人ほどだろうか。彼《かれ》らはリーダーと一緒《いっしょ》に笑い声をあげ、テニソンに侮辱《ぶじょく》やののしりの言葉を投げつけた。りっぱな体格《たいかく》の聖職者《せいしょくしゃ》は両手を大《おお》きく広げ、ひるむことなく立っていた。ふたたび口を開《ひら》いたテニソンの声はヤジや罵倒《ばとう》の声を圧《あっ》するものだった。

「あなたがたに警告《けいこく》しておく。あなたがたやあなたがたの邪神《じゃしん》はアルセイアスの力に抗《こう》することはできない！　いますぐここを立ち去りなさい。さもないと報《むく》いを受けることになる！　わたしがアルセイアスを呼《よ》びだしたら、あなたがたはいままで感じたこともないような苦痛《くつう》を受けることになる」

「そうかね、坊《ぼう》さん、もしおれが剣《けん》をあんたの太った皮膚《ひふ》に突《つ》き立てたら、あんたも痛《いた》い思いをすることになるんだぞ！」

無法者は剣を抜《ぬ》いた。彼の仲間たちも同《おな》じようにしたので、草地に金属《きんぞく》がこすれ合う音が響《ひび》きわたった。テニソンよりすこし後ろにいた十三人ほどの警備員《けいびいん》が前に動きはじめたが、テニソンは後ろに下がれと合図をした。同時に無法者《むほうもの》たちはテニソンに向かって近づきはじめた。さらに剣《けん》を抜《ぬ》いた男たちが木立《こだち》から出てきた。

テニソンはしっかりと立っていた。それからふり返ると六人の従者《じゅうしゃ》に静《しず》かになにかいった。とたんに、六人はひざをついてテニソンを囲《かこ》むように半円形になり、無法者に対しながらうたいはじめた。歌詞《かし》は外国語だった。テニソンは長い杖《つえ》をふり上げ、前進してくる無法者の列を指した。

侵略者《しんりゃくしゃ》たちはかまわず前進をつづけた。そのとき、歌い手たちが不思議《ふしぎ》な不協和音を発《はっ》した。空中に鳴り響く耳ざわりな音で、その倍音が振動《しんどう》して不気味《ぶきみ》な波動を作りだした。テニソンが杖を空中高くかかげると、歌い手たちはその音をますます大《おお》きな声で出しつづけた。

たちまち効果《こうか》があらわれた。無法者のリーダーはまるで目に見えない力に止められたかのように、立ちどまって後ろにつんのめった。部下たちも手足の自由がきかなくなったみたいで、ふらついたり、ぐるぐると円を描《えが》きながらよろけたりしている。殴《なぐ》りかかってくるものを払《はら》うように、空《あ》いているほうの手をふりあげる者もいた。男たちは苦《く》痛《つう》と恐怖《きょうふ》で叫《さけ》び声をあげた。

歌《うた》い手たちは息継《つ》ぎのために声を出すのをやめたが、それからもう一度同《おな》じ和音を出した。テニソンが彼《かれ》らに立ち上がるようにと身振《みぶ》りでしめしたとき、声はさらに大《おお》きくなった。和音という目に見えない障壁《しょうへき》に先導《せんどう》されて、もがき、統制《とうせい》が乱《みだ》れてしまっている悪党《あくとう》たちのほうに彼らは進んでいった。

たいへんなことになっていた。心をくじかれた侵略者《しんりゃくしゃ》たちは背《せ》を向け、恐怖と混乱《こんらん》のあまりおたがいぶつかりながら森の中に逃《に》げだした。彼らの最後《さいご》の者たちが木立《こだち》の影《かげ》の中に消えてしまうと、テニソンがやめるようにいったので歌い手たちは静《しず》かになった。

テニソンはマウントシャノンの人々《ひとびと》のほうに向きなおった。彼らはテニソンが侵略者を追い払《はら》う様子を、畏怖《いふ》のあまりぽかんと口をあけたまま見ていたのだ。テニソンは笑《え》みを浮《う》かべ、彼らを抱《だ》くように両手を差《さ》しのべた。

「マウントシャノンのみなさん、今日わたしたちを救《すく》ってくださったアルセイアス神を賛美《さんび》しましょう！」ととどろくような声でいった。

魔法《まほう》がとけたように村人たちがどっと前になだれこみ、テニソンをとり囲《かこ》むと、彼の名前とアルセイアスの名を口にした。村人たちがテニソンの前にひざまずき、彼に触《ふ》れ、彼《かれ》の名前を叫《さけ》びながら彼に感謝《かんしゃ》しようとどっとおし寄《よ》せてきた。そんな中に立って、テニソンはほほえみ、彼らを祝福《しゅくふく》した。

ホールトとホラスは後ろに下がり、目配せした。ホラスは考えこむように顎《あご》をかいていた。

「おかしいな。あの無法者《むほうもの》たちは完全に動けなくなっていた。あの不思議《ふしぎ》な和音がまるでものすごい量《りょう》のレンガを投げつけたようにやつらを打ちのめしていましたよね」

「たしかにそんな感じだったな」とホールト。

「それでも、ぼく、気づいたんですが……」とホラスがつづけていった。「やつらはこの間《かん》ずっとよろめき、苦しみ、怖《こわ》がって完全に混乱《こんらん》してしまっていたのに、だれひとりとして剣《けん》を落としたやつはいなかったんですよ」

ranger's apprentice 25

ウィルはその日ずっとタグにゆったりした駆《か》け足をさせていた。これはレンジャーに決められた行軍《こうぐん》ペースではなかったが、マウントシャノンまでの旅程《りょてい》をかせぐことができた。しかも、タグなら命じられればこのペースでどこまでも行けることがわかっていた。

それに、ドリスコルが「ショー」だといっていたものをやらかした後に、マウントシャノンの村に到着《とうちゃく》するだろうということもわかっていた。ウィルは馬で旅をしてはいたが、尾根《おね》づたいの道は長く遠まわりで、三十人の馬に乗《の》った一行はここよりはるかに近道になる下の道を進んでいっていた。

そのような攻撃《こうげき》はないのだ、とウィルは確信《かくしん》するようになってきていた。無法者《むほうもの》たちはマウントシャノンを突撃《とつげき》することを計画していた。だが、なにを目的《もくてき》としているのか、ウィルにはまだはっきりとはわからなかった。ドリスコルは「聖職者《せいしょくしゃ》」といっていたが、ウィルはテニソンのことだと思っていた。テニソンが計画全体にどこでかかわってくるのかもわからなかったし、彼《かれ》がどんな役割《やくわり》を担《にな》っているのかもはっきりしなかった。だが、ほんとうの襲撃《しゅうげき》はその翌日《よくじつ》のクレイケニスのほうだということは、徐々《じょじょ》にはっきりしてきた。

ウィルはマウントシャノンに午後の半ばごろに着いた。橋のそばにある警備所《けいびしょ》を通りすぎたとき、そこにだれもいないのでウィルは眉《まゆ》をあげた。マウントシャノンの通りもそうだった。一瞬《いっしゅん》、彼は最悪《さいあく》の事態《じたい》が起こったのかと恐《おそ》れた。だが進んでいくうちに、村の反対側《はんたいがわ》からかなりの騒音《そうおん》が聞こえてきた。歌声、叫《さけ》び声、笑《わら》い声などだ。

「だれかが楽しんでいるみたいだね」とウィルはタグにいった。「ホールトかな」

〈ホールトはうたいませんよ〉とタグは答えた。

ウィルは騒音を追うように村の反対側まで行った。村の全住民がバリケードの外側《そとがわ》の広大な草地に集まっているようだった。市《いち》が立っていた場所だ。だが、出店や家畜《かちく》の囲《かこ》いに人は見えず、かなりの数の人々《ひとびと》が草地の南西のすみに設置《せっち》された白い大テントの前に集まっていた。

ウィルはタグの手綱《たづな》を引き、一軒の家の陰《かげ》に隠《かく》れたまま目の前の光景《こうけい》を眺《なが》めた。近くの片隅《かたすみ》にホラスとホールトが張《は》ったふたつの低《ひく》いテントが見えた。だがそこに友人たちの姿《すがた》はなかった。

ウィルは目を大テントのほうにもどした。テントはなにかを祝《いわ》ってかけつけてきた大《おお》勢《ぜい》の騒《さわ》がしい村人たちにとり囲《かこ》まれていた。外に設置《せっち》されたいくつかの火の上で料理《りょうり》が炙《あぶ》られており、飲み口を開《あ》けたエールの樽《たる》がテーブルの上に置《お》かれていた。様子から見て、ほとんどの村人に料理や酒がふるまわれているようだ。

人混《ひとご》みの中心に白い長衣姿《すがた》の人々《ひとびと》の小集団《しょうしゅうだん》が見えた。灰色《はいいろ》の髪《かみ》を肩《かた》までたらした大柄《おおがら》でがっしりした体つきの男がテニソンにちがいない、とウィルは思った。男は注目の的《まと》で、次々《つぎつぎ》とやってくる村人たちは彼《かれ》の腕《うで》に触《さわ》ったり、背中《せなか》をたたいたり、焼《や》けた肉のおいしそうなところを持ってきて彼にすすめたりしていた。

「なにかあったんだな」とウィルはつぶやいた。そのとき、ホールトとホラスが群衆《ぐんしゅう》の後ろに立っているのに気づいた。ウィルがふたりを見たとき、ホールトがちらりとふり返り、彼と目を合わせた。ホールトがホラスをつつき、それから五十メートルほどはなれたところにあるふたつの小さなテントのほうを目立たないようにしめしたのがわかった。ウィルはうなずき、タグをゆっくりと歩かせた。だれかに気づかれている場合に備《そな》えて、ウィルは市《いち》の出店の反対側《はんたいがわ》に向かった。だが、いずれにしてもだれも自分のことなど見ていないとは感じていた。テニソンとその信徒たちがすべての注目の的《まと》だった。

ウィルはキャンプ地に着き、タグの鞍《くら》を外すとたんねんにブラシをかけてやった。タグにとってきつい一日だったのだから、すこしはねぎらってやっても当然《とうぜん》だった。それから荷物の中をあさり、リンゴを一個《こ》とりだした。タグは幸せそうにリンゴをかんだ。リンゴの風味とあふれ出る果汁《かじゅう》に集中しているのか目を閉《と》じている。ウィルは愛情《あいじょう》をこめてタグの首をたたいてやった。タグが二個目《こめ》のリンゴをねだってウィルのポケットに鼻をおしつけていたとき、ホールトとホラスがキャンプ地にもどってきた。タグにしつこく鼻先でこづかれて、ウィルは荷物をほどいて二個目のリンゴをとり出した。

「馬を甘《あま》やかしているな」とホールトがいった。

ウィルがふり返ってホールトを見た。「自分だって愛馬《あいば》を甘やかしているくせに」

ホールトはしばらく考えこんでいたが、やがてうなずいた。「そうだな」

「おかえり」とだけホラスはいった。馬をいかにとりあつかうべきかについてのこの話には立ち入らないほうがいいと判断《はんだん》したのだ。レンジャーが馬の話をしだすと、なかなか黙《だま》らせることができないことを知っていたからだ。

ウィルは身体を伸《の》ばした。こわばった腕《うで》や足の腱《けん》がきしみ、悲鳴をあげているのが聞こえるようだ。長い馬旅でのどもかわいていた。筋肉《きんにく》をほぐした心地よさにうめき声をあげながら、そばの火のところに逆《さか》さまに伏《ふ》せてあるコーヒーポットを意味ありげに見た。

「ぼくがいれるよ」とホラスがいった。そしてそばの木にぶらさげてあった水筒《すいとう》の水をポットに入れると、火床《ひどこ》の熾火《おきび》をかきたててふたたび炎《ほのお》が上がるようにした。さらに焚《た》きつけを一握《ひとにぎ》りほど追加《ついか》して火が燃《も》え上がるようにしてから、ポットを炎の横の熱《あつ》い炭火の上に置《お》いた。

ウィルは火のそばのやわらかい地面に身を落ちつけた。ちょうど背中《せなか》をもたせかけるのにぴったりのいい丸太があり、ウィルは満足《まんぞく》そうにため息をもらした。それから数百メートルほど先の騒《さわ》がしい集まりのほうをあごでしめした。

「あれがテニソンですね?」

ホールトがうなずいた。「やつはなかなかの地元のヒーローだよ」

ウィルは片方《かたほう》の眉《まゆ》を上げた。「ヒーローですか?」彼《かれ》はホールトの口調に皮肉を感じていた。

小さな麻《あさ》の袋《ふくろ》からひいたコーヒーの粉《こな》をひとにぎりつかんでいたホラスが、ちらりと目を上げた。「恐《おそ》ろしい運命からマウントシャノンの村を救《すく》ったんだよ、テニソンが」と口をはさんだ。

ウィルは問いかけるような目でホラスからホールトへと視線《しせん》を移《うつ》した。

「無法者《むほうもの》たちが数時間《じかん》前に村を襲《おそ》おうとしたのだ」とホールトが説明《せつめい》した。「武装《ぶそう》した男たちがあそこの森から出てきて、村人たちが少しでも抵抗《ていこう》したらどんな恐ろしいことになるかとおどしたのさ。そこに我《われ》らが友のテニソンが落ちついて歩いてきて、やつらに出ていけといった。そうしたらやつらは出ていったというわけだ」

「やつの信者が男たちにうたいかけてから、ですけどね」とホラスがホールトに思い出させた。

ホールトはうなずいた。「そのとおり。ちょっと歌《うた》をうたうと無法者どもは両手で耳をふさいで、のたうちまわった」

「その歌はそんなにひどかったんですか？」ウィルがまじめな顔できいた。数時間前になにが起こったのか、彼《かれ》には察《さっ》しがついてきていた。いまになって聖職者《せいしょくしゃ》といっていたドリスコルの謎《なぞ》めいた言葉が意味を持ちはじめてきた。

「いや歌《うた》はひじょうにうまかったのだ。ホラスのいうところだとな。だがテニソンの人柄《ひとがら》の力と彼《かれ》の神アルセイアスの力で、八十人の勢力《せいりょく》が引き下がったのだ」

「三十人です」とウィルがいうと、ふたりはどういうことだというふうに彼を見た。

「三十人しかいなかったんです。彼らはドリスコルという男に率《ひき》いられていたんです」

「そうだな、ぼくたちが実際《じっさい》に見たのも三十人くらいだったな」とホラスがいった。

「だけどあの男は森の中にまだ五十人かくれているといっていた。それにしても、どうしてこれほど大《おお》きな村をたった三十人で攻撃《こうげき》するんだ？」

「攻撃するつもりなんてなかったんだよ」とウィル。ホールトが興味《きょうみ》をしめして身をのりだした。

「そのことを知ってるのか？　それとも推測《すいそく》しているだけか？」

「知っています。昨夜《ゆうべ》やつらの指導者《しどうしゃ》のテントの外で盗《ぬす》みぎきしました。計画はマウントシャノンを攻撃するというものではなかったのです。やつらは『ひと芝居打《しばいう》つ』といってました。でもそのときやつらのうちのひとりがクレイケニスではそれ以上《いじょう》のことをやる、なぜなら『敵《てき》を追い払《はら》う聖職者《せいしょくしゃ》がいないから』といったのです」

「テニソンがここでやったことだな」つながりがわかってホールトがいった。

「そのとおりです。明日クレイケニスには八十人が結集します。やつらはさらなる五十人と合流するんです。今回は芝居《しばい》じゃありません。あの村をずたずたにするつもりですよ」

ダフィの浅瀬《あさせ》での光景《こうけい》が頭によぎり、ウィルの表情《ひょうじょう》は暗くなった。あの襲撃者《しゅうげきしゃ》たちがどれほど容赦《ようしゃ》ないかわかっていたからだ。

ホールトは髭《ひげ》をなでながら考えこんでいた。「ということは、ここでの見せかけの攻撃《こうげき》はテニソンの力を見せつける機会《きかい》にすぎない、ということか」

「それと村を守る能力《のうりょく》も、ですよ」とホラスが口をはさんだ。「やつが昨日《きのう》いっていたことを覚《おぼ》えていますか？『だれがあなたがたを守れるか？』これこそがやつがいいたかったことだったんですよ。テニソンを介《かい》してのアルセイアスだけが守れる」

「そのとおり」そういってホールトは目をせばめた。「クレイケニスはテニソンがいないとどうなるかをしめすことになるのだ。無法者《むほうもの》どもはマウントシャノンを襲《おそ》ったが、テニソンが追い返した。一日後、無法者どもはクレイケニスを襲うがそこにテニソンの姿《すがた》はない。結果《けっか》どうなるかはあきらかだ」

「村人たちは虐殺《ぎゃくさつ》されてしまいますよ」ウィルが静《しず》かにいった。「クレイケニスはダフィの浅瀬《あさせ》の二の舞《まい》だ。でもあの時よりも十倍ひどくなる」

「こんなことになるんじゃないかと思っていた」とホールトがいった。「これがクロンメルの人々《ひとびと》への見せしめになるのだ。テニソンを味方にすれば、安全だ。だが彼《かれ》がいなければ、死んでもらう、というわけだ」ホールトはホラスのほうを向いた。「わたしがいっていたやつが必要《ひつよう》としているビッグイベントとはこれだよ」

ホラスは仲間《なかま》たちのきびしい顔をみつめていた。

「なにかをしに行かなければ」とホラスがいった。無力な村人たちが憎《にく》き無法者《むほうもの》たちに襲《おそ》われると思うと怒《いか》りがわきあがってきた。ナイト爵《しゃく》を授《さず》けられたとき、ホラスは弱くて無力な者を守るとの誓《ちか》いを立てたのだった。

ホールトもうなずいた。「鞍《くら》をつけろ。テントはここに置《お》いていこう。そうすれば我々《われわれ》がもどってくるように見えるからな。どうして我々が突然《とつぜん》ここを出ていったのかとテニソンに思われたくない。今夜のうちにクレイケニスに着いて彼らに警告《けいこく》しなければ。そうすれば彼らも自衛《じえい》の手段《しゅだん》をとれる」

「ぼくたちはどうします？　手を貸《か》しますか？」とウィルがきいた。

ホールトはふたりの若《わか》い仲間の顔を見た。ウィルはきびしく、意を決した顔をしていた。ホラスは怒《いか》りと義憤《ぎふん》で顔を紅潮《こうちょう》させていた。ホールトはうなずいた。
「ああ。そうしたほうがいいと思う」

（第《だい》十巻下《かんげ》につづく）

ジョン・フラナガン

John Flanagan

オーストラリアを代表する児童文学作家。テレビシリーズの脚本家として活躍中に、12歳の息子のために物語を書きはじめる。その作品をふくらませ、本シリーズの第一作目として刊行。シリーズを通してニューヨークタイムズベストセラーに60週以上ランクイン、子どもたち自身が選出する賞や国内外の賞・推薦を多数受賞、人気を不動のものとする。シドニー在住。
公式HP www.rangersapprentice.com.au

入江真佐子

Masako Irie

翻訳家。国際基督教大学卒業。児童書のほか、ノンフィクションの話題作を多く手がけるなど、幅広いジャンルで活躍中。翻訳作品に『ラモーゼ　プリンス・イン・エグザイル』上下巻（キャロル・ウィルキンソン作）『川の少年』（ティム・ボウラー作）『シーラという子』（トリイ・ヘイデン作）『わたしたちが孤児だったころ』（カズオ・イシグロ作）『ラッキーマン』『いつも上を向いて』（マイケル・J・フォックス著）など多数。東京都在住。

アラルエン戦記⑨

秘密《ひみつ》　上

2016年10月31日　第1刷発行

作者　ジョン・フラナガン
訳者　入江真佐子

発行者　岩崎弘明
発行所　株式会社岩崎書店
〒112-0005 東京都文京区水道1-9-2
電話 03(3812)9131［営業］
03(3813)5526［編集］
振替 00170-5-96822
印刷・製本　三美印刷株式会社

ISBN 978-4-265-05089-5　NDC930
344P 19cm×13cm

Published by IWASAKI Publishing Co., Ltd.
Printed in Japan

落丁本・乱丁本は小社負担でお取り替えいたします。
ご意見ご感想をお寄せください。
E-mail : hiroba @ iwasakishoten.co.jp
岩崎書店HP : http://www.iwasakishoten.co.jp

アラルエン戦記シリーズ

作／ジョン・フラナガン　訳／入江真佐子

読者対象：小学校高学年から

舞台は海に囲まれたアラルエン王国。
孤児の少年ウィルと仲間との友情、師匠との絆を描く物語。

1巻　『弟子』　400頁／定価（1350円+税）
15歳のウィルは孤児院を卒業した「選択の日」、謎に包まれたレンジャーの弟子となる。

2巻　『炎橋』　400頁／定価（1350円+税）
ウィルと友人の勇者見習い・ホラスは、捨てられた村に残された美しい少女と出会う。

3巻　『氷賊』　460頁／定価（1350円+税）
スカンディアに拘束されたウィルとエヴァンリン。ホールトはレンジャー追放になる。

4巻　『銀葉』　512頁／定価（1500円+税）
ウィルは、謎の騎馬集団にさらわれたエヴァンリンを追跡、首領の争いに巻きこまれる。

5巻　『魔術』　508頁／定価（1500円+税）
ウィルは領地付けレンジャーとして独り立ちする。赴任地には魔術師がいるという噂が。

6巻　『攻城』　512頁／定価（1500円+税）
囚われたアリスを救い、北部ピクタの侵略を阻止するウィルとホラスの作戦とは。

7巻　『奪還』上　368頁／定価（1500円+税）
盟友エラクが砂漠の国アリダで誘拐された。救出中にウィルは愛馬タグと仲間を見失う。

8巻　『奪還』下　352頁／定価（1500円+税）
ウィルは砂嵐ではぐれたタグを捜索。ホールトたちは、謎の暗殺集団に命をねらわれる。

以降、続刊　全14巻（予定）